GUILLAUME MUSSO

Traduit en 36 langues, plusieurs fois adapté au cinéma, Guillaume Musso est l'auteur français le plus lu.
Passionné de littérature depuis l'enfance, il commence à écrire alors qu'il est étudiant. Paru en 2004, son roman *Et après…* est vendu à plus de deux millions d'exemplaires. Cette incroyable rencontre avec les lecteurs, confirmée par l'immense succès de tous ses romans ultérieurs, *Sauve-moi*, *Seras-tu là ?*, *Parce que je t'aime*, *Je reviens te chercher*, *Que serais-je sans toi ?*, *La Fille de papier*, *L'Appel de l'ange*, *7 ans après…* et *Demain* fait de lui un des auteurs français favoris du grand public.
Le dernier roman de Guillaume Musso, *Central Park*, paraît chez XO Éditions en 2014.

Retrouvez toute l'actualité de l'auteur sur : www.guillaumemusso.com

GUILLAUME MUSSO

[illegible]

[illegible]

[illegible]

[illegible]

Retrouvez toute l'actualité de l'auteur sur : www.guillaume-musso.com

JE REVIENS TE CHERCHER

DU MÊME AUTEUR
CHEZ POCKET

ET APRÈS...
SAUVE-MOI
SERAS-TU LÀ ?
PARCE QUE JE T'AIME
JE REVIENS TE CHERCHER
QUE SERAIS-JE SANS TOI ?
LA FILLE DE PAPIER
L'APPEL DE L'ANGE
7 ANS APRÈS…
DEMAIN

J'ai grandi entre les livres, en me faisant des amis invisibles dans les pages qui tombaient en poussière et dont je porte encore l'odeur sur les mains.

Carlos Ruiz Zafón, *L'Ombre du vent*

Prologue

Maintenant ou jamais

Personne ne vous donne rien.
Il faut prendre.

Extrait du film *The Departed*,
de Martin SCORSESE

On rencontre sa destinée
Souvent par des chemins qu'on prend
pour l'éviter.

LA FONTAINE

Imaginez…

New York.
L'effervescence de Times Square.
Les cris, les rires, la musique.

Les odeurs de pop-corn, de hot dog, de fumée.

Les néons, les écrans géants, les enseignes lumineuses sur les façades des gratte-ciel.

Les embouteillages, les taxis, les sirènes de police et les coups de klaxon.

Et puis la foule qui écrase et qui bouscule. Un flot continu de touristes, de vendeurs à la sauvette et de pickpockets.

Vous êtes l'un des grains de sable de cette foule.

Vous avez vingt-trois ans.

Sur le trottoir, à deux mètres devant vous, déambulent votre fiancée et votre meilleur ami. Elle s'appelle Marisa. Vous sortez ensemble depuis la première année de lycée et votre mariage est prévu pour la fin du mois. Avec Jimmy, c'est encore plus ancien : vous avez été élevés ensemble, dans le même quartier ouvrier du sud de Boston.

Ce soir, c'est votre anniversaire. Pour vous faire plaisir, ils ont organisé cette petite virée à Manhattan et vous avez fait le trajet depuis Boston dans une vieille Mustang déglinguée.

Vous n'avez que vingt-trois ans, mais déjà votre existence vous apparaît formatée et sans espoir.

Il faut dire qu'à votre naissance, les fées ne se sont pas bousculées autour de votre berceau. Vos parents ont trimé toute leur vie, mais ça n'a pas suffi pour vous payer des études et, depuis la fin de votre scolarité, vous travaillez sur des chantiers avec Jimmy. Votre quotidien, c'est les sacs de ciment, les échafaudages, la transpiration et les engueulades du contremaître.

Vos loisirs ? Boire quelques bières après le travail, accompagner Marisa au supermarché, faire une partie de bowling deux fois par semaine avec les copains.

Un peu étourdi, vous vous laissez porter par la foule, la tête en l'air, hypnotisé par les lumières. Sur les écrans qui clignotent, des publicités pour des voitures que vous ne conduirez jamais, des montres de luxe qui valent dix fois votre salaire, des fringues portées par des femmes sublimées qui ne croiseront jamais votre regard.

Votre avenir ? C'est un mariage sans passion, deux ou trois enfants, vous crever à la tâche pour rembourser l'emprunt immobilier qui servira à acheter un pavillon que vous n'aimerez pas.

Et vous continuerez à jouer au bowling, à boire des bières, à refaire le monde avec Jimmy sans y participer vraiment.

Vous n'avez que vingt-trois ans et vous êtes déjà englué dans une vie qui ne vous correspond pas.

Depuis longtemps, vous vous sentez différent du monde qui vous entoure. Ce n'est pas que vous méprisez votre famille ou vos amis. C'est autre chose : l'*humiliation d'être pauvre* que vous ressentez comme un affront permanent. Cela n'affecte ni Marisa ni Jimmy qui se plaisent à répéter : « On est peut-être pauvres, au moins on est heureux. »

Mais est-ce si sûr ?

Comment croire que la vie n'a pas une autre saveur de l'autre côté de la barrière ?

Vous remontez toujours l'avenue, anonyme au milieu d'une cohue indescriptible. Régulièrement, Jimmy et Marisa se retournent pour vous adresser un signe de la tête, mais volontairement vous vous laissez un peu distancer.

Depuis quelques mois, presque en cachette, vous avez commencé à acheter des livres. Vous êtes animé d'un désir de plus en plus fort de vous élever et de vous construire sur d'autres bases que celles de votre milieu d'origine. Sur votre baladeur, Mozart et Bach ont remplacé le rap et la soul. Et sur votre lieu de travail, malgré les sarcasmes des autres ouvriers, vous profitez toujours de la pause de midi pour parcourir les articles du *New York Times*.

Le jour commence à décliner. Vous continuez à observer le spectacle de la rue. Un jeune couple sort en riant d'un hôtel de luxe et s'installe dans un cabriolet rutilant. Comme dans un catalogue de mode, ils ont les dents blanches, une décontraction et une élégance très Nouvelle-Angleterre.

Tout ce que vous n'aurez jamais.

Dans ce pays où l'on se plaît à dire que la réussite dépend de soi, vous avez l'impression de ne pas être à votre place. Souvent, dans le silence de la nuit, vous avez joué avec cette idée : repartir de zéro, tout quitter, reprendre vos études pour arracher votre part du rêve américain.

Mais pour ça, il vous faudrait rompre avec votre milieu, votre famille, votre fiancée, vos amis, et vous savez très bien que c'est impossible.

Vraiment ?

Posté à l'angle de la 50e Rue, un vieux vendeur de hot dogs ambulant allume son poste de radio réglé sur une fréquence rock. *It's Now or Never*, le standard d'Elvis Presley, se déverse bruyamment sur le trottoir.

Maintenant ou jamais.

Vous longez un kiosque à journaux, jetez un coup d'œil à la une du *New York Times*. À cet instant précis, que se passe-t-il dans votre tête ? Pourquoi ce pari un peu fou ?

Un jour, il y aura ma photo à la une de ce journal.

Dans quinze ans, c'est moi qui serai là. Je le jure.

Mesurez-vous la portée de ce que vous allez faire ? Avez-vous déjà conscience que, jusqu'à votre mort, vous repenserez toutes les nuits à ce jour-là ?

Le jour où vous avez tiré un trait sur votre existence.

Le jour où vous avez quitté tous ceux qui vous aimaient.

Le jour où, dans l'espoir de tout gagner, il vous a fallu tout perdre.

Maintenant ou jamais.

Noyé dans la masse des touristes, vous profitez d'une pause dans la circulation pour traverser l'immense avenue.

Ni Marisa ni Jimmy ne vous ont vu.

Maintenant ou jamais.

Dans trente secondes exactement, votre fiancée se retournera, mais vous aurez disparu.

Pour toujours et à jamais.

Dans trente secondes exactement, vous serez à l'aube du plus grand et du plus étrange des défis.

Devenir quelqu'un d'autre.

Prologue 2

La fin d'un amour

Moi je t'aimais, toi tu étais amoureux.
Ce n'est pas la même chose...

Extrait du film *La Femme d'à côté*
de François TRUFFAUT

Dix ans plus tard

Un petit café du West Side, entre Broadway et Amsterdam Avenue.

Atmosphère feutrée, mais pourtant chaleureuse. Sièges confortables en cuir sombre, dominés par un long comptoir aux chromes étincelants. Légers effluves épicés de cannelle, de vanille et de miel.

Vous êtes attablé en face d'une jeune femme en tenue d'hôtesse de l'air.

Céline Paladino.

Avec sa manche, elle essuie les larmes qui coulent de ses yeux verts piqués de points d'or.

Vous la connaissez depuis plus d'un an. Un amour transatlantique vécu au rythme du vol Paris-New York qu'elle accompagne toutes les deux semaines.

Céline, c'est l'histoire d'amour que vous n'attendiez pas. Un coup de foudre improbable qui se prolonge en état de grâce et vous plonge dans un monde jusqu'alors inconnu.

Logiquement, vous devriez être le plus heureux des hommes.

Mais vous n'êtes pas un homme ordinaire.

Et vous savez déjà qu'un jour vous allez la perdre.

Et ce jour, c'est aujourd'hui.

Car, si chaque moment qui passe vous rend plus amoureux, il vous rend aussi plus vulnérable, ce que vous refusez. Vous en êtes encore au stade où vous ne savez pas que l'on peut être sensible sans être fragile.

Et puis vous êtes persuadé que votre histoire d'amour ne repose que sur un malentendu : si Céline vous aime, c'est parce qu'elle ne vous connaît pas vraiment. Un jour, elle ouvrira les yeux et percevra votre vraie nature qui est celle d'un sale type ambitieux.

Mais là n'est pas l'essentiel.

L'essentiel, c'est cette voix intérieure qui revient sans cesse à la charge : si vous aimez Céline, vous devez la quitter, car elle est en danger avec vous.

D'où vient cette prémonition ? Vous n'en savez rien, mais elle vous submerge tellement que vous êtes obligé de la prendre au sérieux.

Vous regardez Céline pour la dernière fois. Des larmes coulent sur sa tarte au chocolat.

Pourtant, lorsqu'elle est entrée dans ce café où vous avez pris l'habitude de vous retrouver, elle était rayonnante, si heureuse de vous annoncer sa mutation dans les bureaux d'Air France à Manhattan.

— On va enfin pouvoir vivre ensemble, faire un enfant…

Soudain, vous vous êtes montré très distant. Vivre ensemble ? Vous n'êtes pas encore prêt. Un enfant ? Vous lui balancez une liste de raisons de ne pas en avoir : la fin du désir, les responsabilités, votre agacement de voir la maternité érigée en valeur suprême…

Elle encaisse le choc. Puis il y a un silence écrasant pendant lequel elle reste immobile. C'en est trop. Vous ne pouvez plus supporter sa détresse, vous allez vous lever, la prendre dans vos bras, mais la voix insidieuse reprend sa rengaine :

Si tu restes avec elle, Céline mourra.

Alors, vous fuyez son regard pour observer sans les voir les passants qui se pressent sous la pluie.

— C'est fini ? demande-t-elle en se levant.

Comme vous n'osez pas lui répondre, vous confirmez seulement d'un signe de tête.

Quinze jours plus tard, vous retournerez dans ce café. L'un des serveurs vous tendra une enveloppe sur laquelle vous reconnaîtrez l'écriture déliée de Céline. Vous résisterez à l'envie de l'ouvrir. Vous rentrerez simplement chez vous en doutant de vos capacités à surmonter cet immense gâchis. Puis vous rassemblerez dans un carton les rares effets qu'elle a laissés chez vous ou qui portent encore sa trace : quelques vêtements, une trousse de toilette, un parfum Cacharel, un Folio de *Belle du Seigneur*, un recueil de poèmes d'Aragon, un CD de Nina Simone, la reproduction d'un Modigliani, l'affiche américaine du film *Un cœur en hiver*, un peigne en écaille, une théière japonaise, sa dernière lettre que vous n'avez pas ouverte…

Vous sortirez dans la rue de votre petit immeuble, à Greenwich Village, juste derrière la New York University. Vous jetterez le carton dans la poubelle, sur le trottoir d'en face, en affectant un air détaché.

En pleine nuit, pourtant, vous ressortirez dans le froid pour récupérer la lettre. Vous ne l'ouvrirez jamais, mais la garderez toujours sur vous, comme une illusion de sa présence.

Preuve, peut-être, que vous n'êtes finalement pas qu'un sale type.

Puis les années passeront.

Un an, deux ans… cinq ans.

Vous connaîtrez l'ascension sociale dont vous rêviez : la notoriété, les voitures de sport, les voyages en première, les mannequins dans votre lit, votre gueule à la télévision…

Avec le temps, vous vous ferez croire que vous avez oublié Céline.

Mais sans elle, vous vous sentirez toujours seul.

PREMIÈRE PARTIE

FUIR

1

Ce jour-là…

Nos vrais ennemis sont en nous-mêmes.

BOSSUET

Manhattan
Samedi 31 octobre 2007
7 h 59 mn 57 s

Sur son luxueux bateau amarré le long de l'Hudson, Ethan Whitaker profite de ses trois dernières secondes de sommeil.

Il est profondément endormi, flottant dans les brumes du pays des rêves qu'il s'apprête à quitter pour vivre une journée de cauchemar.

7 h 59 mn 58 s

Plus que deux secondes.

À cet instant, rien n'a encore débuté de cet étrange voyage qui va le mener au cœur du mystère et de la souffrance. Un pèlerinage secret et solitaire qui va à la fois le broyer et le faire renaître, mais aussi le confronter à ses plus grandes peurs, ses regrets les plus profonds, ses espérances les plus folles.

Savez-vous avec certitude ce que vous avez dans le ventre ?

Et si ce n'est pas le cas, que seriez-vous prêt à donner pour vous connaître vraiment ?

7 h 59 mn 59 s

Dernière seconde avant l'éveil.

Dernière seconde avant l'Éveil.

Et si nous étions tous à la poursuite de quelque chose que nous possédons déjà ?

8 h 00

Sursaut.

Ethan envoya une main hasardeuse qui tâtonna plusieurs secondes avant de stopper la montée en puissance de la sonnerie du réveil. D'ordinaire, elle le stimulait, aujourd'hui, elle l'agressait. Il mit longtemps à émerger, se sentit fiévreux, essoufflé comme après un effort intense. Il avait la gorge sèche de celui qui n'aurait pas bu depuis plusieurs jours. Il avait envie de vomir et une douleur lancinante l'engourdissait de la tête aux pieds. Il tenta d'ouvrir les yeux, mais dut y renoncer très vite : ses paupières semblaient couturées, sa tête sur le point d'exploser et la mèche d'une perceuse invisible vrillait méthodiquement l'intérieur de son crâne.

Quels excès de la veille son organisme était-il en train de lui faire payer ?

Il essaya de calmer sa tachycardie et, dans un effort surhumain, entrouvrit les paupières. Une lumière douce traversait les hublots du petit yacht, rehaussant de reflets brillants le ton clair des boiseries. Spacieuse, confortable, la cabine occupait toute la largeur du bateau. Mélange de design et de technologie, sa décoration respirait le luxe : lit *king size*, installation high-tech dernier cri, mobilier aux lignes épurées.

Couché en chien de fusil vers l'extérieur du lit, Ethan reprenait progressivement ses esprits, lorsqu'il sentit une présence à ses côtés. Il se retourna brusquement et cligna des paupières.

Une femme.

C'est déjà ça.

Elle était entortillée dans les draps de satin, n'offrant au regard qu'une épaule nue constellée de discrètes taches de rousseur.

Ethan se pencha vers elle pour découvrir un visage allongé aux traits délicats, en partie masqués par de longues mèches auburn qui tombaient en cascade sur l'oreiller.

Je la connais ?

Torturé par sa violente migraine, il tenta de se rappeler qui était cette femme et dans quelles circonstances elle avait atterri dans son lit, mais...

Rien.

Dans sa tête, le vide. Sa mémoire lui faisait l'effet d'être un programme informatique qui refusait de charger les données demandées. D'abord déconcerté, Ethan redoubla d'efforts : il se souvenait d'avoir quitté son travail en début de soirée, puis d'être allé prendre un verre au Socialista, un nouveau bar à la mode sur West Street. Dans cette ambiance *Cuba Libre* qui rappelait La Havane des années 40, il avait bu un mojito, puis deux, puis trois... Et après... plus rien. Il avait beau se concentrer, il constatait avec dépit qu'il ne lui restait aucun souvenir de la soirée de la veille.

Bon sang !

Un bref instant, il hésita à réveiller la belle endormie dans l'espoir qu'elle lui rafraîchisse la mémoire, mais il y renonça très vite pour s'éviter une conversation qui ne manquerait pas d'être houleuse.

Il s'extirpa du lit sans faire de bruit et emprunta d'un pas hésitant l'étroit couloir qui menait à la salle de bains. La cabine de douche était tapissée de bois exotique lamellé et aménagée comme un sauna. Il régla la robinetterie en position « hammam » et une vapeur chaude et humide envahit presque aussitôt la cage de verre.

Il prit sa tête entre les mains et commença à se masser les tempes.

Ne panique pas !

Cette histoire de perte de mémoire l'avait déstabilisé. Il détestait cette idée d'avoir perdu le contrôle de lui-même. Être responsable, essayer de maîtriser le cours de sa vie : voilà ce qu'il répétait pourtant à longueur de livres, de conférences et d'émissions télé.

Faites ce que je dis, mais pas ce que je fais...

Progressivement, la panique se dissipa. Vu sa gueule de bois, inutile d'être médium pour reconstituer le scénario de la veille : il avait entrepris la tournée des bars, voilà tout. Une soirée trop arrosée, peut-être « agrémentée » de quelques lignes de poudre blanche. Cette fille ? Un mannequin rencontré dans une boîte, qu'il avait dû draguer lorsqu'il était encore lucide.

Il regarda sa montre, s'inquiéta de l'heure tardive et remplaça la vapeur brûlante par un jet d'eau glacé, espérant, sans trop y croire, que ce choc thermique serait capable de lui rendre ses souvenirs.

De retour dans la chambre, Ethan constata que la mystérieuse inconnue dormait toujours à poings fermés. Il resta un bref instant immobile, fasciné par le contraste entre la blancheur de sa peau et les reflets cuivrés de sa chevelure. Il termina de se sécher en inspectant les vêtements féminins qui traînaient sur le sol : de la lingerie Victoria's Secret, une robe noire échancrée D & G, une paire de Jimmy Choo parée de cristaux…

Rien que du haut de gamme.

Quelque chose ne collait décidément pas : cette fille était trop belle, trop classe pour qu'il ne se souvienne plus de l'avoir draguée.

Sur le fauteuil, Ethan trouva une pochette monogrammée qui faisait office de sac à main. Il en inspecta le contenu sans vergogne. Pas de carte d'identité ou de permis de conduire qui l'aurait renseigné sur l'identité de la dormeuse. Juste une paire de lunettes de soleil, un poudrier, deux billets de cent dollars, une petite enveloppe pliée qui avait pu contenir de la cocaïne. Il referma le sac avec inquiétude.

Et si cette fille était une call-girl ?

Ethan était bien obligé d'envisager cette éventualité. Non pas qu'il doutait de son pouvoir de séduction. Il savait être persuasif avec les femmes, mais pas lorsqu'il était salement bourré, pas à 4 heures du matin et pas sans en garder le moindre souvenir.

Quoique...

Depuis qu'il était connu, qu'il passait à la télé et qu'il habitait un yacht de millionnaire, il n'avait plus à se démener beaucoup pour « emballer ». C'était l'un des bons côtés de la célébrité et il n'en était pas dupe, même si cela avait aussi parfois quelque chose d'un peu triste.

En tout cas, si cette femme était une professionnelle, il fallait la payer. Mais quel était le prix de ce « service » ? Mille dollars ? Cinq mille ? Dix mille ? Il n'en savait fichtrement rien.

Finalement, il opta pour une solution intermédiaire et glissa dans une enveloppe quatre billets de cinq cents dollars.

Il la plaça bien en évidence sur la table de nuit. Ce n'était pas très glorieux, il l'admettait, mais c'était comme ça. La vie était ainsi faite. Il aurait bien aimé rajouter autre chose, une explication honnête, mais il prit l'heure avancée comme un prétexte pour y renoncer. Il n'avait pas le temps. Cela faisait d'ailleurs déjà quelques années qu'avec les femmes il n'avait plus de temps pour les « explications ». Il y avait bien eu quelqu'un autrefois. Quelqu'un de vraiment différent. Mais c'était il y a longtemps. Il chassa le visage de cette femme de son esprit. Pourquoi repensait-il à elle justement aujourd'hui alors qu'il avait tourné la page depuis des années ? À nouveau, il regarda l'heure et gagna le pont supérieur, convaincu d'avoir réussi à bon compte à mettre un terme à cette fâcheuse histoire.

Avec son canapé en cuir crème et ses vitres panoramiques, le salon était au diapason des autres pièces du yacht : élégant et plein de lumière. Un coin-repas en chêne naturel et verre laqué jouxtait une cuisine équipée aux lignes sobres et fonctionnelles.

Ethan prit un flacon d'eau de toilette qui traînait sur une étagère entre une photo de lui avec Barack Obama et une autre avec Hillary Clinton. Il s'aspergea de cette lotion aux notes masculines de tabac et de cuir. Il assumait son côté « viril » et rejetait la tendance actuelle qu'avaient certains hommes à revendiquer à tout prix le côté féminin de leur personnalité.

Des conneries tout ça.

Ce matin, il participait à une importante émission sur NBC. Il devait donc être impeccable, fidèle à cette image qu'il avait patiemment construite de thérapeute humain plein de compassion, rigoureux dans sa pratique mais « cool » dans son apparence, une sorte d'être hybride entre Freud, mère Teresa et George Clooney.

Il ouvrit sa penderie pour attraper son costume favori : un Prada en laine et en soie qu'il compléta d'une chemise Oxford et d'une paire de Santoni.

Ne jamais sortir avec moins de 4 000 dollars de fringues sur soi.

C'était la règle si on voulait être bien habillé.

Devant le miroir, il ferma un bouton de sa veste – conseil de Tom Ford pour perdre instantanément dix kilos – et se composa un air faussement nonchalant, semblable à celui qu'il avait, l'année dernière, lorsqu'il avait posé pour le magazine *Vogue* consacré aux célébrités new-yorkaises. Dans sa collection de montres, il piocha un modèle

Hamptons et compléta sa parure avec un imper Burberry.

Au fond de lui, il savait bien que tout ce luxe ne signifiait strictement rien et était même un peu ridicule. Mais on était à Manhattan ! Il fallait bien soigner l'emballage puisque, aujourd'hui, tout n'était finalement plus qu'apparence.

Dans la cuisine, il grignota la moitié d'un bagel avant de sortir sur le pont extérieur où il fut décoiffé par le vent vif qui soufflait dans la baie de New York. Il chaussa une paire de lunettes de soleil, légères et ergonomiques, puis prit un moment pour apprécier le jour qui se levait.

Le petit port de North Cove était un endroit dont beaucoup de gens ignoraient l'existence. À deux pas de Battery Park et de Ground Zero, c'était une petite enclave très agréable au cœur de la ville. Encadrée par quatre tours de granit et de verre, la marina du World Financial Center faisait face à une élégante plaza dominée par une impressionnante verrière abritant un jardin d'hiver où trônaient de grands palmiers.

iPod sur les oreilles, tenues de sport dernier cri, une nuée de joggeurs terminaient leur parcours, le regard tendu vers Ellis Island et la statue de la Liberté. Ethan alluma une cigarette, histoire de les défier, tout en frottant ses mains l'une contre l'autre pour se réchauffer. Mine de rien, le vent soufflait dur, mais il aimait ces premières fraîcheurs automnales. Levant les yeux au ciel, il aperçut une oie sauvage et solitaire qui volait très bas. Il interpréta cela comme un signe de chance.

Cette journée avait débuté de façon étrange, c'est vrai, mais à présent, il se sentait revigoré, prêt à affronter la vie. Aujourd'hui serait une grande journée.

— Bonjour, monsieur Whitaker, le salua le gardien du port lorsqu'il pénétra dans le petit parking.

Mais Ethan ne lui répondit pas. Figé devant sa voiture – le dernier coupé Maserati, un bolide noir argenté à l'allure féline – il constatait avec dépit l'étendue des dégâts : la calandre était enfoncée, l'avant gauche cabossé, l'une des jantes abîmée et la portière profondément éraflée.

C'est pas vrai !

Il ne se souvenait pas d'avoir eu le moindre accident. La dernière fois qu'il avait pris sa voiture, la carrosserie étincelait de mille feux, dessinant des lignes à la fluidité parfaite.

En un instant, il était redevenu fébrile. Quelque chose de grave s'était passé cette nuit. Quelque chose dont il ne gardait aucun souvenir.

Non, tu t'inquiètes pour rien, comme d'habitude. Tu étais ivre et tu as dû accrocher une rambarde. C'est tout.

Il conduirait la Maserati au garage dès lundi et il la récupérerait comme neuve. Ça lui coûterait quelques dizaines de milliers de dollars, mais l'argent n'était pas vraiment un problème.

Ethan déverrouilla les portes du coupé, s'installa au volant et se retrouva niché dans un écrin rassurant, fait de bois précieux et de cuir italien aux coutures délicates. Un bref instant la douce odeur du luxe sembla l'apaiser, mais ce sentiment ne dura pas. Il regretta alors de ne pas avoir réveillé la jeune femme rousse endormie à ses côtés. À bien y réfléchir, c'était peut-être la seule personne qui pourrait lui dire ce qui s'était passé la veille.

Ethan hésita un instant à faire demi-tour pour revenir vers le bateau, mais il y renonça. Avait-il vraiment envie de savoir ? Il n'en était plus très sûr. C'était du passé et depuis quinze ans, il avait appris à ne pas s'encombrer du passé.

Il tourna la clé de contact et s'apprêtait à quitter le parking lorsqu'une image incertaine brouilla son esprit, bientôt suivie d'une pensée délirante. La jeune femme aux mèches auburn…

... et si elle était morte ?

Non, c'était absurde. Pourquoi pensait-il ça ? Ce matin, il se souvenait d'avoir distinctement senti le souffle doux et chaud de sa respiration. Il en était presque sûr.

Presque sûr, mais pas certain...

Il crispa le poing et l'abattit sur le volant.

Tu dis n'importe quoi !

Voilà sa tendance parano qui le reprenait. Un travers qui s'était développé en lui avec le succès et l'argent. Un travers alimenté par la peur de perdre en un instant ce qu'il avait mis quinze ans à gagner.

Arrête de te pourrir la vie avec ces élucubrations !

Ce retour à l'ordre joua comme un électrochoc et Ethan chassa presque instantanément ses mauvaises pensées et sa nervosité.

Cette fois, il quitta le parking pour de bon et plaça une accélération foudroyante, juste pour le plaisir de sentir vrombir les 400 chevaux du moteur V8.

Aujourd'hui allait être une bonne journée.

Il en était certain.

Une grande journée.

Une folle journée.

2

L'homme pressé

Je sais bien ce que je fuis, mais non pas ce que je cherche.

MONTAIGNE

Manhattan
Samedi 31 octobre
8 h 53

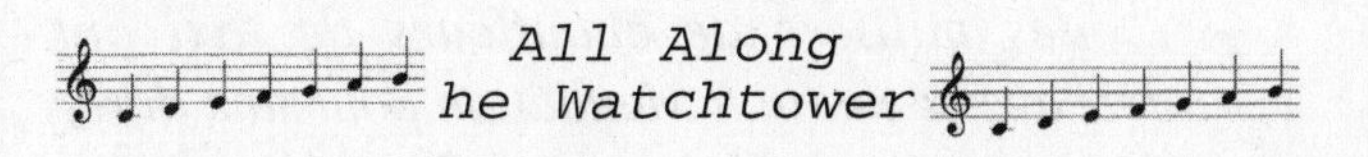

Les accords de guitare de Jimy Hendrix, parfaitement restitués par les onze haut-parleurs qui équipaient la voiture, déchirèrent la mélodie sourde et apaisante du moteur.

Pied au plancher, Ethan traversa rapidement le

quartier des affaires, si animé en semaine mais presque désert en ce samedi matin, avant de remonter vers Midtown.

Il n'avait pas fallu grand-chose pour qu'il retrouve son assurance. La vitesse, le ciel bleu, les rayons de soleil qui se reflétaient sur les façades de verre des gratte-ciel : tout concourait à magnifier New York.

Et Ethan adorait New York.

La ville où l'on se sent chez soi quand on est de nulle part.

Ce matin pourtant, quelque chose ne tournait pas rond. Les rues avaient l'aspect artificiel d'un décor de cinéma, comme si ce n'était pas le même New York que d'habitude ! Il fronça les sourcils, regarda les piétons, les voitures, les immeubles, sans parvenir à repérer l'anomalie.

Nerveusement, il tripota le bouton de la radio pour trouver une station locale :

> *... des milliers de chauffeurs de taxi ont débrayé ce matin à Manhattan pour une durée de quarante-huit heures afin de protester contre le projet municipal de rendre obligatoires les navigateurs GPS et les terminaux de carte bancaire...*

Voilà ce qui manquait au décor et rendait la circulation si fluide : les taxis ! Privé de ces légendaires véhicules jaunes, Manhattan donnait l'impression d'avoir perdu l'une des composantes de son identité.

... une atteinte à la vie privée selon les chauffeurs qui craignent que de tels systèmes, outre leur coût élevé, ne permettent aux autorités de suivre à la trace leurs déplacements. Selon la TCL, cette grève serait très suivie avec une participation proche de 100 %, occasionnant des perturbations importantes. Déjà les queues s'allongent aux aéroports Kennedy et Newark ainsi que devant Pennsylvania Station...

Ethan jeta un coup d'œil à l'horloge du tableau de bord et grimaça : il avait rendez-vous pour l'enregistrement en direct du célèbre show matinal *Saturday in America*. C'était une émission de référence, suivie chaque début de week-end par plus de six millions de téléspectateurs. Chaque fois qu'il y participait, les ventes de ses livres et de ses DVD explosaient, et la liste d'attente pour ses stages ou ses conférences se rallongeait de plusieurs semaines.

Il était devenu une célébrité médiatique trois ans auparavant, presque du jour au lendemain. Même si on l'appelait parfois « Docteur », Ethan n'était pas médecin. Il avait bien eu l'intention de faire des études de médecine à Seattle mais, après quatre ans d'université, il avait compris qu'il s'était fourvoyé. Les écoles de médecine étaient trop chères et le cursus trop long. D'ailleurs, le monde hospitalier ne l'intéressait pas. Il ne se voyait pas davantage en simple généraliste, soignant à longueur de temps des rhumes ou des maux de tête.

Ce qui l'attirait, en revanche, c'était tout ce qui s'apparentait, de près ou de loin, à la psychologie. Très vite, il s'était rendu compte qu'il avait du bagou et de l'ascendant sur les autres. Pourquoi ne pas mettre ses talents au service de ce qui le passionnait vraiment, les méandres de l'esprit humain ? Mais comme il était pragmatique et voulait réussir dans la vie, il chercha un créneau dans l'air du temps. Des mots commençaient à fleurir dans les livres et les médias : développement personnel, leçons sur le bonheur, mieux-vivre, estime de soi, épanouissement... Il comprit qu'il y avait dans ce domaine en pleine expansion une opportunité dont il devait se saisir. Il abandonna donc ses études et ouvrit un petit cabinet de psychothérapie à la lisière de Morningside Heights et d'East Harlem.

Pendant des années, il y soigna une clientèle populaire souffrant de dépression, d'addiction, d'arthrite et de douleurs de dos. Avec le recul, il se rendait compte combien cette époque avait été décisive. C'est au contact de cette clientèle de quartier qu'il s'était peu à peu formé, complétant ses connaissances en psychologie, se nourrissant de lectures et assistant même à plusieurs séminaires de pseudo-« guides spirituels », coachs de vie et autres gourous du développement personnel. À partir de ces éléments piochés à diverses sources, il avait bâti sa propre méthode reposant sur un panel de techniques éprouvées ou plus novatrices : pensée positive, thérapie comportementale, sophrologie, jeux de rôles, théâtre, psychodrame[1], luminothérapie, acupuncture, communication affective... Il avait été l'un des premiers à Manhattan à proposer la méthode du *walk and talk*, consistant à faire parler ses patients tout en vadrouillant à travers les allées de Central Park. Qu'importe si ces remèdes n'avaient pas tous des fondements scientifiques solides : du moment qu'une technique donnait des résultats avec certaines personnes, pourquoi se priver de son utilisation ?

Quatre ans plus tôt, sa vie avait basculé d'une

1. Thérapie utilisant la théâtralisation au moyen de scénarios improvisés joués par un groupe de participants et permettant la mise en scène de névroses.

drôle de manière. Un soir, à l'heure de fermeture de son cabinet, il avait vu débarquer une cliente mystérieuse accompagnée d'un garçon d'une dizaine d'années. Malgré les lunettes de soleil et le carré de soie qui lui couvrait les cheveux, Ethan avait tout de suite reconnu Loretta Crown, la productrice et animatrice du fameux talk-show qui portait son nom. Comment cette Afro-Américaine, comptant parmi les femmes les plus riches et les plus influentes du show-biz, avait-elle pu atterrir dans son modeste cabinet de Harlem ? La réponse tenait en quatre mots : sa femme de ménage. Quelques mois auparavant, Ethan l'avait si bien soulagée de ses migraines chroniques – grâce à trois séances d'acupuncture – qu'elle en avait parlé autour d'elle, faisant remonter l'information jusqu'aux oreilles de sa patronne.

En fait, Loretta venait consulter pour son fils, affligé d'une névrose traumatique depuis la mort brutale de son père, survenue deux ans plus tôt dans des circonstances tragiques. Lors d'une promenade en bateau, le père avait cédé à la demande de son fils qui rêvait de tenir le gouvernail quelques minutes. Il en avait profité pour régler le volume de la voilure. Déséquilibré par un coup de vent, l'adulte était brusquement tombé à la mer et le gamin, ne sachant quoi faire pour stopper le voilier, s'était jeté à son tour dans les eaux froides de l'Atlantique. Une heure plus tard, les sauveteurs n'avaient repêché qu'un seul survivant.

Depuis ce terrible accident, le gamin traversait une crise de culpabilité, enchaînant les phases d'angoisse, les cauchemars et les flash-back envahissants qui le replongeaient au cœur du drame. Lorsque Ethan l'avait rencontré, il était insomniaque et fébrile, incapable de se concentrer, et n'avait plus mis les pieds en classe depuis des mois.

Loretta Crown avait traîné son fils chez les psychologues les plus réputés de la côte est, mais ni les antidépresseurs ni les bêtabloquants ni l'hypnose n'étaient parvenus à le libérer de ses troubles.

Ethan avait eu de la chance et de l'intuition. Les quelques séances de mouvements oculaires[1] qu'il avait dirigées avaient aidé l'enfant à « revivre » cet épisode traumatique en réorganisant sa mémoire pour permettre au cerveau de « digérer » la tragédie qu'il avait vécue.

---

1. L'*Eye Movement Desensitization and Reprocessing* (EMDR) est une psychothérapie utilisée notamment dans le traitement du syndrome de stress post-traumatique. Elle repose sur l'utilisation des mouvements oculaires – semblables à ceux qui ont lieu spontanément pendant les rêves – pour permettre au cerveau de « digérer » rapidement les résidus de traumatismes du passé.

Une fois son fils hors de danger, Loretta Crown s'était sentie redevable envers Ethan. Elle l'avait incité à écrire un livre sur son expérience de thérapeute pour plus tard l'inviter sur le plateau de son émission. Depuis près de vingt ans qu'elle était à l'antenne, la reine du talk-show était devenue une véritable institution. Loretta animait sa grand-messe sur plus de cent cinquante chaînes locales syndiquées. Les jours de forte écoute, son audience dépassait les quinze millions de spectateurs, dont 80 % de femmes. À la manière d'un Larry King, Loretta était une icône de la culture populaire et jouissait d'un considérable pouvoir de prescription sur ses millions de téléspectatrices. Après qu'elle eut recommandé le livre d'Ethan à l'antenne, celui-ci s'était retrouvé propulsé dans les meilleures ventes. Le jeune thérapeute avait ensuite bénéficié d'articles dans la presse qui l'avaient fait inviter dans d'autres émissions de télé et de radio. Au bout du compte, il n'avait pas fallu six mois pour qu'il devienne un invité incontournable des plateaux télé dès qu'on abordait un thème ayant un lien avec la psychologie.

Ethan avait saisi la balle au bond et était aujourd'hui à la tête d'un petit empire financier. Il dispensait désormais son « enseignement » sous forme de livres, conférences, stages hors de prix, sites web, DVD, audiobooks, calendriers zen, CD de relaxation. Récemment, plusieurs universités lui avaient même proposé d'assurer des « cours de bonheur », discipline à la mode dans beaucoup de facs depuis que le jeune psychologue Tal Ben Shakar avait développé ce thème dans les amphis du campus de Harvard.

À l'antenne, Ethan inspirait confiance. Il avait une bonne tête, de l'assurance, mais pas d'arrogance. Il ne se positionnait jamais en gourou spirituel, ce qui le rendait encore plus crédible. Son discours était rodé, plein de bon sens, bien adapté à notre époque envahie par le doute. Il incitait les gens à se soigner sans psychanalyse lourde ni antidépresseurs – même si lui-même était accro au Prozac. Il prônait un mode de vie simple et détaché des contingences matérielles – même si lui vivait dans le luxe et l'ostentation –, il mettait l'accent sur la famille, l'amitié, les relations sociales – alors que lui-même vivait comme un solitaire...

Faites ce que je dis...

Ethan rétrograda avant de s'engager sur Broadway. Malgré l'heure tardive, il voulait faire un détour par Times Square : un dernier compte à régler avec son passé. Car ça faisait quinze ans, quinze ans jour pour jour, qu'un soir d'automne, il avait quitté son ancienne vie avec l'espoir de devenir quelqu'un d'autre.

Il s'arrêta devant le Marriott, confia ses clés à un voiturier, mais au lieu de pénétrer dans l'hôtel, il traversa l'avenue.

Times Square était presque désert. Au milieu de la rue, un groupe de Japonais éméchés jouaient à se prendre en photo en hurlant des « YATTA » parodiques rappelant leur série télé préférée.

Ethan alluma une cigarette. Le distributeur de journaux était toujours à la même place, comme dans son souvenir. Il inséra la monnaie demandée et s'empara du *New York Times* du jour. Il déplia le journal pour en sortir le cahier *Art & Culture* où sa photo s'étalait en première page sous le titre :

Le psy qui séduit l'Amérique

Au départ, le papier était prévu pour la semaine suivante, mais grâce à ses relations Ethan avait réussi à en avancer la parution pour marquer ce drôle d'anniversaire qu'il était le seul à connaître. Il parcourut l'article en diagonale : il était plutôt flatteur et sonnait comme une consécration.

Il crispa son poing et l'abattit sur l'habitacle en métal d'un téléphone public. Voilà, il avait réussi ! Il avait tenu sa promesse : la première page du *New York Times* en quinze ans ! Il était arrivé au sommet en partant de rien et, comme disaient les gens ici : *Ce que tu as fait à New York, tu peux le refaire n'importe où...*

De l'autre côté de la rue, deux ouvriers remplaçaient une vitre dans la vitrine du Virgin Megastore. En les regardant, Ethan se revit, quinze ans plus tôt, lorsqu'il travaillait sur les chantiers avec Jimmy. Pour la première fois peut-être, il mesura vraiment le chemin parcouru. Cette même rue, il l'avait traversée quinze ans plus tôt. Quinze mètres pour passer de l'autre côté, quinze ans pour parvenir à la gloire. Dans sa tête, les souvenirs affluaient, mais il les repoussa.

Bien sûr, pour en arriver là, il avait tout sacrifié et fait le vide autour de lui, mais le jeu en valait la chandelle.

En regardant la circulation qui s'écoulait vers le sud, il ressentit une pointe de mélancolie. C'était quand même étrange de n'avoir personne avec qui partager cette réussite, non ?

Pendant une seconde, une vision traversa son esprit : les yeux verts de Céline qui le regardaient. Elle battit des cils et l'image disparut. Ethan fut parcouru d'une palpitation subite suivie d'une brutale impression de désarroi.

Non, reprends-toi ! La vie est belle. Tu as tout ce que tu désires. Et tu sais très bien qu'on est toujours tout seul. Dans les moments vraiment flippants de l'existence, on est tout seul. On est tout seul quand l'amour s'en va, tout seul quand les flics débarquent au petit matin, tout seul face au médecin qui nous annonce un cancer, tout seul quand on crève...

Il se força à chasser ce coup de blues. Pour éviter la déprime typique qui suivait les grandes réussites, il devait à tout prix se fixer un autre challenge dans les années à venir. Il réfléchit un instant : la politique peut-être... On lui avait déjà fait des appels du pied pour intégrer l'équipe municipale. S'il s'investissait pleinement, il se sentait capable de devenir maire de New York. Pas aux prochaines élections, mais aux suivantes, dans huit ans.

Voilà à quoi il songeait lorsque son BlackBerry vibra dans sa poche. C'était la productrice de NBC qui s'inquiétait de son retard.

Ethan parcourut à pied les quelques blocs qui le séparaient du Rockefeller Center. Longeant la

5e Avenue, il bifurqua entre la 49e et la 50e et se laissa glisser le long des *channel gardens*, le passage fleuri qui menait à Tower Plaza. Le vent faisait claquer les drapeaux et déformait la parfaite symétrie des jets d'eau. Exceptionnellement, l'émission de ce matin n'était pas enregistrée aux studios du GE Building, mais en plein air et en public, sur la célèbre esplanade, à deux pas de la patinoire, sous le regard du flamboyant Prométhée de bronze.

Ethan eut juste le temps de passer au maquillage avant d'être accueilli sur le plateau par Madeline Devine, la star de la tranche info du matin. Son interview devait durer cinq minutes, entre un morceau *live* de James Blunt et une contre-enquête sur la disparition mystérieuse d'Alyson Harrison, la sulfureuse héritière connue pour son mode de vie débridé.

Fin de la coupure de pub. Antenne dans trente secondes. Corsetée dans un tailleur couleur pastel, Madeline Devine relisait ses fiches une dernière fois. Elle avait un visage de poupée, des dents de porcelaine et des cheveux blonds ramenés en chignon. Une maquilleuse de plateau termina de rafraîchir son teint et c'est une présentatrice toute pimpante qui annonça :

— Notre prochain invité a mis l'intelligence

émotionnelle et l'estime de soi au centre de son discours. Ses conseils nous aident à traverser les périodes difficiles et à prendre la vie du bon côté. Ses livres trônent au sommet des palmarès et promettent de nous dévoiler des aspects insoupçonnés de notre personnalité. Mesdames et messieurs, je vous demande d'accueillir Ethan Whitaker !

Ethan gagna son siège sous les applaudissements. Pas facile de passer après James Blunt, mais il allait leur faire son numéro de charme habituel.

Le plateau de *Saturday in America* se voulait chaleureux avec ses mugs de café fumant placés devant chaque invité et sa grosse corbeille de viennoiseries et de fruits qui donnaient l'illusion d'un petit déjeuner entre copains. Madeline Devine entama l'entretien d'un ton amical. Diffusée à une heure de grande écoute, l'émission était consensuelle et Ethan savait qu'il n'avait pas à redouter de questions pièges. L'essentiel était d'avoir l'air suffisamment convaincant et de sourire. Il se détendit et baissa la garde, enclenchant un discours bien rodé.

Présentatrice : Dans vos livres et vos conférences vous insistez souvent sur la nécessité d'adopter une attitude positive face à la vie…

Ethan : C'est vrai. Nous avons tous

intérêt à chasser nos pensées négatives, à voir le verre à moitié plein plutôt qu'à moitié vide. Pour y arriver, il faut nous débarrasser des préjugés que nous avons sur nous-mêmes et qui nous empêchent de progresser. Éliminons le doute de notre esprit ! Ne pensons plus *je voudrais*, pensons *je veux* ! Ne pensons plus *je pourrais*, pensons *je peux* !

À force de marteler tout le temps les mêmes phrases, Ethan avait l'impression de n'être qu'un vulgaire automate.

Présentatrice : Il ne faut pas confondre plaisir et bonheur, n'est-ce pas ?

Ethan : C'est vrai : la recherche du simple plaisir ne conduit pas à un bonheur durable. Le véritable bonheur se construit en étant tourné vers l'autre, en s'investissant dans une relation durable, en s'engageant en amitié et en amour, en s'impliquant dans des actions bénévoles... L'individualisme est une illusion. C'est en contribuant au bien-être des autres que l'on aura une chance d'atteindre son propre bien-être.

Tant de belles phrases qu'il ne s'appliquait jamais à lui-même ! Ah, c'était facile de jouer au professeur et d'égrener ces perles de sagesse, mais c'était une autre affaire de les mettre en pratique dans sa propre vie…

Ethan : Nous vivons dans une société de plus en plus riche, mais pas forcément plus heureuse.

Présentatrice : Qu'est-ce qui vous fait dire ça ?

Ethan : Voyons, Madeline, notre pays consomme les trois quarts de la production mondiale d'anti-dépresseurs…

Présentatrice : Comment sortir de cette spirale ?

Ethan : En donnant plus de sens à notre quotidien.

Présentatrice : C'est-à-dire ?

Ethan : Madeline, n'avez-vous jamais eu l'impression que votre vie vous échappait ? N'avez-vous jamais eu l'impression de vivre dans un monde de pacotille ? Un monde dans lequel nos désirs sont façonnés par la publicité, un monde dans lequel notre consommation dépend du regard de notre voisin et notre façon de penser de ce que l'on entend à la télé...

De plus en plus souvent, il ressentait une forme de lassitude à participer à ce cirque médiatique, mais pouvait-il faire autrement à cette époque de paraître et de concurrence ?

Présentatrice : Y a-t-il une recette pour être heureux ?

Ethan : Nous devons oser changer, oser devenir acteurs de notre propre vie, prendre le risque de partir à la découverte de nous-mêmes.

Présentatrice : Avons-nous tous la capacité d'accéder au bonheur ?

Ethan : Je pense que le destin n'existe pas. Je pense que l'on doit assumer l'entière responsabilité de ce qui nous arrive, mais je pense aussi que chaque individu porte en lui une aptitude au bonheur qu'il a intérêt à cultiver.

Ethan cligna des yeux plusieurs fois et masqua un bâillement, séquelle de sa nuit agitée. Il fallait qu'il se concentre davantage. Il redoutait les émissions en direct, car le moindre écart de langage pouvait être fatal. Si une intervention télé réussie pouvait vous propulser, une émission ratée pouvait briser votre carrière. Pendant quelques secondes, il joua à se faire peur. Que se passerait-il s'il se laissait aller à un propos malheureux sur les minorités ethniques, les femmes, la religion, le sexe ? Que se passerait-il s'il balançait par exemple : *Vous savez, Madeline, hier soir, je me suis tapé une call-girl et j'étais tellement bourré que j'ai bousillé ma voiture en rentrant chez moi...* Pendant un ou deux jours, la séquence serait numéro 1 sur *You Tube* et *Dailymotion*, ruinant sa crédibilité de thérapeute et le renvoyant dans les limbes de l'anonymat et de la pauvreté. Il fit un effort de concentration, jeta un coup d'œil au moniteur – sa chemise bleue rendait bien à l'antenne, son autobronzant laissait croire qu'il revenait de vacances – et posa sa voix pour énoncer avec conviction :

Ethan : Nous devons apprendre à vivre dans le présent. À trop regarder le passé, nous ressassons des remords et des regrets. À trop espérer du futur, nous nous berçons d'illusions. La seule vie qui vaille vraiment la peine est celle du moment présent…

Présentatrice : Un dernier conseil à nos téléspectateurs ?

Ethan : Dépêchez-vous de vivre, dépêchez-vous d'aimer, car vous ne savez jamais combien de temps il vous reste au compteur. Nous croyons toujours avoir le temps, mais ce n'est pas vrai. Un jour nous prenons conscience que nous avons franchi le point de non-retour, mais il est alors trop tard.

Présentatrice : Le *point de non-retour* ?

Ethan : C'est le moment où l'on se rend compte que l'on ne peut plus revenir en arrière. Le moment où l'on se rend compte qu'on a laissé passer sa chance…

Ethan se faisait démaquiller dans sa loge. Il était satisfait de sa prestation : ce concept qu'il avait trouvé à la fin de l'interview – le *point de non-retour* –, c'était une idée intéressante qu'il développerait peut-être dans ses séminaires ou dans un bouquin.

Madeline Devine le rejoignit pour le complimenter. Elle avait besoin de quelques plans d'Ethan « en situation » pour les mettre en ligne sur le site web de l'émission.

— L'idéal serait de pouvoir vous filmer dans votre cabinet, si vous n'y voyez pas d'inconvénient.

Ethan était contrarié, mais n'en laissa rien paraître. Il n'avait aucune envie d'avoir un fouineur dans les pattes ce matin.

— Frank peut vous accompagner tout de suite, proposa Madeline en désignant l'un des cameramen. Ça sera en boîte dans une heure.

Ethan hésita une fraction de seconde. On ne disait pas non à Madeline Devine, on ne disait pas non à NBC. C'était le jeu du business et, comme le pensait Warhol, *good business is the best art*. D'un autre côté, il n'avait pas prévu d'aller au bureau ce matin. L'image de la femme rousse – mystérieuse et menaçante – lui trottait toujours dans la tête et il n'avait qu'une envie : retourner sur son bateau pour s'assurer qu'elle n'était plus dans son lit.

— Alors, Ethan, c'est d'accord ?

« Non, Madeline, pas ce matin », était-il décidé à lui répondre. À la place de quoi, il s'entendit articuler :

— Bien sûr, dites à Frank de me suivre.

3

Le mystère Whitaker

La fêlure par laquelle la tristesse se faufile, c'est celle par laquelle vous aurez laissé entrer le monde des apparences et des futilités.

Hélène GRIMAUD

Manhattan
Samedi 31 octobre
10 h 35

Solidement planté sur les bords de l'East River, le gratte-ciel Art déco du 120 Wall Street occupait l'intégralité d'un bloc de l'une des plus célèbres artères du monde. Sa silhouette était moins longiligne que celle de son voisin, le postmoderne Continental Center aux formes octogonales drapées d'un habillage de verre, mais la taille ne faisait pas tout. Il y avait aussi le caractère, le charme, la présence. Et à l'aune de ces critères, le 120 Wall Street tirait plutôt bien son épingle du jeu avec sa façade en calcaire étonnamment blanche, ses angles vifs et ses lignes bien dessinées.

Ethan traversa le hall d'entrée comme une flèche, pisté par le preneur d'images qui peinait à le suivre dans ce dédale de marbre rose, de granit rouge et de nickel chromé. Avant de s'engouffrer dans l'ascenseur, il activa son oreillette et appela Lyzee, son assistante. Une « conversation » qui dura au plus deux secondes, à peine le temps pour Ethan de prévenir :

— Je suis là dans une minute.

Trente étages plus haut, Lyzee raccrocha en se demandant quelle serait ce matin l'humeur de son patron. Ces derniers temps, elle le trouvait de plus en plus souvent irritable, démotivé, lassé et fatigué de tout. Elle avait suivi Ethan dans son ascension, depuis le petit cabinet de Harlem jusqu'à cet immeuble luxueux de Wall Street. La première fois qu'ils s'étaient rencontrés, neuf ans plus tôt, Lyzee était chômeuse, grosse, moche, sans aucune qualification ni aucune estime d'elle-même.

Pour bénéficier des coupons d'alimentation, le bureau d'aide sociale l'obligeait à effectuer quelques heures de ménage dans les entreprises du quartier qui en faisaient la demande. C'est ainsi qu'elle avait atterri chez Ethan, mais celui-ci avait davantage besoin d'une secrétaire que d'une femme de ménage. Elle s'était si bien adaptée qu'Ethan avait fini par l'embaucher à plein temps. Lorsque le thérapeute avait accédé à la notoriété, il n'avait pas été long à vendre son cabinet pour emménager dans le luxe et le confort d'un quartier prestigieux. Lyzee ne se faisait alors aucune illusion sur ses chances de continuer à travailler pour lui. Elle connaissait l'ambition d'Ethan et ne doutait pas un instant que le jeune thérapeute embauche une assistante correspondant au standing de sa nouvelle clientèle. Une belle Blanche aux yeux clairs, à la silhouette élancée, à la taille fine, aux bonnes manières et à l'humeur égale. Tout ce qu'elle n'avait pas, tout ce qu'elle n'était pas. Mais contre toute attente, Ethan lui avait proposé de poursuivre l'aventure avec lui. Touchée par cette marque de confiance, elle s'était pourtant vue contrainte de refuser :

— Désolée, mais je ne saurais pas faire.

— Quoi donc ?

— Je n'ai pas les codes pour accueillir votre nouvelle clientèle. Je pense que je ne serais pas à ma place. Je pense que je n'ai pas assez d'éducation.

Il avait secoué la tête, chassé ces arguments d'un geste de la main, et la discussion avait été close.

C'était vraiment ce qu'elle aimait en lui : il savait motiver les gens. C'était ça son grand don, la véritable raison de son succès. C'était quelque chose dont lui-même n'avait pas toujours conscience. Quelque chose qui le dépassait. D'une parole, d'un regard, il avait la capacité de rendre à ses patients leur confiance en eux-mêmes.

Pour se mettre « au niveau », elle avait d'abord perdu vingt kilos, s'était fait refaire le nez, avait coupé ses cheveux et troqué ses jeans et sweat-shirts informes contre des tailleurs-pantalons Dona Karan.

Désormais, elle fréquentait le même coiffeur que Jennifer Connelly, avait pris une carte d'abonnement dans le salon de beauté de Sarah Jessica Parker et, depuis quelques semaines, avait subi ses premières injections de Botox après avoir pourtant juré qu'elle n'en passerait jamais par là.

Aujourd'hui, lorsqu'elle se regardait dans la glace, elle se faisait l'effet de vivre dans le corps d'une autre. C'était étrange, léger, indéfinissable. Parfois, il lui semblait que même sa peau s'était éclaircie.

En apparence, tout s'était donc simplifié dans sa vie. Le salaire et les primes que lui versait Ethan lui permettaient d'envoyer ses deux enfants dans une meilleure école et de payer une vraie maison de retraite à sa mère. Néanmoins, elle repensait avec nostalgie aux bonnes années qu'ils avaient passées à Harlem, lorsqu'ils soignaient une clientèle populaire et majoritairement black. Il y avait souvent de la violence, du découragement et de la précarité, mais au moins, il y avait de l'animation, de la vie. Aujourd'hui, l'argent coulait à flots et elle en profitait largement, mais ici tout était trop grand, trop propre, trop zen, trop lisse. Les *patients* d'autrefois avaient fait place à un petit nombre de *clients* triés sur le volet : cadres du monde des affaires, sportifs professionnels, hommes politiques, pseudo-célébrités des médias. Ici, ce n'était pas la « vraie vie ».

Que pensait Ethan de tout ça ? Au fond, elle l'ignorait. Elle le voyait tous les jours, mais il conservait son mystère. Que savait-elle réellement sur lui ? Pas grand-chose. Ils entretenaient une relation étrange. Ils n'étaient pas amis à proprement parler, mais ils savaient tacitement qu'ils pouvaient compter l'un sur l'autre. Lyzee lui devait tout et aurait été capable de beaucoup de choses pour lui. Elle avait même fait une liste : mentir sous serment devant un tribunal, endosser une faute à sa place, l'aider à cacher un cadavre en pleine nuit…

Mais depuis quelque temps, elle sentait chez son patron un abattement qui flirtait parfois avec l'autodestruction. Plusieurs petits matins, elle l'avait retrouvé endormi sur le canapé du bureau, près de la table basse en verre où subsistaient quelques traces d'alcool et de cocaïne. C'est cela qui l'avait alarmée, car son patron avait été jusque-là plutôt sobre. Que lui arrivait-il ? Elle l'avait regardé ce matin à la télévision. Depuis la fin de l'émission, le téléphone n'avait pas arrêté de sonner et elle avait déjà pris plus de consultations qu'il n'était raisonnable. Le site internet du cabinet qui délivrait les inscriptions pour les séminaires n'était pas loin de la saturation tandis que sur *amazon*, le dernier livre d'Ethan talonnait Stephen King et John Grisham dans la course aux meilleures ventes.

Lyzee avait trouvé la prestation de son patron plutôt convenue, sauf à la fin de l'interview où il avait été plus convaincant. Cette notion qu'il avait tout juste effleurée – le *point de non-retour* –, elle était certaine que ce serait le titre de son prochain livre ou de sa prochaine conférence.

Pourtant, derrière son savoir-faire et son charisme, elle avait deviné sa fatigue et sa lassitude. Il était dans le contrôle permanent : celui de son image et de sa parole, et dans l'anticipation d'un éventuel faux pas. Ces derniers jours, elle l'avait senti proche de la rupture, tout près de basculer. Mais vers quoi ? Quelle était la clé pour comprendre cet homme ? Elle le sentait arrivé au bout d'un cycle et elle aurait bien voulu l'aider à dépasser le stress et l'anxiété qu'il cachait derrière une suractivité et un sourire de façade. Peut-être aurait-il fallu qu'elle ait une franche discussion avec lui, mais pour le moment, elle n'en avait pas le courage. Du moins pas ce matin où Ethan allait avoir un autre problème à gérer.

Tout à l'heure, lorsque Lyzee était arrivée au bureau, une très jeune fille attendait devant la porte du cabinet. Comment avait-elle pu tromper la vigilance des portiers ? Mystère. Mais elle était bel et bien là, assise contre le mur, tenant dans sa main crispée l'article du *New York Times* consacré à Ethan.

— Je veux voir Ethan Whitaker, avait-elle annoncé d'un ton agressif.

Pour calmer le jeu, Lyzee lui avait expliqué d'une voix apaisante qu'il fallait prendre rendez-vous.

— Mais comme tu es mineure, ce sont tes parents qui doivent le faire à ta place.

— Je veux le voir aujourd'hui, avait répliqué l'adolescente.

— Ça, c'est impossible.

— Je vais l'attendre.

Lyzee avait allumé son portable pour appeler la sécurité, puis elle s'était ravisée. Résoudre les problèmes par la force, c'était trop facile et ça manquait surtout d'humanité. Elle avait donc accepté que la jeune fille patiente dans la salle d'attente tout en sachant très bien qu'Ethan n'allait pas apprécier.

— Alors, j'étais comment ? demanda Ethan à Lyzee pendant que le cameraman réglait son appareil.

— Très bon, comme d'habitude, répondit-elle en lui tendant une tasse de café. Pourtant, vous étiez un peu fatigué, n'est-ce pas ?

— Ça se voyait tant que ça ?

— Non, ne vous inquiétez pas.

Elle déposa devant lui le courrier qu'elle venait de trier ainsi que la presse du matin, avant de remarquer :

— En tout cas, le coup du *point de non-retour*, c'était bien vu.

— Ah, tant mieux. J'ai trouvé aussi. Et l'article du journal ?

— Vraiment élogieux. En plus, la photo est belle : on dirait Clooney.

Ce n'était pas vrai, mais elle savait que ça lui ferait plaisir.

— On a déjà des retombées ?

— Je vous ai transféré les derniers chiffres : vous allez être agréablement surpris.

Satisfait, Ethan s'installa à son bureau et alluma son MacBook argenté pour synchroniser les données de son BlackBerry. Lyzee proposa un café à Steve, le cameraman, qui contemplait la ville à travers la fenêtre, s'extasiant sur la vue à couper le souffle.

Puis elle se pencha vers Ethan et murmura :

— Il faut que vous régliez quelque chose.

D'un signe, elle lui fit comprendre de la suivre dans le couloir.

— Qu'est-ce qui se passe ?

— Il y a quelqu'un dans la salle d'attente.

— On avait dit, pas de rendez-vous aujourd'hui.

— Je sais bien, mais…

— Qui est-ce ?

— Une jeune fille. Elle a vraiment insisté pour vous voir.

— Expliquez-lui que ce n'est pas possible, c'est tout. C'est à vous de faire ça. C'est votre boulot.

Avant de regagner son bureau, Ethan se dirigea vers le poste de travail de Lyzee et fouilla sans gêne dans son tiroir.

— Vous n'avez pas un de vos trucs contre la migraine ? J'ai mal à la tête depuis mon réveil !

Lyzee referma le tiroir d'un mouvement autoritaire, bien décidée à ne pas se laisser marcher sur les pieds. Elle prit deux comprimés dans son sac à main et les tendit sans un mot à son patron.

Ethan regarda les pastilles d'Advil avec mépris.

— Il me faut quelque chose de plus fort !

Lyzee se tourna alors vers l'étagère, attrapa un des livres et le jeta sur le bureau. Sur une couverture, un portrait souriant, zen et rassurant.

Ethan Whitaker
LA VIE SANS MÉDICAMENTS
déjà 400 000 exemplaires vendus

— Vous devriez peut-être appliquer à vous-même les beaux conseils que vous donnez aux autres !

Ethan encaissa la repartie sans broncher. Lyzee l'avait mouché et il l'avait bien mérité.

Un profond découragement s'abattit sur lui. Épuisé et vidé, il ne ressentait plus qu'une vague nausée et la peur. Cette peur qui ne l'avait pas vraiment quitté et qu'il essayait sans succès de refouler depuis qu'il s'était réveillé aux côtés de cette femme et qu'il avait découvert les larges éraflures sur sa voiture. À nouveau, il fouilla dans sa mémoire, mobilisant toute sa concentration pour récupérer quelques bribes de souvenirs de la veille. Il se revoyait clairement entrer au Socialista sur le coup de 9 heures. Il se souvenait de la musique cubaine et des tequilas. Mais après ? Quelques flashs refaisaient lentement surface sous la forme d'images s'entrechoquant avec douleur : des motos qui pétaradent, des filles qui dansent sur un comptoir, des serveuses au soutien-gorge en cuir qui hurlent des insultes dans un mégaphone. Il connaissait cet endroit ! Hogs & Heifers, le bar pour *bikers* de Meatpacking District : un endroit gentiment décadent qui avait inspiré le film *Coyote Ugly*. Et après ? Il voyait… il voyait… il ne voyait plus rien…

Et il avait un horrible mal de crâne.

Il n'aurait jamais dû accepter de faire le guignol devant ce cameraman. Il aurait dû revenir directement sur le bateau pour tenter d'éclaircir ce mystère.

Saisi d'une brusque inspiration, il s'installa sur le siège de Lyzee et décrocha le combiné. Après tout, il y avait le téléphone sur le bateau. Il n'avait qu'à essayer d'appeler et peut-être que la mystérieuse inconnue lui répondrait. Effectivement, au bout de trois sonneries, quelqu'un décrocha :

— …

— Allô ?

— …

À l'autre bout du fil, la personne demeurait muette, même si une respiration régulière trahissait sa présence.

— Allô ? répéta Ethan. Qui êtes-vous ?

Pas de réponse.

Ce dialogue de sourds dura encore une vingtaine de secondes, jusqu'à ce que l'individu présent sur le yacht décide de raccrocher.

Lyzee secoua la tête, atterrée par le comportement incohérent de son patron.

— Je vous expliquerai plus tard, promit Ethan en se levant.

Il était de plus en plus soucieux du tour que prenait cette histoire.

Lyzee, elle, avait une autre préoccupation :

— Je crois qu'il y a une patiente qui a besoin de vous.

4

Jessie

C'est là le sujet qui m'intéresse le plus : l'amour, le manque d'amour, la mort de l'amour, la douleur qu'entraîne la perte des choses qui nous sont les plus nécessaires.

John CASSAVETES

Ethan ouvrit la porte de la salle d'attente de mauvaise humeur.

Aménagée avec soin, la pièce était baignée de cette lumière bleu acier typique de Manhattan. Recroquevillée sur le canapé en cuir clair, une adolescente de treize ou quatorze ans, le menton posé sur ses jambes repliées, fixait la fenêtre d'un œil vide. Son regard s'éclaira lorsque Ethan entra dans la pièce et, pendant deux secondes, le thérapeute et la jeune fille se jaugèrent en silence. Elle avait le teint pâle et les yeux cernés. Ses longs cheveux blonds plaqués vers l'avant masquaient une partie de son visage fatigué. Mais c'était surtout sa silhouette fine et frêle qui lui donnait une allure fragile, malgré la veste en jean et le blouson d'aviateur trop grand qu'elle avait enfilé pardessus.

— Où sont tes parents ? demanda Ethan sans ménagement.

— Ils sont morts, répondit-elle du tac au tac.

Ethan secoua la tête.

— Non, tu mens, affirma-t-il sans hésitation. Je sais reconnaître lorsque les gens mentent, et là tu mens.

— Vous savez reconnaître lorsque les gens mentent ?

— Ouais, c'est mon métier.

— Je croyais que votre métier, c'était d'aider les gens.

Ethan fit des efforts pour se radoucir :

— C'est quoi ton nom ?

— Jessie.

— Tu as quel âge ?

— Dix-sept.

— Non, tu as quel âge, *vraiment* ?

— Quatorze.

— Écoute, Jessie, tu es une enfant, donc je ne peux pas te recevoir en consultation sans tes parents ou ton tuteur, tu comprends ?

— Je pourrais vous payer, vous savez.

— Ce n'est pas une question d'argent.

— Bien sûr que si ! Vous me parlez sur ce ton parce que vous pensez que je suis pauvre !

Ethan soupira. Par réflexe, il mit la main dans la poche de sa veste et attrapa son paquet de cigarettes.

— Je croyais que c'était interdit, fit-elle en pointant la clope qu'il venait de mettre entre ses lèvres.

— Tu vois quelqu'un qui fume ? demanda-t-il en lui montrant qu'elle n'était pas allumée.

— Si j'étais l'une de ces gosses de riches et si j'étais venue avec mes parents, vous me traiteriez différemment, c'est ça ?

— Ouais, c'est ça, répondit Ethan excédé.

— C'est la vie ?

— Oui, c'est la vie, et elle est parfois injuste et dégueulasse. Ça te convient comme réponse ?

— Vous aviez l'air plus gentil à la télé, constata-t-elle, dépitée.

Ethan regarda sa montre. Il pensa à ce type qui l'attendait dans son bureau, à cette femme sur son bateau, à ce coup de fil étrange qui l'avait déstabilisé, au mépris qu'il avait senti tout à l'heure dans le regard de Lyzee et à la déception qu'il devinait à présent chez cette jeune fille.

— Qu'est-ce que tu es venue faire ici ?

Jessie hésita à répondre.

— Je voulais… que vous m'aidiez.

— Écoute, mon assistante va te donner l'adresse d'un confrère, spécialiste de psychologie infantile. Dis-lui que tu viens de ma part.

— Mais c'est vous que j'étais venue voir !

— Moi, je ne peux pas t'aider.

— Dans les journaux pourtant, ils disent que vous…

— Il ne faut pas croire ce qu'il y a d'écrit dans les journaux, la coupa-t-il.

Elle chassa une mèche de son visage et brièvement, Ethan accrocha son regard : un regard perdu qui l'aurait sûrement ému avant, lorsqu'il avait encore un cœur. Il pensa quelque chose et dit pourtant son contraire :

— Bon, tu vas ramasser tes affaires et tu vas retourner chez toi sans faire d'histoires, OK ?

— Vous savez où c'est, chez moi ?

— Non, et je ne veux pas le savoir.

Résignée, elle baissa la tête et attrapa son sac à dos d'où s'échappa une serviette en papier, au logo agressif d'un café de Front Street. Puis elle se dirigea vers la sortie, bousculant le thérapeute au passage.

Irrité, il l'attrapa par le bras et la secoua légèrement :

— Bon sang, c'est quoi ton problème ?

Ils se regardèrent avec intensité, chacun cherchant dans les yeux de l'autre la vraie nature de son âme. Jessie décela une infinie lassitude dans ceux d'Ethan. Lui devina l'indicible terreur qui hantait la jeune fille.

— C'est quoi ton problème ? répéta-t-il.

Elle tourna la tête.

— Je voudrais… je voudrais ne plus jamais avoir peur.

— Et de quoi as-tu peur ?

— De tout.

Pour la première fois depuis longtemps, Ethan fut habité par un sentiment positif.

— Attends-moi ici, demanda-t-il. J'en ai pour une dizaine de minutes.

De retour dans son bureau, Ethan retrouva le cameraman qui s'impatientait. Il s'excusa pour son retard et, pressé d'en terminer au plus vite, suivit à la lettre les instructions du preneur d'images. Grâce notamment au concours de Lyzee, tout fut dans la boîte en moins d'une demi-heure. Alors que le technicien remballait son matériel, Ethan en profita pour jeter distraitement un coup d'œil au courrier du jour qui traînait sur son bureau. Un pli attira son attention : un faire-part de mariage au papier nervuré fermé par un ruban.

Depuis qu'il s'était réveillé ce matin, il s'était bien douté que la journée qui l'attendait allait être difficile. En lisant le prénom féminin qui ornait la missive, il comprit qu'elle serait terrible.

5

Tout peut arriver

Ce que j'ai aimé, que je l'aie gardé ou non, je l'aimerai toujours.

André BRETON, *L'Amour fou*

Céline, Sébastien
et leurs parents
ont le bonheur de vous convier à leur mariage
et espèrent votre présence à la bénédiction nuptiale
qui leur sera donnée le samedi 31 octobre à 14 h
dans les jardins du Boat House
East 72nd & Park Drive North
Central Park - New York

Merci de nous retourner la carte-réponse
dans son enveloppe avant le 15 octobre

Le faire-part à la main, Ethan resta un long moment immobile, paralysé et meurtri par ce qu'il venait d'apprendre.

Céline...

Céline se mariait aujourd'hui et elle tenait à le lui faire savoir. Il chercha une adresse sur l'enveloppe, mais il n'y avait ni timbre, ni mention de l'expéditeur. Quelqu'un avait sans doute déposé l'invitation ce matin, mais dans quel but ? L'informer, ou le narguer ?

Mentalement, il lui sembla entendre la voix de son ancienne amoureuse lui murmurer : Tu vois, espèce de nul, je suis capable de vivre sans toi, je suis heureuse sans toi, j'aime quelqu'un d'autre que toi…

Il ferma les yeux et revit son visage très distinctement : la douceur de ses traits, la flamme de son regard, ses mèches de cheveux rebelles qui s'échappaient avec grâce de son chignon. Il sentit l'odeur de sa peau, entendit son rire contagieux et la voix qu'elle avait lorsqu'elle prononçait son prénom.

Et ça le démolissait.

Il essaya de lutter, refoulant ses souvenirs comme il savait si bien le faire depuis des années. *Tout ça, c'est de l'histoire ancienne. Tant mieux que Céline soit enfin heureuse. N'oublie pas que c'est toi qui l'as quittée. Pour son bien.* Mais ces mécanismes de défense semblaient aujourd'hui inopérants. Au lieu de retrouver un semblant de sérénité, il constata que ses paupières le brûlaient.

Où serait-il aujourd'hui s'il n'avait pas quitté Céline ?

Qui serait-il ?

Pour échapper au regard curieux du cameraman, il détourna la tête et se planta devant la baie vitrée, contraint d'affronter la ville et son ciel aveuglant. Des larmes plein les cils, il posa ses mains sur la paroi de verre et approcha son visage de la fenêtre. Comme devant un miroir, il aperçut son reflet dans la vitre. Depuis combien de temps ne s'était-il pas *vraiment* regardé dans une glace ?

Il avait devant lui un homme faible et seul, plein de contradictions. Un homme au bord du gouffre, brisé par le chagrin et la honte. Un homme engagé dans une lutte contre lui-même. Une lutte sans merci contre son ennemi intime : ce personnage du gentil thérapeute – gendre idéal bien propre sur lui – qu'il avait construit de toutes pièces, ce double plus que parfait qui lui avait apporté notoriété et fortune, mais qui, en prenant le contrôle de sa vie, avait fini par le détruire.

Il cligna des yeux et sentit les larmes qui coulaient le long de ses joues. C'était étrange car ces derniers temps, seul l'alcool réussissait à le faire pleurer. Jamais, peut-être, il ne s'était senti aussi vulnérable, comme si un barrage avait cédé à l'intérieur de lui, laissant libre cours au flux de ses émotions. Sans doute ne pouvait-on pas vivre indéfiniment dans la maîtrise et le refus de toute sensibilité.

Il sentait toujours la présence du cameraman derrière lui qui l'empêchait de s'abandonner pleinement à sa douleur. Pourquoi ce type ne sortait-il pas de la pièce ?

Dégage, s'il te plaît. Tire-toi.

Ethan était prêt à se retourner vers lui et à pousser une gueulante pour le faire déguerpir, mais il craignait trop que sa voix ne se brise.

Tout ce qu'il voulait, c'était rester seul, cloîtré. Tirer les rideaux et se soûler jusqu'à l'agonie. S'offrir une vraie défonce, un lavage de cerveau à la vodka, passeport temporaire pour un ailleurs ouaté, un monde plus léger dans lequel Céline l'aimerait encore, un paradis artificiel où personne ne dormirait dans des cartons, où les voitures piégées n'exploseraient pas dans les rues, où la calotte glaciaire ne fondrait pas à vitesse grand V et où le cancer ne serait encore qu'un signe astrologique.

À présent, son visage n'était plus qu'à quelques millimètres du mur de verre, dernier rempart contre le vide. Il baissa les yeux. La vue était vertigineuse, plongeant sur l'East River et South Street Seaport, le port maritime de Manhattan. On distinguait clairement les grands voiliers amarrés le long de la jetée avec, en toile de fond, les câbles d'acier et les piliers gothiques du Brooklyn Bridge.

Cent vingt mètres plus bas, sur les trottoirs, dans les restaurants, les parcs et les commerces, la vie suivait son cours, mais Ethan n'était déjà plus du côté de la vie. À cet instant, il éprouvait surtout la tentation de se précipiter dans le vide, d'en finir d'une façon ou d'une autre pour faire taire la douleur. Il ferma les yeux et visualisa une arme à feu, des balles qu'on insère dans le barillet. Puis il sentit le canon dur et froid du flingue sur sa tempe. Il imagina son doigt sur la détente, son doigt qui appuie jusqu'à…

UNE DÉTONATION TERRIBLE, COMME UN COUP DE PISTOLET, CLAQUA À PROXIMITÉ, AUSSITÔT SUIVIE D'UN CRI DÉCHIRANT.

La violence de l'explosion tira brutalement Ethan de son apitoiement sur lui-même.

Lyzee ?

La suite se déroula dans un état de confusion et de colère, dans un brouillard de cris et de sang.

Ethan jaillit hors de son bureau. Personne dans le couloir. De la porte de la salle d'attente s'échappa un nouveau hurlement. Il s'y précipita pour découvrir son assistante au chevet de Jessie. Partout, des éclaboussures de sang. D'abord, Ethan ne comprit pas ce qu'il se passait : le corps de Lyzee masquait celui de l'adolescente et il se demanda laquelle des deux femmes était blessée. Il fit un pas en avant, puis un deuxième avant de découvrir l'horreur. Une partie du crâne de Jessie avait été arrachée par la déflagration. Son visage juvénile était défiguré par une crevasse sanguinolente d'où s'échappaient des morceaux de cervelle.

C'est impossible.

Comme un automate, Ethan s'agenouilla à son tour près de l'adolescente. Dans sa main droite, une arme à feu.

Jessie s'était suicidée.

Pas ça. Une gamine de quatorze ans ne se tire pas une balle dans la tête, même à notre époque de fous.

Ethan se tourna vers Lyzee. Elle avait décroché son téléphone pour appeler des secours qu'elle savait inutiles : pas la peine d'être médecin pour comprendre que la jeune fille était morte.

Impuissant, Ethan se pencha vers Jessie et posa la main sur sa joue.

Dans les yeux livides de son cadavre, on pouvait toujours lire le sentiment de panique et d'effroi qu'elle avait manifesté un peu plus tôt et qui plongea Ethan dans le désarroi.

Tu as réclamé mon aide et je te l'ai refusée. Tu m'as montré ta souffrance, mais je n'y ai pas prêté attention...

Un reflet mouvant dans la vitre attira son attention. Il se retourna : quelques mètres derrière lui, le cameraman avait ressorti son matériel.

Ce salopard est en train de filmer la scène !

Submergé par la rage et le dépit, Ethan se releva d'un bond et voulut balancer un coup de poing au voyeur. Ce dernier évita le crochet et se précipita vers la sortie, persuadé de tenir un scoop. Ethan le coursa jusqu'aux escaliers de secours, mais malgré sa caméra, l'autre avait pris une longueur d'avance. Ethan renonça très vite. Il ne se sentait pas la force de continuer sa poursuite. À la place, il retourna s'agenouiller près du corps de Jessie. Une force mystérieuse le poussa à prendre la main de l'adolescente, comme pour ne pas la laisser seule lors de cet hypothétique passage vers l'autre monde auquel, lui, ne croyait guère.

Lorsqu'il se saisit de la paume humide de la jeune fille, il découvrit un bout de papier froissé, dernier message qu'elle avait laissé à son intention avant de quitter la vie :

De toute façon
vous ne pouviez
pas m'AIDER..

6

La force des choses

Le destin est ce qui nous arrive au moment où on ne s'y attend pas.

Marcel PROUST

Manhattan
Samedi 31 octobre
13 h 08

Accompagné de son avocate, Ethan quitta le commissariat du 66e district après deux heures d'un interrogatoire houleux. En descendant les marches du perron, un rapide éclat de lumière l'aveugla brièvement. Il porta la main à ses yeux et aperçut le reflet du téléobjectif d'un photographe planqué en embuscade derrière une colonne de marbre. D'un geste protecteur, la femme de loi l'incita à faire marche arrière pour revenir dans le bâtiment central.

— Vous avez lu *Le Bûcher des vanités*[1] ? demanda-t-elle en l'entraînant vers une porte de sortie plus discrète.

— Pourquoi ?

— Ça décrit ce qui risque de vous arriver, prédit-elle d'un ton résigné : les médias qui vous ont adoré dans votre ascension vont être les premiers à se délecter de votre chute…

— Mais je n'ai rien fait ! se défendit-il.

— Se retrouver au mauvais endroit au mauvais moment, c'est parfois suffisant pour détruire une vie.

— Je croyais que vous étiez censée me défendre !

— *Le courage d'un homme se mesure à sa capacité à endurer la vérité* : c'est bien ce que vous écrivez dans vos livres, non ?

Ethan ouvrit la bouche pour protester, mais ne trouva pas de riposte convaincante.

Ils rejoignirent un escalier de service qui donnait sur une arrière-cour étroite coincée entre une enfilade de voitures de flics et les échafaudages d'un chantier.

---

1. Roman de Tom Wolfe, publié en 1987, mettant en scène un riche financier de Wall Street qui, après avoir renversé un jeune Noir dans le Bronx, devient la proie des journalistes et voit tout son univers s'effondrer.

Elle proposa de le raccompagner, mais Ethan préféra marcher. Son bureau n'était situé qu'à quelques rues et il arriva rapidement au 120 Wall Street pour découvrir que la police avait fait poser des scellés à la porte du cabinet. Dépité, il trouva refuge dans le parking souterrain de son immeuble où il récupéra sa voiture. Il resta un long moment, prostré sur son siège, dans l'obscurité glauque de ce parc de stationnement. Pourquoi se sentait-il dans la peau d'un criminel ? Pourquoi le *detective* qui l'avait interrogé avait-il tout fait pour lui donner cette impression ? Officiellement, Ethan n'était suspecté de rien, mais vu l'âge de la victime et la violence extrême de son geste, l'événement ferait les gros titres et l'opinion publique allait demander un bouc émissaire.

Tout avait basculé si vite.

Il ferma les yeux et se massa les paupières. Les événements du matin, douloureux et cruels, défilaient dans sa tête sous forme de flashs : le coup de feu, l'affolement qui avait suivi, l'arrivée de la police, la saisie de la caméra de surveillance dans la salle d'attente, et, par-dessus tout, la civière blanche qui emmenait le corps de cette enfant.

Cette jeune fille, Jessie… Les flics n'avaient trouvé aucun papier d'identité dans son sac à dos.

Si bien qu'il ne savait rien d'elle, pas même son nom.

Il n'avait manifesté aucune curiosité, aucune empathie. Il ne lui avait pas posé la moindre question sur ses angoisses et sa souffrance. Elle était pourtant venue spécialement le trouver, *lui et pas un autre*. Elle découpait les articles de journaux qui lui étaient consacrés, regardait les émissions dans lesquelles il était invité. Voilà où tout ça l'avait menée. Elle cherchait un allié, elle l'avait appelé à l'aide, mais il l'avait laissée seule avec son désespoir.

Bien entendu, à présent, il aurait donné n'importe quoi pour revenir trois heures en arrière. C'était toujours comme ça après un drame : les *si j'avais su*, les *si c'était à refaire*, les *deuxièmes chances qu'on ne laisserait pas passer*... mais, malheureusement, on ne revenait jamais en arrière.

Le *FLASH* du paparazzi sortit Ethan de sa réflexion.

Il ouvrit les yeux et *FLASH* aperçut le même photographe qui l'avait suivi *FLASH* en train de mitrailler consciencieusement l'intérieur de la voiture. Chaque éclair *FLASH* le paralysait comme une *FLASH* décharge électrique. Dans un geste de défense, il tourna la clé de contact et le coupé

Maserati accéléra brutalement, contraignant le paparazzi à détaler. Ethan zigzagua entre les poteaux, traquant le photographe sur une cinquantaine de mètres, avant de renoncer et de quitter le garage.

Sans destination précise, Ethan longea Fulton Street et remonta Broadway. À nouveau, le visage de Jessie s'imposa à lui.

C'était impensable qu'il n'ait rien vu venir. À présent, il revoyait pourtant clairement les signes avant-coureurs qui auraient dû l'alerter : les scarifications sur l'avant-bras de la jeune fille, son teint de fantôme qui la faisait ressembler à une fleur fanée, sa lucidité cynique qui ne correspondait pas à son âge. Mais c'était un peu tard.

À l'adolescence, le suicide n'est pas l'expression d'une liberté. Quelles forces néfastes pouvaient pousser une jeune fille de quatorze ans à se faire exploser la tête, un beau matin d'automne ? Quelle douleur ? Quelle humiliation ? Quelle colère ? Quelle rancœur ? Quelle terreur ne pouvait-elle plus affronter ?

Toutes ces questions, tu aurais dû les lui poser lorsqu'elle était devant toi... Tu aurais dû lui par-

ler, établir un climat de confiance. Tu aurais dû, mais au lieu de cela, tu étais enfoncé jusqu'au cou dans tes petits problèmes personnels.

Il quitta Broadway pour s'engager dans Little Italy et remonta vers Nolita et l'East Village. Il roulait sans savoir où aller. Il voulait fuir, c'est tout.

D'un autre côté, il savait qu'il devrait assumer jusqu'au bout les conséquences de ses actes.

Bien sûr, ce n'est pas toi qui as appuyé sur la détente, mais tu porteras cette culpabilité en toi jusqu'à la fin de ta vie.

Sur les plateaux télé ou dans ses conférences, il parlait souvent du suicide, balançant des chiffres qu'il avait appris par cœur : « Environ 3 000 personnes se suicident chaque jour dans le monde, soit une victime toutes les 30 secondes. »

Une victime toutes les 30 secondes ? Allez vas-y, compte un peu pour voir :

1…2…3…4…5…6…7…8…9…10…11…12… 13…14…15…16…17…18…19…20…21…22… 23…24…25…26…27…28…29…30…

UN MORT.

1…2…3…4…5…6…7…8…9…10…11…12… 13…14…15…16…17…18…19…20…21…22… 23…24…25…26…27…28…29…30…

Deux morts.

1...2...3...4...5...6...7...8...9...10...11...12...
13...14...15...16...17...18...19...20...21...22...
23...24...25...26...27...28...29...30...

Trois morts.

1...2...3...4...5...6...7...8...9...

Ça défile vite, hein ?

Pourtant, tu faisais moins le malin tout à l'heure, lorsque cette gosse agonisait dans tes bras après s'être fait sauter le ciboulot. La mort devant les yeux, c'est vachement plus flippant que les chiffres dans les livres, pas vrai ?

Le coupé Maserati connut sa défaillance au croisement du Bowery et de Stuyvesant Street. À la manière d'un vinyle rayé, la mélodie régulière du moteur quitta subitement les rails de sa partition, contraignant le bolide à stopper sa course quelques mètres plus loin.

Il ne manquait plus que ça.

Ethan claqua la porte de la voiture et sortit sur le trottoir. Il regarda autour de lui. Il se trouvait au début de St. Mark's Place, au cœur de l'East Village. C'était un quartier étrange, l'un des derniers de Manhattan à avoir échappé à l'opération de polissage qui avait aseptisé la ville ces dix dernières années.

Il ouvrit le capot en soupirant. Une voiture pratiquement neuve qu'il avait payée 140 000 dollars...

Il se pencha vers le moteur d'un air dubitatif.

Bon, inutile de te faire croire que tu y connais quelque chose...

Il chercha dans son portefeuille sa carte d'assurance, composa le numéro du service approprié et demanda l'envoi d'une dépanneuse.

— À moins d'une urgence, nous n'avons pas de voiture disponible avant deux heures, s'excusa l'opératrice.

— Deux heures ! s'étrangla Ethan.

— La grève des taxis a précipité sur les routes des conducteurs occasionnels, expliqua-t-elle, nous sommes submergés par les accidents.

Il raccrocha de mauvaise humeur, referma le capot et alluma une cigarette qu'il fuma en tirant des bouffées nerveuses.

La rue était étrangement vide, balayée par le vent du sud qui charriait des nuages de poussière, des feuilles mortes et quelques papiers qui débordaient des poubelles. Il faut dire que l'endroit n'était pas le plus *clean* de Manhattan. Autrefois délabré et mal famé, l'East Village avait été longtemps le quartier des revendeurs de drogue, des marginaux, des prostituées et des affrontements violents avec la police. Mais c'était aussi celui des beatniks, du jazz, de la contre-culture, du rock et des punks. L'endroit était hanté par ses légendes : Thelonious Monk, Andy Warhol et Jean-Michel Basquiat avaient créé ici ; Patti Smith, Police et les Clash avaient joué au club CBGB, quelques mètres plus bas dans la rue. Bien sûr, avec le temps, le quartier avait changé pour devenir plus fréquentable, mais il avait gardé un côté underground et indépendant.

Ethan fit quelques pas sur St. Mark's Place. Il était déjà passé par là une ou deux fois et en avait gardé le souvenir d'une rue animée, avec ses bars, ses marchands de fripes, ses revendeurs de disques d'occasion et ses boutiques de tatouages et de piercing. Pourtant, en ce samedi après-midi, St. Mark's Place était plongée dans la torpeur et avait des airs de ville fantôme.

Un crissement de pneus lui fit tourner la tête. Un taxi qui arrivait en trombe le frôla avant de piler à quelques mètres de lui.

Étrange...

Ce n'était pas l'une des traditionnelles Ford Crown Victoria que l'on croisait aux quatre coins de rue, mais un modèle plus ancien, un vieux Checker aux formes girondes que l'on voyait encore dans les vieux films. Celui que conduisait De Niro dans *Taxi Driver*.

Ethan fronça les sourcils.

Sans doute une voiture de collection...

Sur le toit du véhicule, les trois voyants de l'enseigne étaient allumés, signe que le chauffeur n'était pas en service. Plus étonnant, celui de l'alerte, normalement utilisé pour prévenir la police d'un danger, était lui aussi enclenché.

Par curiosité, Ethan s'approcha du véhicule. Alors qu'il se penchait vers la vitre, celle-ci se baissa pour laisser surgir un énorme visage :

— Je vous emmène quelque part ?

Le chauffeur était un Black à la carrure impressionnante, au crâne rasé et à la peau luisante. Son œil gauche atrophié, masqué par une paupière tombante, lui donnait une allure mélancolique.

Ethan recula d'un pas, surpris par le caractère soudain de cette proposition.

— Vous êtes en service ?

— On peut dire ça.

Le thérapeute hésita. La proposition était tentante : il n'avait de toute façon pas l'intention d'attendre la dépanneuse pendant deux heures, et par chance la Maserati était sur un emplacement qui ne gênait pas la circulation. Il ouvrit donc la portière du *yellow cab* et s'installa sur la banquette arrière.

Le chauffeur démarra sans attendre qu'on lui indique une destination.

Lorsque Ethan se rendit compte que le taxi ne possédait pas de compteur, il se demanda dans quelle galère il s'était fourré. Comme tout le monde à New York, il avait entendu parler de ces taxis clandestins qui détroussaient parfois les touristes, mais il doutait que ce soit le cas ici : malgré sa stature de rugbyman, le *taxi driver* dégageait une douceur inattendue.

— Dure journée ? demanda-t-il en regardant Ethan dans son rétroviseur.

— Euh… non tout va bien, répondit Ethan déstabilisé par cette question.

Il regarda son chauffeur plus attentivement. À l'image de Robert Mitchum dans *La Nuit du chasseur*, il arborait un tatouage sur chaque main, les lettres L.O.V.E. et F.A.T.E.[1] marquant quatre de ses phalanges laissant deviner une nature tourmentée. Sa licence professionnelle, placardée au dos de son siège, indiquait son nom

1. FATE – le destin – remplace ici l'habituel HATE – la haine.

– Curtis Neville – ainsi que sa zone d'origine – Brooklyn.

— Vous n'êtes pour rien dans ce qui vient de se passer, dit-il soudain d'une voix qui se voulait réconfortante.

— Quoi ?

— Le suicide de la jeune fille.

Ethan tressaillit :

— Mais de quoi parlez-vous ?

— Vous savez bien.

— Vous… vous m'avez vu à la télé, c'est ça ? demanda le thérapeute en pensant à la séquence volée par le cameraman. Ils se sont donc empressés de la diffuser !

Curtis ne répondit pas directement :

— On ne peut rien contre le cours implacable des choses, marmonna-t-il. On ne peut rien contre la mort et son ouvrage.

Ethan soupira sans chercher à argumenter. Il leva les yeux vers le rétroviseur central autour duquel était entortillé un chapelet de nacre et d'argent qui pendait lourdement au milieu du pare-brise.

— Prétendre lutter contre le destin est une illusion, continua le Black.

Ethan secoua la tête et baissa la vitre du tacot pour prendre un peu d'air frais. Ce n'était pas la première fois qu'il devait endurer les délires d'un illuminé. L'essentiel était simplement de ne pas entrer dans son jeu.

— Je pense que le destin de cette jeune fille était de mourir, précisa encore le chauffeur. Je pense que vous ne l'auriez pas sauvée, même en lui accordant davantage d'attention.

— On n'est responsable de rien, c'est ça ? ne put s'empêcher de demander Ethan, tant le discours de son interlocuteur lui paraissait simpliste.

Cette fois, Curtis prit le temps de la réflexion avant de préciser gravement :

— Je pense qu'il existe un *ordre des choses*. Un ordre qui ne peut être ni bouleversé, ni transgressé.

— Vous croyez vraiment que tout est déjà écrit ? demanda Ethan vaguement méprisant.

— Absolument. Le temps est comme les pages d'un livre : au moment où vous lisez la page 66, les pages 67 et 68 sont déjà écrites.

— Et qu'est-ce que vous faites du hasard ?

Curtis secoua la tête :

— Je pense que le hasard n'existe pas. Ou alors, le hasard, c'est… c'est Dieu. Voilà, *le hasard, c'est Dieu qui Se promène incognito*…

— Et le libre arbitre ?

— Ce que vous croyez être du libre arbitre n'est qu'un faux-semblant, une illusion qui nous empoisonne en nous laissant croire que l'on peut agir sur des choses qui en réalité ne dépendent pas de nous. Ça ne vous a jamais frappé ? Ce sont toujours les mêmes à qui la vie sourit et toujours les mêmes sur qui le sort s'acharne.

Ethan connaissait ce discours par cœur. Certains de ses patients – généralement des personnes refusant leur culpabilité dans un événement tragique – lui avaient déjà tenu le même genre de propos. Mais quelle culpabilité refoulée rongeait Curtis Neville ?

Ethan regarda autour de lui plus attentivement. L'habitacle de la voiture était surchargé de babioles en tout genre : une statue de la Vierge, une autre d'un ange gardien, des fleurs séchées qui s'accrochaient aux sièges, des cartes du tarot de Marseille scotchées dans de savantes compositions et qui semblaient relier entre eux plusieurs dessins d'enfant qui débordaient même sur les vitres. Une décoration qui faisait penser à celle d'un… mausolée. Dans la tête d'Ethan tout s'éclaira soudain :

— C'est votre fils ? demanda-t-il en pointant la photo d'un petit garçon qui ornait un cadre argenté incrusté sur le tableau de bord.

— Oui, c'est Johnny.

— Quel âge a-t-il ?

— Six ans.

Ethan hésita à poser sa prochaine question. Et s'il se trompait ? Et s'il…

— Il est mort, n'est-ce pas ?

Les paroles s'étaient échappées de sa bouche.

— Oui, admit le chauffeur d'une voix presque inaudible. Il y a deux ans, pendant les vacances d'été.

— C'est arrivé comment ?

Curtis ne répondit pas tout de suite, laissant s'éterniser le silence, se concentrant sur la route comme s'il n'avait rien entendu. Puis, au bout d'un moment, il déroula le récit de son drame, difficilement, par à-coups, allant déterrer au fond de lui des bribes de souvenirs qu'il avait douloureusement enfouies.

— C'était une belle journée, commença-t-il en plissant les yeux. Je m'occupais du barbecue dans le jardin… Johnny barbotait à côté de moi dans sa piscine gonflable pendant que sa mère fredonnait une chanson sous la véranda… Sur la pelouse, Zéphir, notre lévrier irlandais, s'amusait avec un vieux frisbee… Il vivait paisiblement avec nous depuis trois ans… C'était un chien solide, tout en force et en puissance, mais très doux et très loyal… Nous l'avions correctement éduqué : malgré sa taille, il était plutôt calme et n'aboyait que rarement.

Ethan était silencieux, concentré sur le récit de Curtis, attentif au moindre changement d'intonation de sa voix.

— … et puis, sans aucune raison… le chien s'est brusquement jeté sur Johnny, le mordant à plusieurs reprises, l'attaquant à la poitrine et au cou, avant de prendre sa tête dans sa gueule…

Curtis marqua alors une longue pause, renifla plusieurs fois, tout en frottant son œil amblyope, avant de reprendre :

— Il m'a fallu batailler à mains nues pour parvenir à le dégager, mais j'ai compris tout de suite que c'était trop tard : le chien l'avait défiguré et déchiqueté comme un vulgaire morceau de viande. Johnny est mort en me tenant la main dans l'hélicoptère qui le transportait à l'hôpital.

Silence.

Contemplation des nuages dont le reflet donne l'impression de sauter d'une façade de verre à l'autre.

— À la mort de mon fils, j'ai ressenti une douleur inexprimable et lorsque ma femme m'a quitté – elle ne m'a jamais pardonné ce qui était arrivé à Johnny – j'ai été plusieurs fois tenté de mourir à mon tour, jusqu'à ce que je comprenne.

— Que vous compreniez quoi ? demanda doucement Ethan.

— Que je n'étais pas coupable.

La voiture continuait à rouler, dépassant Madison Square, Grand Central, et filant vers Midtown.

— Personne n'était coupable, reprit Curtis. Aussi terrible que ça puisse paraître, je pense que l'heure de notre mort est inscrite quelque part et qu'on ne peut rien faire pour y échapper.

Ethan écoutait le chauffeur avec un mélange de compassion et de scepticisme. Curtis s'était de toute évidence construit un système de croyances qui faisait office de carapace. Tout ce galimatias autour de la fatalité lui permettait de continuer à vivre en tenant à distance la culpabilité et la douleur attachées à la mort de son fils.

— Il existe des événements dont on ne peut stopper le cours, continua Curtis. Les choses qui doivent arriver arrivent, quelles que soient les actions que nous entreprenons pour les éviter.

— Si l'on suit votre raisonnement, il n'y aurait jamais de responsable pour rien : les agressions, les viols, les meurtres…

Curtis considéra l'argument tandis que le taxi dépassait l'hôtel Plaza et longeait Central Park.

— Vous pouvez m'expliquer une chose ? demanda-t-il au bout d'un moment.

— Ce que vous voudrez.

— Pourquoi n'avez-vous pas donné de destination lorsque je vous ai chargé ?

— Je n'en sais rien, admit Ethan. Peut-être parce que je ne savais pas moi-même où j'allais.

Après avoir dépassé la *Frick Collection*, la voiture s'enfonça dans Central Park avant de remonter tranquillement l'East Drive.

— J'aurais pu vous détrousser, constata Curtis en laissant échapper un mince sourire, vous agresser…

Ethan secoua la tête.

— Vous avez une bonne tête, plaisanta-t-il, vous inspirez confiance.

À cet instant, une étrange complicité unissait les deux hommes. Ethan regarda par la fenêtre : on était au cœur de l'automne et Central Park était tapissé de feuilles aux couleurs flamboyantes. Le long de Park Drive North, des enfants avaient aligné une collection de citrouilles de toutes tailles qui jonchaient le sol en prévision d'Halloween. Derrière les arbres, on devinait les rives escarpées du lac qui…

Ethan se crispa soudain : Central Park, le lac… Était-ce un hasard ou autre chose ?

Il eut la réponse à sa question quelques secondes plus tard lorsque le taxi stoppa sa course à l'intersection de East 72nd St. et de Park Drive North. Il se trouvait devant le Loeb Boathouse, le restaurant où Céline avait prévu de célébrer son mariage !

Nerveux, Ethan se pencha vers Curtis :

— Mais, qui êtes-vous au juste ?

— Un simple chauffeur de taxi qui essaie de vous aider.

— Pourquoi m'avez-vous accompagné jusqu'ici ? demanda le thérapeute d'un ton menaçant. Comment avez-vous su que…

Curtis sortit le premier du taxi et ouvrit la porte à son client. Furieux d'avoir été le jouet d'une manipulation, Ethan s'extirpa du véhicule et se planta devant le grand Black qui le dépassait d'une tête. Il le trouvait à présent beaucoup moins sympathique.

Sans se départir de sa mine débonnaire, Curtis regagna le siège conducteur et fit tourner le moteur.

— Pourquoi m'avez-vous accompagné jusqu'ici ? répéta Ethan en tambourinant contre la portière.

Curtis baissa sa vitre et, avant de repartir, répondit comme une évidence :

— Parce que c'est votre destin.

[illegible]

Elle [illegible] avant d'entrer [illegible] l'immense salle principale au [illegible] comme une patinoire. Des groupes d'invités discutaient entre les tables aux nappes [illegible] rées d'orchidées couleur d'ivoire. [illegible] le côté [illegible] les couleurs [illegible]

7

Céline

C'est ainsi qu'on tombe amoureux, en cherchant dans la personne aimée le point qu'elle n'a jamais révélé.

Erri de LUCA

Central Park Boathouse
Samedi 31 octobre
13 h 32

Ethan présenta son carton d'invitation à l'entrée avant d'être introduit dans le *Lakeside Dining*, l'immense salle principale au parquet ciré brillant comme une patinoire. Des groupes d'invités discutaient entre les tables aux nappes satinées décorées d'orchidées couleur d'ivoire. Pour l'occasion, le célèbre restaurant portait les couleurs « bleu, blanc, rouge » et résonnait de conversations en langue française, la majorité des convives étant arrivés la veille en provenance de Roissy-Charles-de-Gaulle.

Ethan parcourut la salle du regard, mais il ne connaissait personne. Pendant plus d'un an qu'avait duré sa relation avec Céline, il n'avait rencontré ni sa famille ni ses amis. À l'époque, ils se suffisaient à eux-mêmes et le temps passé avec les autres était considéré comme du temps perdu.

Il avança sur la terrasse où l'on avait aménagé le bar et commanda un Martini Key Lime. La vodka vanillée provoqua instantanément une brûlure réconfortante dans sa gorge et son ventre, et lui offrit un bref instant de consolation après les épreuves qu'il avait endurées depuis le réveil. Mais cet apaisement fut de courte durée. Pour le prolonger, il aurait fallu commander une autre vodka, puis deux, trois, cinq, puis la bouteille entière… Il se sentait mal à l'aise et se rendit compte qu'il n'avait même pas de moyen de transport pour rentrer chez lui. Il sortit son téléphone de sa poche et composa le numéro d'un service de location de voitures de luxe qu'il avait déjà utilisé. Il donna l'adresse du restaurant et on lui promit un véhicule dans moins de trois quarts d'heure.

Il s'éloigna du bar pour ne pas céder à la tentation. La terrasse était immense, surplombant le lac et offrant une vue magnifique sur le plan d'eau ensoleillé. C'est dans ce cadre enchanteur que Céline et son futur mari accueillaient leurs invités avant le début de la cérémonie. Ethan la détailla de loin : dans sa robe aérienne en organza et dentelle, Céline irradiait comme un ange. Ses cheveux longs ramenés en un chignon haut mettaient en valeur sa jolie nuque et lui donnaient une allure de danseuse classique. Elle n'avait pas beaucoup changé en cinq ans, mais Ethan crut déceler chez elle une certaine gravité qu'il ne lui avait jamais connue. C'était quelque chose d'imperceptible : une retenue dans le sourire, un regard moins éclatant, une spontanéité dont elle n'aurait gardé que l'illusion.

Malgré l'interdiction de fumer, il alluma une cigarette et, comme hypnotisé, continua à l'observer en silence. Il éprouvait une sensation inconnue, à la fois douloureuse et apaisante. Il transpirait, puis l'instant d'après il avait froid, comme si son corps n'était plus qu'une carcasse tremblante. À l'intérieur, son cœur saignait, exsudant un poison brûlant et fatal qui lui offrait néanmoins une chaleur provisoire.

À un moment, Céline tourna la tête vers lui et leurs regards se croisèrent, s'offrant un point d'appui réciproque. Ethan chercha en vain à déchiffrer la flamme qui brillait dans les yeux de son ancien amour : regrets ? trace de sentiments ? haine ? désir de vengeance ? Bien qu'il se sente en territoire ennemi, il se rapprocha du petit groupe, s'accouda à la rambarde et feignit d'être absorbé dans la contemplation des barques et des gondoles vénitiennes qui voguaient sur les eaux miroitantes.

— Alors, tu es quand même venu, lui lança Céline en le rejoignant quelques instants plus tard.

— Tu m'as bien envoyé un faire-part, que je sache !

Puis il ajouta :

— Je suis content de te revoir. Ça fait longtemps.

Céline secoua la tête :

— Non, c'était hier. Pour moi, c'était hier.

Elle l'entraîna un peu à l'écart, près d'un bouquet d'arbustes aux couleurs de l'automne qui montaient à l'assaut de la terrasse. Ils restèrent silencieux quelques instants, observant les amateurs de canotage qui glissaient sur l'eau au rythme des accords d'un orchestre de jazz amateur en train d'improviser un concert sur la rive d'en face, près de Bethesa Fountain.

C'est elle qui reprit la parole.

— Ça me fait plaisir de retrouver New York. J'ai toujours rêvé de me marier à Manhattan. Tu te souviens de la dernière fois qu'on est venus ici ?

Je me souviens de chaque seconde que j'ai passée avec toi.

— Pas vraiment.

— Le lac était gelé et recouvert de neige. Et tu as raison : c'était il y a longtemps.

— Tu habites en France ?

Ethan plissa les yeux et tourna la tête pour observer un homme en redingote noire et gilet blanc qui discutait avec ses copains tout en gardant un œil sur sa promise. Sourire éclatant, belle gueule, physique de « dieu du stade ». Le genre d'homme moderne capable d'assurer dans tous les domaines : chef d'entreprise innovant, sportif assidu, père attentif, bon coup au lit…

— Tu travailles toujours à Air France ?

— Non. J'en ai eu assez de ce métier. J'ai démissionné il y a cinq ans pour préparer le concours de professeur des écoles. J'enseigne à Belleville dans une classe scolarisant des enfants handicapés. C'est un travail qui m'apporte beaucoup.

Céline laissa passer un silence, alors que le vent se levait. Elle frissonna et réajusta l'étole aux reflets gris perle qui couvrait son décolleté. Sa robe Carven aux bretelles de fine dentelle laissait entrevoir sur son épaule un tatouage en forme d'arabesque. Un symbole qui avait eu une signification pour eux à l'époque, mais qui paraissait à présent dérisoire.

— Je sais très bien ce que tu penses, Ethan : un boulot de fonctionnaire, un pavillon en banlieue, un gentil petit mari… Tu te dis que je suis devenue ce que je ne voulais pas devenir.

Surpris par sa remarque, il se voulut amical :

— Non, tu te trompes. Tu as fait les choix qui te convenaient et j'en suis heureux pour toi.

— Arrête ton baratin : j'ai choisi ce que tu as toujours méprisé : la famille, la stabilité du couple, la vie au quotidien !

Elle avait haussé le ton et une partie des invités regarda brusquement dans leur direction, se demandant qui était ce type qu'ils n'avaient jamais vu et qui mettait la mariée dans tous ses états, un quart d'heure avant la cérémonie.

— Je crois surtout que je ne suis pas à ma place ici, remarqua Ethan. À vrai dire, je ne comprends pas très bien pourquoi tu m'as invité.

— Pour que tu me fasses un cadeau.

— Un cadeau ?

— Ton cadeau, ce sera de me dire enfin la vérité.

— Quelle vérité ?

— La raison pour laquelle tu m'as quittée.

Il recula un peu, se sentant en danger :

— On s'est déjà expliqués là-dessus.

— Non, on ne s'est pas expliqués : tu m'as mise devant le fait accompli, ça a duré trois minutes, je suis partie et on ne s'est jamais revus.

Ethan chercha à fuir la discussion :

— Dans la vie, toutes les questions n'ont pas vocation à trouver des réponses.

— Arrête de parler comme dans tes livres ! Tu te crois où là ? Dans un roman de Paolo Coelho ? Garde tes belles phrases pour la télé !

Ethan secoua la tête :

— Écoute, tout ça c'est loin, articula-t-il posément. On n'aurait pas été heureux ensemble. Tu voulais un engagement, des enfants, de la sécurité… Tout ce que je ne pouvais pas te donner.

Céline détourna le regard. Zoé, sa meilleure amie, lui fit signe de se dépêcher, en pointant sa montre. Le prêtre venait d'arriver et les invités commençaient à s'installer sur les chaises de jardin.

— Je vais m'en aller, dit Ethan en lui prenant la main pour lui dire au revoir. Je te souhaite beaucoup de bonheur.

Malgré cette intention, il demeura immobile, sa main dans la sienne, le regard posé au loin. En toile de fond, la ligne de gratte-ciel se découpait derrière les couleurs éclatantes de l'automne qui explosaient dans un feu d'artifice conjuguant les variations de jaune, de pourpre et d'orangé.

Plus Ethan retardait son départ, plus il sentait le poids du regard des invités qui s'interrogeaient sur sa présence et son comportement. Il lâcha à regret la main de Céline et alluma une nouvelle cigarette.

— Tu as gardé cette mauvaise habitude, constata-t-elle. Je croyais que plus personne ne fumait à New York !

— Je serai le dernier à m'arrêter, dit-il en recrachant une volute de fumée.

— Si tu te crois malin…

— Steve McQueen fumait, James Dean fumait, George Harrison fumait, Krzysztof Kieslowski, Albert Camus, Nat King Cole, Serge Gainsbourg…

— Ils sont tous morts, Ethan, lui fit-elle doucement remarquer avant de lui retirer son mégot des lèvres et de le jeter à l'eau.

Un geste du passé, une attention qu'elle avait autrefois, lorsqu'elle prenait soin de lui. Lorsque leur futur avait encore un sens.

Mais Céline ne laissa pas l'émotion s'installer.

— Je t'ai regardé ce matin à la télé. C'est difficile de ne pas te voir en ce moment. Tu es partout : dans les émissions, dans les magazines…

Il l'interrogea des yeux. Elle hésita et décida d'abattre sa dernière carte :

— Je crois que tu ne vas pas bien, Ethan. Malgré ta réussite, je pense que tu n'es pas heureux.

Il fronça les sourcils :

— Qu'est-ce que tu en sais ?

— Tu te souviens pourquoi on est tombés amoureux ? Tu te souviens pourquoi c'était si fort entre nous ? Parce que j'étais capable de voir en toi des choses que les autres ignoraient. Et c'était la même chose pour toi.

Il balaya l'argument :

— C'étaient des conneries tout ça, des trucs qu'on se racontait pour faire comme dans les films.

— Tu sais très bien que j'ai raison.

— Écoute, désolé de te décevoir, mais sache que tout va très bien dans ma vie : je suis riche, reconnu, j'ai une position enviée, un bateau, une maison dans les Hamptons…

— Qu'est-ce que ça prouve ?

Il se tenait devant elle, à la fois désarçonné par ses attaques et désireux de se défendre.

— Puisque tu es si forte, dis-moi ce qui ne va pas dans mon existence.

— Rien ne va, Ethan : ta vie est vide et solitaire. Tu es seul, tu n'as pas d'amis, pas de famille, pas de désirs. Et le plus triste, c'est que tu en as parfaitement conscience, mais que tu ne fais rien pour y remédier.

Il pointa un doigt dans sa direction, ouvrit la bouche pour se justifier puis y renonça, comme il renonça aussi à lui raconter ce qu'il avait vécu quelques heures plus tôt lorsque Jessie s'était suicidée presque devant ses yeux.

— Tu vas être en retard, constata-t-il simplement.

— Fais attention à toi, Ethan, répondit-elle en s'éloignant.

Elle avait déjà parcouru quelques mètres lorsqu'elle se retourna.

— J'ai entendu ce que tu as dit ce matin à ton émission : cette idée de *point de non-retour*...

Il la regarda d'un air interrogateur. Elle laissa un moment sa phrase en suspens et, après une hésitation, lui lança comme un défi :

— Ben tu vois, dans notre histoire, le *point de non-retour*, c'est dans dix minutes.

8

Le point de non-retour

La chance, c'est comme le Tour de France : on l'attend longtemps et ça passe vite.

Dialogue du film *Le Fabuleux Destin d'Amélie Poulain*, de Jean-Pierre JEUNET

Central Park Boathouse
Samedi 31 octobre 14 h 05

Le jardin du restaurant avait été aménagé avec des chaises en bois peint, délimitant une travée centrale qui menait à une estrade en plein air. Au son de *Here Comes the Sun*, le père de Céline remonta l'allée champêtre pour conduire sa fille jusqu'à l'autel derrière lequel avait pris place un prêtre à l'allure bienveillante qui donna le coup d'envoi de la célébration :

Mes bien chers frères,

Nous sommes réunis aujourd'hui pour célébrer, dans la joie et la prière, l'union sacrée entre une femme et un homme qui ont promis de s'aimer, de se...

Ethan n'arrivait pas à quitter le Boathouse. Assis sur l'un des hauts tabourets qui entouraient le bar, il surveillait du coin de l'œil la cérémonie, tout en s'interrogeant sur les derniers mots de Céline. Qu'avait-elle voulu lui dire exactement avec cette phrase sibylline ? Et pourquoi avait-elle choisi *Here Comes the Sun*, la chanson de George Harrison, pour faire son entrée ? Une chanson qu'il lui avait autrefois fait connaître en précisant que pour lui, le soleil c'était elle. La seule personne qui éclairait sa vie.

Qu'est-ce qu'on peut dire comme conneries lorsqu'on est amoureux ! soupira-t-il en commandant une autre vodka, espérant que l'alcool rendrait son supplice moins cruel.

... Chère Céline, cher Sébastien, vous vous apprêtez à faire un choix décisif. Un choix que vous avez voulu placer sous la bénédiction de Dieu. Car c'est Toi, Seigneur, Toi qui tiens nos vies dans Tes mains, Toi qui es le seul Maître du passé, du présent et de

l'avenir, Toi qui as donné à Céline et Sébastien l'amour qui les attache l'un à l'autre...

Elle l'avait prévenu : « Dans notre histoire, le point de non-retour, c'est dans dix minutes. » Dans dix minutes je serai mariée, dans dix minutes la porte se fermera définitivement.

Dernier appel, dernière chance.

... En ce jour d'espoir, votre relation va prendre un chemin nouveau pour se renforcer et s'épanouir. En ce jour d'espoir, Céline et Sébastien, vous allez confirmer votre amour, votre dévouement et votre respect l'un envers l'autre. Nous tous qui sommes réunis ici, serons les témoins de votre engagement et avons pour mission de vous apporter notre soutien et nos encouragements...

Ethan quitta son tabouret et se rapprocha du jardin. Il se sentait seul, abandonné de tous. La tête lui tournait. Toujours cette migraine lancinante qui l'avait fait souffrir dès le réveil et qui s'était intensifiée avec la mort de Jessie, les heures d'interrogatoire par les flics et les deux vodkas Martini. Traversé par la peur et le froid, il boutonna sa veste et se contrôla pour ne pas tituber.

Devant le couple de futurs mariés, le prêtre se faisait à présent plus solennel :

... Le mariage a pour mission de sanctifier l'union de l'homme et de la femme. Il sert de cadre à la procréation, à l'éducation des enfants et au réconfort mutuel, dans la richesse comme dans la pauvreté, dans la santé comme dans la maladie...

Céline avait eu raison de pointer le vide absolu de son existence. Enfermé dans sa cathédrale de solitude et d'individualisme destructeur, Ethan n'était là pour personne. Le partage, l'amour, la tendresse étaient des sentiments qui lui étaient devenus étrangers. Il se rendit compte, soudain, qu'il n'avait pas un seul ami, pas depuis qu'il avait lâchement abandonné Jimmy dans les rues de New York, quinze ans auparavant. Il s'était fait tout seul, c'est vrai. Pour échapper à cette existence médiocre que la vie lui réservait, il avait tout abandonné et il avait tiré sa force du plus profond de sa solitude. Car il avait toujours cru qu'être seul, c'était être fort, et qu'aimer lui ferait perdre cette force. Il comprenait à présent que les choses n'étaient pas si simples, mais il était trop tard.

... Le mariage est un engagement grave que l'on n'envisage ni ne contracte avec légèreté, caprice ou imprudence. C'est un sacrement définitif, car ce que Dieu a uni, les hommes ne sauraient le défaire...

Voilà, le point de non-retour c'était maintenant. Même plus dans dix minutes, à peine dans dix secondes. Car que se passerait-il s'il faisait irruption, là, sur l'estrade, en avouant à Céline son amour ? Dans un film, ça aurait de la gueule. Dans un film, tout s'arrangerait en trois minutes, dans un film, Ethan serait positif, conquérant, léger. Mais on n'était pas dans un film et il était tout sauf un héros. Il était à la dérive, déchiré et hanté par le doute.

... Donc, si l'un d'entre vous connaît une raison valable pour s'opposer à cette union, qu'il parle maintenant, ou qu'il se taise à jamais...

Qu'il parle maintenant, ou qu'il se taise à jamais... La phrase claqua dans le silence et son écho sembla s'éterniser. Sur l'estrade, Céline tourna légèrement la tête comme si elle le cherchait du regard. La seconde qui suivit se dilata et il y eut un instant très bref où Ethan crut vraiment qu'il allait interrompre la cérémonie.

Parce que leur roman inachevé.

Parce que l'évidence de l'amour.

Parce que c'était lui, parce que c'était elle.

Mais tout ça, c'étaient des mots. Qu'avait-il vraiment à offrir à Céline ? Il repensa à la question qu'elle venait de lui poser : « Pourquoi m'as-tu abandonnée ? » Sa réponse avait été évasive, mais la vérité, c'est que lui-même n'en savait rien. Dans les semaines qui avaient suivi leur rupture, il avait continué à croire qu'il représentait un danger pour Céline. S'il était resté avec elle, il avait la certitude que son amour se serait transformé en poison, en grenade, en poignard. Au début, cette conviction lui avait apporté un certain réconfort. C'est à ce moment-là qu'il s'était lancé à corps perdu dans le travail. Ensuite, avait eu lieu la rencontre avec Loretta Crown et le début de la notoriété. Au fur et à mesure qu'il s'était élevé dans l'échelle sociale et que la douleur s'estompait, il s'était persuadé que ses craintes n'avaient été que le fruit de son imagination, un moyen facile de nier le fait qu'il s'était comporté en salaud. La vérité, c'est qu'il avait abandonné Céline, comme il avait abandonné Marisa et Jimmy autrefois. Parce qu'il ne voulait dépendre de personne, parce qu'il voulait seulement être libre, libre de toute contrainte et de toute responsabilité. « Faire ce que je veux, quand je le veux, comme je le veux. » Et c'est vrai que pendant quelque temps, il avait savouré cette liberté. Mais avec le succès et l'argent, était aussi venu le cynisme, escorté de son lot de plaisirs illusoires : l'alcool, les femmes, la drogue, le jeu, jusqu'à ce qu'il ne puisse plus supporter ce qu'il était devenu.

Maintenant que sa vie tombait en lambeaux et qu'il essayait d'être franc avec lui-même, il n'était plus sûr de rien. C'est juste avant que Céline prononce le « oui » fatidique qu'il eut de nouveau cette prémonition qu'il était un danger pour elle. Il ressentit le même sentiment profond et irrationnel dont il ignorait tout, mais qui était lourd de menaces. Il comprit alors que s'il ne devait assumer qu'une seule responsabilité dans sa vie, il voulait que ce soit celle-ci : protéger la femme qu'il aimait, même si cela signifiait l'éloigner de lui.

Ethan regarda Céline une dernière fois, comme s'il voulait graver à jamais son image, puis il détourna les yeux.

Fin de leur histoire d'amour.

Point de non-retour.

Après ce moment de flottement, la cérémonie reprit son cours paisible, l'échange des alliances succédant à celui des consentements. Équipés de leurs appareils photo et de leurs caméscopes, les invités purent immortaliser les moments les plus émouvants, ceux qui se retrouveraient en bonne place dans le film du mariage, ceux que les mariés montreraient plus tard à leurs enfants et se repasseraient, la larme à l'œil, à chaque anniversaire.

— Céline, vous avez pris Sébastien pour mari. Lui promettez-vous de bla-bla-bla bla-bla bla-bla bla-bla bla-bla bla-bla bla-bla bla-bla bla-bla bla-bla bla-bla bla-bla bla-bla-bla ?
— Oui.
— Bla bla-bla-bla bla-bla bla-bla-bla bla-bla bla-bla bla-bla bla-bla bla-bla, portez désormais ces anneaux, signes de votre amour et de votre volonté de vous demeurer fidèles.

Tandis que les enfants d'honneur passaient joyeusement avec des corbeilles pour récupérer les offrandes, Ethan commanda un autre verre et consulta les messages et les courriers électroniques qui s'accumulaient sur son BlackBerry : des appels inquiets de Leezy et de son agent, des demandes d'interviews, signe que la meute médiatique allait se déchaîner, des clients qui décommandaient leur participation aux séminaires. Il n'en fut même pas surpris. La vidéo du suicide de Jessie devait tourner sur toutes les chaînes d'info. C'était comme ça, à l'ère de la communication virale : une image pouvait détruire votre réputation en un clin d'œil. Quelques heures plus tôt, il était « le psy qui séduisait l'Amérique », il se retrouvait à présent dans la peau de l'assassin d'une jeune fille de quatorze ans…

Sic transit gloria mundi. Ainsi passe la gloire du monde.

Le dernier message l'avertissait que la voiture qu'il avait louée l'attendait devant le Boathouse.

Il termina son verre d'un trait et quitta le restaurant au moment précis où Céline, au bras de son mari, remontait la haie d'honneur sous une pluie de pétales de roses

9

Chinatown

不知彼，不知己，每战必殆[1]

SUN TZU, *L'Art de la guerre*

Le docteur Shino Mitsuki fendait la foule qui se pressait le long de Canal Street. En ce début d'après-midi, l'animation battait son plein dans Chinatown.

Manhattan – Quartier chinois
Samedi 31 octobre
14 h 32

Le quartier ressemblait à une ruche bourdonnante et bariolée. Partout, des odeurs fascinantes

1. *Si tu ne connais ni ton adversaire ni toi-même, à chaque bataille tu seras vaincu.*

et écœurantes d'épices, de relents de cuisine, de camphre et de santal. Partout, des étalages hétéroclites : bibelots de pacotille, soieries, lanternes, nids d'hirondelles, champignons ratatinés, crabes séchés, DVD pirates, faux sacs Vuitton à dix dollars, contrefaçons en tout genre… Ça parlait cantonais, mandarin, birman, filipo, vietnamien. On aurait pu se croire à Hong Kong, Shanghai, Guangzhou…

L'enclave chinoise s'était développée autour de Mott Street sur une dizaine de blocs, autour de Confucius Plaza, à deux pas de Little Italy. C'était un quartier populaire, aux rues étroites bordées de petits immeubles colorés aux escaliers en fonte. Au milieu du XIXe siècle, lorsque les premiers marins chinois – bientôt rejoints par leurs compatriotes de Californie embauchés pour la construction des chemins de fer – avaient commencé à investir cette partie mal famée du Lower East Side, personne n'imaginait que l'endroit deviendrait la plus importante enclave chinoise du monde occidental. Ces dernières années, à l'image de l'expansion de l'empire du Milieu dans l'économie mondiale, Chinatown avait même fini par avaler Little Italy, l'ancien quartier italien n'étant plus aujourd'hui qu'une attraction repliée sur Mulberry Street, autour de quelques restaurants pour touristes.

Shino Mitsuki descendit tranquillement vers Columbus Park et s'accorda une pause dans un petit restaurant de Mott Strett où il avait ses habitudes. Il s'installa au fond de la pièce en face d'une statue de Bouddha dorée à la feuille d'or. La serveuse lui versa d'office une tasse de thé vert avant de lui présenter un chariot garni contenant un vaste assortiment de *dim sum* servis dans leurs petites boîtes en bambou. Shino Mitsuki choisit des raviolis à la vapeur, des pattes de poulet marinées et deux boulettes de riz enrobées de sésame. Il dégusta ce repas sous l'œil serein et contemplatif du Çakyamuni[1].

Shino Mitsuki ne prenait son service que dans une heure, mais il arrivait toujours en avance à l'hôpital. Une façon pour lui de se mettre dans l'ambiance, de trouver une concentration indispensable à son activité de chirurgien. Aujourd'hui, il était de service aux urgences, et comme chaque année, la soirée d'Halloween ne manquerait pas d'amener vers l'hôpital son lot de blessés, d'ivrognes et d'accidentés.

Shino termina son repas les yeux baissés. De temps à autre, il osait lever la tête pour observer le petit manège de la belle serveuse au sourire

1. Autre nom du Bouddha.

mutin. Il ne lui était pas indifférent. S'il l'avait invitée à sortir un soir pour voir la dernière expo du Moma, aller au cinéma ou au karaoké, il était à peu près certain qu'elle aurait accepté. Mais Shino Mitsuki avait depuis longtemps renoncé à toute vie amoureuse. Il avait choisi de vivre dans la paix intérieure, loin des tourments du désir et de la passion. Comme on ne récolte que ce que l'on a semé, il avait consacré son existence à purifier son karma. Bien sûr, toutes ses actions bénéfiques ne trouveraient pas leur aboutissement dans cette vie, mais qu'importe : il attendrait la suivante et celles d'après. Le cycle des naissances et des renaissances devait s'envisager sur des siècles et des siècles avant d'espérer atteindre l'Éveil.

Il se leva de table et sortit dans l'agitation de la rue pour se laisser porter par la foule qui descendait Mott Street. En dix minutes, il rejoignit l'hôpital St. Jude, à la lisière de Chinatown et du Financial District. Il avait commencé son service depuis trois minutes lorsqu'un homme à bout de forces poussa la porte de l'hôpital et s'écroula dans le hall. Son costume Prada et sa chemise Oxford étaient noirs de sang.

Manhattan – Central Park
Samedi 31 octobre
Vingt minutes plus tôt

— Voici la voiture que vous avez réservée, monsieur.

Ethan prit les clés que lui tendait le jeune employé et regarda d'un œil dubitatif la vieille Ferrari rouge, très années 80, garée sur le parking du restaurant.

— C'est tout ce que vous avez trouvé ? demanda-t-il en signant le formulaire de location.

— Avec la grève des taxis, nous sommes débordés, s'excusa le jeune homme.

Ethan s'installa au volant de l'antique 308 GTS en grimaçant. Il se donnait l'impression d'être Tom Selleck dans les premiers épisodes de *Magnum*.

— La chemise hawaiienne et la fausse moustache sont dans le coffre ou dans la boîte à gants ?

— Pardon, monsieur ?

— Laissez tomber, vous êtes trop jeune, répondit-il en démarrant.

Il quitta Central Park par la 5ᵉ. En cet après-midi propice au shopping, les trottoirs de la plus célèbre avenue du monde étaient bondés et l'absence des taxis qui désorganisait la ville donnait aux piétons l'impression trompeuse de pouvoir traverser la rue sans le moindre danger.

Au volant du vieux V8, Ethan descendait vers Battery Park. Son esprit n'était pas à la conduite, mais flottait douloureusement dans un magma crépusculaire où s'entremêlaient des images de Céline, rayonnante dans sa robe de mariée, et d'autres de Jessie, le crâne éclaté, les yeux révulsés.

Un peu avant Madison Square, il remarqua un énorme 4 x 4 Hummer aux vitres fumées qui le collait dangereusement. Dans le même temps, deux berlines sombres entreprirent de le doubler, l'une par la droite, l'autre par la gauche. Pris en tenaille, Ethan assena plusieurs coups de klaxon, mais à New York, l'avertisseur sonore faisait partie du bruit de fond et ne se remarquait plus.

Il tenta une intimidation, mais les deux voitures restèrent bloquées à son niveau ; il essaya d'accélérer : ses assaillants ajustèrent leur vitesse. Il freina franchement : la Ferrari tenait bien la route, mais elle était basse et effilée et le Hummer la harponna avec la puissance d'un tank.

Soudain, la berline à sa gauche accéléra brutalement pour venir se positionner devant lui, ouvrant ainsi une échappatoire dans laquelle il s'engouffra en filant vers Cooper Square. Mais cette ouverture n'était qu'un leurre. Les trois voitures avaient anticipé son comportement et tourné de concert, le prenant en sandwich et occasionnant des froissements de tôle qui l'obligèrent à décélérer jusqu'à s'arrêter le long du Bowery.

Ethan eut à peine le temps de dégrafer sa ceinture que déjà deux gorilles à l'allure d'agents du FBI fonçaient sur lui, l'attrapant par les épaules et le précipitant sans ménagement à l'arrière du Hummer.

Manhattan
Deux semaines plus tôt
Un appartement de luxe
du Rockefeller Center

Le salon est une pièce immense – au moins trois cents mètres carrés – aménagée comme un loft et entourée de baies vitrées offrant une vision circulaire de la *skyline* new-yorkaise. Ambiance rétro, mais cosy. Dans un coin de la pièce, un pianiste improvise assez brillamment sur quelques standards de jazz. Autour d'une immense table laquée, sept hommes et une femme s'affrontent au poker depuis le début de la soirée.

Les hommes ont respecté le *dress code* en vigueur et portent tous un smoking. La femme au contraire est habillée de façon voyante et recherchée : jean de grande marque avec ceinture en astrakan, escarpins léopard en cuir verni, chemise cintrée en popeline de coton, lourd pendentif à tête de panthère. Elle est en position du donneur, même si concrètement c'est une croupière qui distribue les cartes. Ethan est assis en face d'elle. C'est lui qui a accumulé le plus de jetons depuis le début de la partie. Il a appris à jouer au poker dans son adolescence avec son copain Jimmy. Au fil des années, il est devenu un joueur solide. Il a même participé plusieurs fois aux *World Series of Poker*, les championnats du monde à Las Vegas où il a atteint par deux fois la table finale du *No Limit Hold'em* à 1 000 dollars. Il a acquis une vraie expérience et excelle dans le décryptage du comportement des autres joueurs. Il est à l'affût de tout : du regard de ses adversaires, de la position de leurs mains, du mouvement de leurs corps, du sang qui bourdonne le long de leurs tempes. Il sait aussi être patient, résister à la pression, prendre rapidement des décisions, tromper ses opposants en masquant sa peur.

Les deux joueurs à gauche de la femme s'acquittent de leur blind et la croupière distribue deux cartes à chaque joueur, dont eux seuls ont connaissance. Ethan fait durer le plaisir quelques secondes avant de prendre connaissance de son jeu. Ces dernières semaines, il a beaucoup perdu, mais ce soir la chance est à nouveau de son côté. Après avoir retardé l'échéance le plus longtemps possible, il jette enfin un coup d'œil à ses cartes en prenant garde de protéger sa main.

Immédiatement, il sent les battements de son cœur s'accélérer. Deux as : la fameuse *American Airline*, la meilleure main de départ, celle que l'on ne reçoit qu'une fois sur deux cents.

Les enchères s'engagent et tournent dans le sens des aiguilles d'une montre. Lorsque c'est à la jeune femme de parler, elle relance sans même avoir retourné ses cartes. Ethan comprend alors qu'elle a l'intention de jouer cette partie à l'aveugle : le summum du risque et de l'intimidation. Elle s'appelle Maxine Giardino. C'est la fille d'un des riches promoteurs de la ville. Elle est connue pour son goût du bluff, et son jeu fantasque qui déstabilise ceux qui n'ont pas ses moyens financiers. Dès le premier tour, la moitié de la table se couche et la partie se poursuit à quatre. La croupière brûle alors une carte puis étale le flop : les trois cartes retournées sur la table, visibles et communes à tous les joueurs. Combinées avec leurs deux cartes cachées, elles serviront à la constitution de la plus forte main possible.

Ethan masque sa déception. Ce tirage n'améliore pas sa main initiale, même si sa paire d'as reste une combinaison jouable.

Nouveau tour de mises. Maxine ne regarde toujours pas son jeu et fait monter les enchères. Un cinquième joueur se couche. Ethan suit. Il sait que contrairement aux idées reçues, le poker n'est pas un jeu de hasard, mais un « jeu de l'âme », complexe et subtil, une vraie métaphore de la vie qui vous confronte au danger, à la séduction, au bluff et dans lequel la maîtrise des probabilités compte plus que la chance.

Pour l'instant, les probabilités sont de son côté.

À nouveau la donneuse brûle une carte avant d'en retourner une nouvelle :

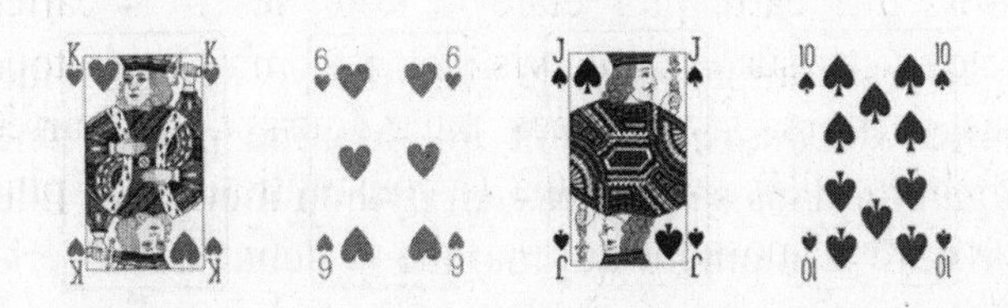

Cette fois, le risque et l'excitation sont à leur comble. À cet instant, il sait qu'il a un peu moins d'une chance sur dix d'obtenir cinq cartes de rangs consécutifs. Une chance sur dix que la prochaine carte retournée soit une dame, ce qui lui offrirait une quinte au niveau de l'as, passeport presque absolu vers la victoire. Le tour de mise débute par le retrait du sixième joueur. Ils ne sont plus que deux : Ethan et Maxine qui n'a toujours pas retourné ses cartes. Le pot dépasse maintenant le million de dollars et Maxine n'a pas l'intention de s'arrêter là. Ils jouent en *No Limit* avec des mises et des relances libres. Chaque fois que Maxine relance, Ethan la suit jusqu'à ce qu'il ne reste plus de jetons devant eux. Elle lui propose alors de se recaver en cours de partie juste avant que la croupière ne retourne la dernière carte.

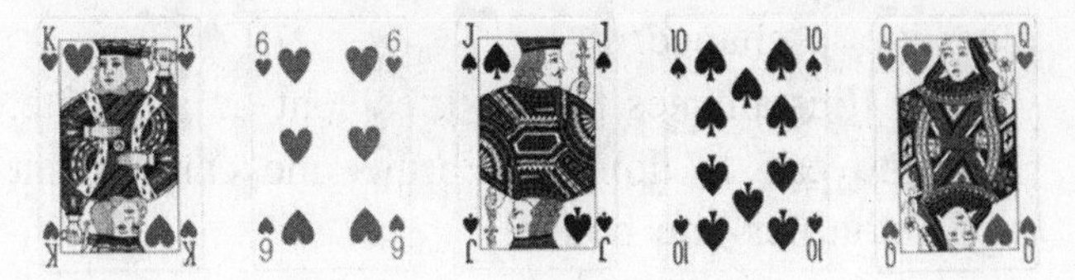

Il reste impassible, le regard fixé sur les cinq cartes du *board*. Devant lui, Maxine pioche une cigarette dans sa pochette en python métallisé. Elle savoure le moment qui marque le début de la véritable partie, car au final, tout se réduit toujours à ça : la confrontation avec le mystère de l'autre.

Le dernier tour d'enchères vole très haut, mélange d'affrontement et de séduction. Dans ce face-à-face, chacun est venu cherher quelque chose de différent. Pour lui, un voyage intérieur, la confrontation avec ses peurs d'enfance, l'oubli d'un amour perdu et la quête illusoire d'une lumière à travers la nuit. Pour elle, la mise en danger, le désir d'extermination, le fantasme de la mante religieuse.

À présent, il y a plus de cinq millions de dollars sur la table. Ethan a misé pour près de deux millions. Une somme qu'il n'a pas, mais qu'importe puisqu'il va gagner. Dans sa tête, il visualise sa main qu'il croit gagnante : une quinte à l'as.

Il se sent bien, tellement bien qu'il voudrait que ce moment dure plus longtemps. Il s'offre même le luxe de penser à ce qu'il va faire avec l'argent qu'il va gagner. Mais déjà, c'est l'heure du *showdown*, l'heure d'abattre sa meilleure main. Dans le calme, il étale ses cartes au milieu de la table. Puis c'est au tour de Maxine. C'est un moment étrange parce que la jeune femme n'a toujours pas regardé son jeu et qu'ils le découvrent donc ensemble. Elle tourne ses deux cartes privées – un quatre et un neuf de cœur – et les combine avec les cartes communes pour former la main suivante :

Une couleur à cœur : cinq cartes de couleur identique, une main plus forte que la quinte.

Maxine lève les yeux vers Ethan et elle a ce flash violent et inattendu que seul le poker peut lui donner.

Ethan reste de marbre dans la défaite, mais il a bien conscience de s'être fourré dans un sacré pétrin.

Le premier coup de poing le fit saigner du nez, le deuxième écrasa son foie, le troisième son estomac.

Manhattan
Aujourd'hui

À l'arrière du Hummer, Ethan subissait un vrai tabassage en règle. Lunettes noires, mâchoires carrées et poignes de Terminators, deux *Men in Black* le paralysaient tandis qu'un troisième larron lui faisait regretter de ne pas avoir réglé ses dettes de jeu. Le cogneur avait une allure moins soignée, mais plus recherchée que ses deux « collègues ». Torse nu sous sa veste de smoking, stetson vissé sur la tête, cheveux longs et gras, barbe de trois jours : il ressemblait à une caricature d'un bourreau sadique et semblait prendre plaisir à effectuer sa besogne. Au début de la tempête, Ethan avait eu le réflexe de contracter ses abdos, mais les coups s'enchaînaient avec une telle rapidité qu'il avait fini par lâcher prise. À présent, il priait simplement pour que ce déluge ne s'éternise pas. Combien de temps résisterait-il encore à ce traitement ? Le sang qui coulait de son nez comme d'une fontaine se répandait partout sur ses habits et sur la bâche en plastique dont les gorilles avaient pris soin de recouvrir l'arrière du 4 x 4. Le véhicule avait d'ailleurs repris sa course, protégé par ses vitres opaques.

Arriva enfin un moment où le « bourreau » se lassa :

— Mademoiselle Giardino attend son argent depuis quinze jours, constata-t-il en caressant son poing douloureux.

— Je… je l'aurai bientôt, haleta Ethan, mais… il me faut… il me faut encore du temps…

— Tu as *déjà* eu du temps.

— C'est une grosse somme… je ne peux pas trouver deux millions comme ça !

— À partir d'aujourd'hui, c'est deux millions cinq cent mille.

— Hein ? Ça va pas !

— Considère que ce sont les intérêts, expliqua-t-il en lui assenant un coup de poing vigoureux au creux de l'estomac.

Cette fois, Ethan eut l'impression que quelque chose se rompait en lui. Dans un même mouvement, les deux sbires desserrèrent leur emprise, laissant leur proie s'écrouler entre les deux banquettes.

La douleur lui fit fermer les yeux. Comment allait-il trouver cet argent ? En théorie, il était riche : entre ses consultations, ses séminaires, ses contrats d'édition fabuleux, l'argent coulait à flots. Mais il avait un train de vie dispendieux et surtout, il avait investi une grosse somme en tant qu'actionnaire dans la construction d'un luxueux centre de soins près de Miami. Une clinique ultramoderne spécialisée dans le traitement des addictions qui lui rapporterait peut-être une fortune lorsqu'elle serait en activité, mais qui pour l'instant lui coûtait beaucoup d'argent. Il pouvait vendre son patrimoine, mais ça ne suffirait pas. Son bateau ? Acheté en leasing. Sa voiture ? Vu son état… Ses placements boursiers ? Ils avaient beaucoup chuté lors de la crise des *subprimes*. Et le pire était sans doute à venir avec les images de la mort de Jessie qui tournaient sur toutes les télés. C'est d'ailleurs ce qui avait dû précipiter son tabassage. Tant qu'Ethan avait eu le vent en poupe, les Giardino l'avaient laissé tranquille, mais ils avaient compris que la chance était en train de tourner.

— Bon, cet argent, tu l'as ou tu l'as pas ? demanda le bourreau d'une voix impatiente.

Ethan se releva péniblement et essuya son nez avec un pan de chemise.

— Je peux l'avoir, assura-t-il, mais pas tout de suite. Il me faut…

— Combien de temps ?

— Au moins deux semaines.

— Deux semaines, marmonna-t-il, deux semaines…

Il tira de sa poche un gros cigare qu'il mordilla sans l'allumer. Puis il farfouilla dans un compartiment métallique d'où il tira une sorte de tenaille aux leviers articulés d'une longueur démesurée. Il poussa un soupir et instantanément les deux agents Smith immobilisèrent Ethan. Le plus baraqué s'empara de son poignet droit et le présenta à son chef. Armé de sa tenaille, celui-ci chercha à agripper l'un des doigts d'Ethan. Le thérapeute se débattit et serra le poing, mais ce fut peine perdue.

Pas ma main droite, pas mon index !

Jusqu'au dernier moment, Ethan crut que l'autre bluffait et ne cherchait qu'à lui faire peur. Se prendre une dérouillée à coups de poing était une chose, se faire sectionner le doigt en était une autre et les Giardino avaient une certaine respectabilité à défendre. Enfin, peut-être aurait-il dû se renseigner davantage sur leur compte…

Il y eut un craquement sourd et l'instant d'après Ethan constata que son index avait quitté sa main pour tomber sur la bâche en plastique. Il y eut une demi-seconde irréelle pendant laquelle, la douleur retardant son office, il lui fut encore possible de croire que tout cela n'avait pas vraiment eu lieu. Puis le sang éclaboussa et la douleur fut d'un coup insoutenable. Ethan poussa un hurlement, mais il n'était pas au bout de ses peines.

— Deux semaines, deux doigts ! décida froidement le tortionnaire.

Avec son terrible instrument, il s'empara du majeur d'Ethan.

— Et sois heureux qu'on ne te coupe pas autre chose, assura-t-il en serrant de toutes ses forces les deux leviers.

Lorsque son deuxième doigt se détacha, la vue d'Ethan se brouilla. Son corps n'était plus que souffrance, l'air lui manquait car les coups de poing reçus quelques minutes plus tôt l'empêchaient de reprendre sa respiration. Il allait perdre connaissance lorsque le Hummer freina brutalement. La porte coulissante s'ouvrit et les deux gorilles le balancèrent sur le bitume d'un trottoir ensoleillé avant de redémarrer dans un crissement de pneus.

Le visage dans la poussière, Ethan n'avait pas la force de se relever. Il percevait confusément les cris de la foule et le bruit de la circulation, mais il se sentait partir. Allait-on le secourir ou le laisserait-on crever comme ça au milieu de la rue ? Il lutta de toutes ses forces et avec l'énergie du désespoir parvint à reprendre ses esprits. Il se releva avec peine, prenant garde de ne pas s'appuyer sur sa main blessée. Avec angoisse, il chercha ses doigts coupés sur le trottoir. Il en repéra un puis le deuxième. Il les ramassa de sa main valide. Avec son coude, il essuya le sang qui continuait à couler de son nez. Surtout ne pas regarder sa blessure. Autour de lui, une foule inquiète qui le dévisageait. Des Asiatiques pour la plupart, mais également des touristes. Il était à Chinatown ! Il observa plus attentivement, repéra la célèbre rue coudée de Doyer Street, là où les triades avaient autrefois l'habitude de régler leurs comptes en s'entre-tuant avec allégresse. Décidément, ces agresseurs avaient un humour douteux.

Dépêche-toi !

Il connaissait très mal le quartier, mais il devait aller vite. Ses deux doigts dans la main, il remonta Mott Street, l'une des artères principales du quartier. Il courait au hasard, fiévreux, haletant, perdu dans ce maquis d'idéogrammes énigmatiques. Au milieu des nombreux commerces, bardés d'enseignes et de néons clignotants, il repéra une herboristerie, qui proposait en vitrine des hippocampes séchés, des os de tigre, de la corne de rhinocéros ainsi qu'un médicament miracle contre la grippe aviaire. Il poussa la porte de la boutique et en parcourut l'intérieur d'un regard circulaire. Des dizaines de bacs en plastique contenaient des racines, des tiges, des fleurs et feuilles d'une bonne cinquantaine de plantes différentes. Ethan mit un moment à repérer ce qu'il cherchait : les sacs en plastique zippés dans lesquels les clients emportaient leurs précieuses concoctions. Il s'empara d'un des sachets et y plongea ses deux doigts sectionnés.

Dépêche-toi !

Son sac à la main, il ressortit en trombe, direction Mulberry Street et ses restaurants. Il les passa en revue un par un jusqu'à trouver un étal de poisson frais. Il n'était pas loin de s'effondrer sur le présentoir, mais il réussit à tenir debout en mobilisant ses dernières forces. Il écarta un gros espadon posé sur un lit de glace pilée et récolta le plus de glaçons possible dans l'une des boîtes en bambou posées sur une table en terrasse et qui servait d'ordinaire à la cuisson à la vapeur. Pour éviter la nécrose spontanée et irréversible de ses doigts sectionnés, il plongea le sachet zippé dans la glace et referma le couvercle de la boîte.

Cours, maintenant !
Cours !
Cours !

Chinatown, un samedi après-midi comme un autre.

Chinatown, ville dans la ville avec ses propres règles et ses propres codes. Chinatown et sa foule compacte, ses inscriptions en mandarin et ses toits en pagode.

Dans la fraîcheur de Colombus Park, de vieux Chinois s'affrontent dans des parties acharnées de mah-jong. D'autres, plus solitaires, effectuent de lentes mais précises chorégraphies de tai-chi-chuan.

Le long de Chatham Square, près du temple bouddhiste, un homme court à perdre haleine. Il est en sang et en sueur. Il a un point de côté, deux doigts en moins, une côte brisée, le foie et l'estomac meurtris. Des larmes coulent le long de ses joues et se mélangent au sang. Normalement, il devrait s'écrouler là, comme un chien, à cause de la fatigue, à cause des coups, à cause du traumatisme, mais il continue à courir avec une boîte en bambou entre les mains.

C'est étrange. Il est en train de vivre la pire des journées et sans doute n'est-il pas très loin de la mort, et pourtant…

Pourtant, à cet instant précis, aussi incroyable que ça puisse paraître, il se sent plus vivant que jamais.

Il sait que tout à l'heure, sur le trottoir, il a touché le fond du gouffre dans lequel il s'enfonce depuis plusieurs mois. Mais il s'est relevé, il a donné ce coup de talon qui lui a permis de ne pas sombrer. Il ignore encore si ce sera suffisant pour refaire surface et se tirer de ce mauvais pas. Peut-être que non. Peut-être qu'il a déjà franchi le point de non-retour. Pour l'instant, il ne pense qu'à une seule chose : tenir debout pour continuer à courir. Courir jusqu'à l'hôpital St. Jude dont il va pousser la porte dans quelques secondes avant de s'écrouler dans le hall.

Avec son costume Prada et sa chemise Oxford noirs de sang.

10

Instant Karma

Celui qui sait qu'il sait, écoute-le.
Celui qui sait qu'il ne sait pas, éduque-le.
Celui qui ne sait pas qu'il sait, éveille-le.
Celui qui ne sait pas qu'il ne sait pas, fuis-le.

Proverbe chinois

Hôpital St. Jude
Samedi 31 octobre
15 h 25

Le docteur Shino Mitsuki examinait avec attention la main blessée dont il venait de maîtriser le saignement. Il l'enveloppa dans un pansement compressif avant de nettoyer les deux fragments qu'il plaça sur une compresse étanche posée sur un lit de glaçons. Les deux doigts sectionnés avaient été transportés dans de bonnes conditions, le patient – qui était encore inconscient – ayant eu la présence d'esprit de ne pas les mettre au contact direct de la glace, évitant ainsi d'endommager les tissus dévascularisés.

À présent, il fallait agir vite, mais sans précipitation. Shino s'accorda ainsi quelques minutes pour peser le bien-fondé d'une replantation. La section était nette, ce qui valait mieux qu'un écrasement ou un arrachement. La survie d'un doigt réimplanté dépendait aussi beaucoup du niveau d'amputation. On obtenait le plus fort taux de réussite dans le cas d'une section à la base du doigt, mais c'était aussi dans ce cas que la raideur et l'insensibilité étaient les plus fréquentes. Le patient avait perdu beaucoup de sang, mais il était encore relativement jeune, ce qui laissait espérer une bonne récupération fonctionnelle. Par contre, le paquet de cigarettes qui dépassait de la poche de sa veste ne plaidait pas du tout en sa faveur, l'imprégnation tabagique favorisant l'athérosclérose et faisant planer un risque de thrombose vasculaire.

— Docteur, on fait quoi ? demanda l'infirmière en chef qui l'avait assisté lors de la prise en charge.

Shino hésita encore un instant avant de répondre :

— On va tenter l'opération.

Alors qu'il lançait le protocole d'anesthésie

locorégionale, il ne pouvait s'empêcher de se poser des questions sur l'origine de cette blessure. En théorie, il devait prévenir la police s'il suspectait une agression ou un acte de torture, et visiblement, ce type ne s'était pas coupé deux doigts en tondant la pelouse de son jardin ou en bricolant une étagère pour la chambre de ses gosses.

17 h 30

— Surtout, ne bougez pas !

Lorsque Ethan ouvrit les yeux, Shino Mitsuki travaillait déjà depuis deux heures. Il avait stabilisé les deux fractures par des vis et s'employait à présent à suturer les vaisseaux et les nerfs. Ethan mit plusieurs minutes pour reprendre vraiment connaissance. Son esprit n'était plus qu'un labyrinthe tortueux où s'entrechoquaient des images angoissantes : Jessie, Céline, la mystérieuse femme rousse, les deux estafiers au look d'agents du FBI, le clone de Kusturica et sa terrible tenaille…

— Mes doigts… s'inquiéta-t-il soudain en se tournant vers le médecin.

— Ils sont là, le rassura Shino. Vous êtes seulement sous anesthésie locale, alors ne bougez surtout pas !

Après s'être occupé des tendons et des gaines nerveuses, le chirurgien s'activait minutieusement sous microscope pour réparer les vaisseaux sanguins avec du fil et une aiguille de la taille d'un centième de millimètre.

L'opération se poursuivit encore pendant trois heures, régulièrement entrecoupée d'échanges entre le médecin et son patient.

18 h 05

— J'ai mal, se plaignit Ethan en désignant son ventre.

Shino botta en touche :

— Toute notre vie est souffrance. Naître, c'est souffrir. Vieillir, c'est souffrir. Perdre l'amour, c'est souffrir. Mourir, c'est souffrir…

18 h 52

Comme Ethan était incapable de rester immobile, Shino le réprimanda sévèrement :

— Il y a trop d'impatience et trop de colère en vous.

Pour s'excuser, Ethan haussa les épaules en inclinant la tête.

— La colère, répéta Shino comme pour lui-même, c'est elle qui vous tuera.

— La colère est salutaire, se défendit Ethan. La colère, c'est la révolte.

L'Asiatique secoua la tête et, pendant un instant, leva les yeux de son travail pour regarder durement son patient.

— La colère, c'est l'ignorance, et l'ignorance, c'est la souffrance.

19 h 28

Sans avoir l'air d'y toucher, Shino se décida à poser à Ethan la question qui lui brûlait les lèvres, celle que lui avait déjà posée l'infirmière, mais qui était restée sans véritable réponse :

— Cette blessure, c'est arrivé comment ?

— Je vous l'ai déjà dit : un accident.

— La faute à qui ?

— La faute au destin, répondit Ethan en ayant une pensée pour Curtis Neville, l'inquiétant chauffeur de taxi qu'il avait rencontré plus tôt dans l'après-midi.

— Le destin, ça n'existe pas, trancha froidement Shino. Le destin, c'est l'excuse de ceux qui ne veulent pas être responsables de leur vie.

Le chirurgien sembla un instant retomber dans son mutisme, mais il ne put s'empêcher bien longtemps de développer plus à fond sa pensée :

— La vérité, c'est qu'on ne récolte que ce qu'on a semé.

— La loi du karma, c'est ça ?

— Oui, c'est la règle, répondit le médecin avec conviction : les actions vertueuses mènent au bonheur, les actions malveillantes entraînent des souffrances…

Il laissa passer quelques secondes avant d'ajouter :

— … soit au cours de cette vie soit dans celle d'après.

Ethan garda le silence. Que répondre à un chirurgien qui s'exprimait comme un maître Jedi ? Dans le bouddhisme, la purification du karma l'avait toujours intéressé : prendre conscience de nos erreurs, en éprouver du remords, accepter l'idée de ne pas les répéter, se racheter… Vu comme ça, tout semblait simple, mais pouvoir appliquer ces principes était une autre histoire.

Les propos du médecin le renvoyaient au discours contradictoire que lui avait tenu quelques heures plus tôt Curtis Neville, le chauffeur de taxi, persuadé que toutes nos actions sont marquées par le sceau du destin.

Quelle marge de liberté avons-nous dans le déroulement de notre existence ?

Qui, du destin ou du karma, régit vraiment nos vies ?

20 h 52

L'opération venait de se terminer. Vêtu d'un pyjama d'hôpital, Ethan était couché sur le lit d'une chambre individuelle. Un système de cathéters pourvoyait son organisme en antalgiques et en anticoagulants.

Dehors, la nuit était tombée sans qu'il s'en rende compte.

Le docteur Shino Mitsuki entra dans sa chambre pour les dernières recommandations. Il tenait dans sa main le paquet de Marlboro qu'il avait récupéré dans la veste d'Ethan.

— Une seule cigarette et vous pouvez avoir un spasme artériel, menaça-t-il.

Il s'était rapproché du lit et examinait la main de son patient, appuyant légèrement sur les doigts opérés pour vérifier leur couleur rosée et leur chaleur.

— Aïe !

— Une seule cigarette et vous compromettez la survie de vos doigts. Une seule de ces merdes et vous saccagez mon travail de tout un après-midi !

— Compris.

— La greffe est très fragile, poursuivit le chirurgien. Il faudra attendre une dizaine de jours pour savoir si vos membres réimplantés survivront.

— OK, croisons les doigts alors, lança Ethan pour détendre l'atmosphère.

Mais Shino ne remarqua même pas la plaisanterie. Son visage était toujours empreint de la même gravité. Ethan chercha son regard et le trouva pendant quelques secondes.

— Merci pour ce que vous avez fait, dit-il simplement.

Le médecin détourna les yeux.

— J'aurais aimé vous aider davantage, dit-il en se plantant devant la baie vitrée. Vous aider à trouver le chemin pour sortir de votre nuit, le chemin pour sortir de votre ignorance.

C'est ça...

Le chirurgien n'avait fait qu'énoncer des généralités, pourtant Ethan avait nettement l'impression qu'il en savait plus sur lui qu'il ne voulait bien l'avouer. Il avait ressenti la même chose tout à l'heure lors de son face-à-face avec le chauffeur de taxi. Cette ambiguïté de ne pas savoir s'il se trouvait en présence d'un sage ou d'un illuminé.

— Le chemin, vous devez le découvrir par vous-même, termina Shino sur le seuil de la porte. La sagesse ne nous est jamais servie sur un plateau. Sinon, ça ne serait pas la sagesse.

Après son départ, Ethan n'eut pas la force de méditer plus avant les paroles du médecin. Épuisé, il était sur le point de se rendormir lorsque son BlackBerry vibra sur la table roulante à côté du lit. Il s'en empara de sa main valide et essaya, tant bien que mal, de consulter ses e-mails. Beaucoup émanaient de Lyzee qui le suppliait de la rappeler. Il fut presque tenté de le faire, mais il y renonça. Il n'aurait pas su quoi lui dire. Il zappa rapidement sur le reste – les assauts des journalistes, les annulations –, pour se concentrer sur un message volumineux accompagné d'un petit film en pièce jointe, provenant de la société de sécurité du port.

Que s'était-il encore passé ?

L'année précédente, après un cambriolage, il avait fait stipuler dans son contrat qu'on lui envoie les vidéos, dès lors qu'une personne suspecte s'approchait trop de son bateau. Sur l'écran, il aperçut un individu coiffé d'une casquette de base-ball qui tambourinait à la porte de la cabine, sur le pont supérieur du yacht. L'image était floue et il ne distinguait pas grand-chose. Mais à un moment, l'homme leva la tête et il ne lui fallut qu'un instant pour le reconnaître.

C'était Jimmy !

Il n'avait pas revu son ami depuis quatorze ans. Que venait-il faire chez lui, précisément aujourd'hui, où sa vie volait en éclats ?

23 h 57

Il était presque minuit lorsque Ethan ouvrit les yeux. Il avait fini par s'endormir, dans le calme apaisant de l'hôpital, sans avoir obtenu de réponse à sa question. Un sommeil un peu artificiel et antalgique, rythmé par les allées et venues de l'infirmière chargée de surveiller sa circulation sanguine. Maintenant, il se sentait mieux. Pour la première fois depuis longtemps, il voyait plus clair dans sa vie. Aujourd'hui, il était passé près du pire, touchant du doigt le point de non-retour. En apparence, il avait tout perdu : sa fortune, sa réputation, son amour. Mais il avait pris conscience d'une chose : que ce soit Dieu, la Providence, la Fatalité, l'Amour ou la Famille, la majorité des gens croyaient en quelques grands principes qui structuraient leur existence. Or, lui, en quoi croyait-il ? À part l'ambition et l'argent, il n'avait construit sa vie sur aucune valeur suprême. Mais il pouvait encore changer cela.

Il se redressa sur son lit avec difficulté. Il avait mal partout et ses os semblaient fragiles comme du cristal. Il sortit du lit avec précaution, traînant derrière lui ses perfusions. La chambre donnait sur une minuscule terrasse offrant une vue sur l'East River. Dehors, on entendait le vent qui soufflait dans la nuit et la pluie qui tombait entremêlée d'éclairs.

Ethan fit coulisser le battant de la baie vitrée, mais resta sur le seuil.

Aujourd'hui, il avait tout perdu, mais il était encore vivant.

Surtout, il se sentait la force de tirer un trait sur sa vie comme il l'avait fait quinze ans plus tôt. La force de trouver un second souffle, de se reconstruire sur des bases nouvelles. Il allait liquider tous ses actifs, régler cette histoire de dettes, puis il quitterait les États-Unis. Ça paraissait fou, mais à cet instant, il se sentait même la force de reconquérir Céline. *Le plus beau reste à venir*, pensa-t-il en contemplant les milliers de lumières qui se reflétaient dans le miroir de la rivière.

À cause de la pluie et du vent, il n'entendit pas le bruit de la porte qui s'ouvrait. Dans la vitre, il aperçut simplement le reflet d'une ombre mouvante et sentit une présence derrière lui. Lorsqu'il se retourna, il y avait une arme braquée dans sa direction.

Qui ?

Il s'immobilisa. La pièce était plongée dans la pénombre. Impossible de distinguer le visage de son agresseur. Seule la crosse argentée du pistolet brillait de tout son éclat.

La première balle traversa sa poitrine, le projetant sur la terrasse. Stupéfait, il crispa sa main sur son ventre.

La silhouette avança vers lui d'un pas résolu.

Qui ?

Elle fit feu une nouvelle fois.

La deuxième balle l'atteignit à la tête.

Ethan poussa un cri de détresse et tendit les mains pour se protéger. Sur son visage, il sentait l'eau glacée de la pluie qui se mélangeait au sang et lui embuait les yeux. Tout se brouilla autour de lui, mais il essaya une dernière fois d'apercevoir les traits de son meurtrier.

Qui ?

Il fallait qu'il sache.

La troisième balle fit exploser son crâne, le propulsant lui et ses perfusions par-dessus la balustrade.

C'était étrange. Quelques secondes plus tôt, il croyait être à l'aube d'un nouveau départ et voilà qu'il était brutalement arraché au monde des vivants.

Qui ?

Il tomba du balcon la tête la première, chutant de plus de trente mètres. C'était donc ça, son destin : s'écraser sur la dalle en béton du parking d'un hôpital ? Il trouva la sanction un peu lourde et, dans un éclair de lucidité, il se demanda à nouveau qui pouvait avoir une raison de le tuer.

Jamais il ne le saurait.

Enveloppé par le vent et lavé par la pluie, il lui semblait voir son propre corps se débattre dans le vide. Dans sa tête deux images se superposèrent : d'abord, celle de cette jeune fille, Jessie, à qui il n'avait pas été foutu de consacrer un peu de temps. Puis un souvenir d'enfance : la première cigarette avec Jimmy, le seul véritable ami qu'il avait jamais eu dans sa vie.

Quel gâchis !

Dommage qu'il ait trop souvent pris les mauvaises décisions. Dommage qu'il ait si souvent gaspillé sa vie.

Sa dernière pensée fut pour Céline, la femme qu'il n'avait jamais cessé d'aimer. Il était content de l'avoir croisée aujourd'hui. Il l'avait trouvée belle dans sa robe de mariée. Belle, mais pas heureuse. Il fouilla dans sa mémoire pour sélectionner un autre souvenir. Une photo d'elle et de lui, au début de leur amour, prise un jour de printemps à la Water Taxi Beach, ce bout de plage improbable juste en face de la *skyline* de Manhattan.

Sur le cliché, ils sont souriants, heureux, amoureux, confiants dans l'avenir.

Ethan s'accrocha le plus longtemps possible à cette image.

C'est avec elle qu'il souhaitait mourir.

11

La maladie d'amour

Dans la nuit noire de l'âme, il est toujours trois heures du matin.

Francis Scott FITZGERALD

Manhattan – 44e Rue
Nuit du samedi au dimanche
2 h 45

Céline Paladino se démaquillait dans la salle de bains de l'une des suites de l'hôtel Sofitel.

Sébastien, son mari, venait de s'endormir dans la pièce à côté. Céline retira sa robe de mariée et, sans fard, se regarda dans le miroir.

Et maintenant, tu fais quoi ?

Elle ébouriffa ses longs cheveux raides, scruta son visage encore jeune avec ses pommettes hautes et ses yeux en amande. Sur son épaule, une inscription indienne qu'elle s'était fait tatouer au début de son histoire d'amour avec Ethan.

Ethan...

Elle l'avait retrouvé pendant quelques minutes aujourd'hui, mais c'était pour le reperdre aussitôt. Quelques échanges heurtés qui n'avaient débouché que sur du ressentiment. Cet après-midi, elle l'avait senti vulnérable, à la dérive, et elle l'avait pourtant attaqué. Sans oser se l'avouer clairement, elle avait espéré que quelque chose se passerait lors de la cérémonie. Car elle avait toujours cru que c'était lui, l'homme de sa vie : la personne essentielle que l'on ne cesse de rechercher tout au long de son existence, celle à qui on oserait montrer le diable en nous et qui nous aimerait malgré tout.

Et maintenant, tu fais quoi ?

Ce soir, dans cette chambre d'hôtel luxueuse, elle avait l'impression de jouer la comédie. Trop longtemps elle s'était laissé enfermer dans des rôles qui ne lui correspondaient pas. À force de faire des concessions, à force de se conformer aux attentes de sa famille, de ses amis, de la société, elle était devenue une étrangère dans sa propre vie. À nouveau, elle éprouva ce sentiment de solitude qui la dévastait parfois.

Fuir.

Elle passa un jean, un chemisier, un pull noir, enfila sa vieille paire de Kickers. Elle ne tenta même pas de se raisonner, se laissant porter par la force irrationnelle qui l'habitait soudain.

The bitch is back.

Elle savait qu'elle allait décevoir tout le monde : Sébastien bien sûr, mais aussi ses parents et sa famille qu'elle avait fait venir à New York pour célébrer ce qui était censé être le plus beau jour de sa vie.

Personne ne la comprendrait : on ne pouvait pas tout quitter comme ça.

Sans bruit, elle ouvrit la porte de la salle de bains. Sébastien dormait toujours. Près de la porte d'entrée, les bagages attendaient, prêts pour le voyage de noces du lendemain en direction d'Hawaii. Céline attrapa son sac pour y glisser sa trousse de toilette.

Ethan l'avait comprise autrefois. Là où les autres ne voyaient que la gentille Céline, l'étudiante sérieuse, la belle hôtesse de l'air, l'institutrice au grand cœur, lui avait deviné le gouffre, la solitude et la fêlure de l'âme.

Elle enfila son manteau gris perle, jeta un dernier regard à ce qui avait été sa vie puis quitta la chambre.

Le couloir.

L'ascenseur.

Pas de regrets.

À Paris, elle s'était impliquée comme bénévole dans différentes structures : les Restaurants du Cœur, les Blouses roses, les foyers d'accueil d'urgence. Elle avait travaillé avec des SDF, des toxicos, des prostitués. Chaque fois, leur douleur devenait sa propre douleur. C'était finalement la seule chose qu'elle savait bien faire dans la vie : sauver celui qui se noie. Mais n'était-ce pas aussi la plus noble ?

Où vas-tu ?

Secrètement, elle avait toujours eu la conviction qu'un jour ou l'autre, elle aurait un enfant d'Ethan et que la maternité lui permettrait de transformer le feu de la passion en chaleur de l'amour. Elle savait maintenant que jamais ça n'arriverait. Pour autant elle ne voulait pas de l'enfant d'un autre homme.

Fuir, mais pour aller où ?

Dans le hall de l'hôtel, elle s'installa devant l'un des postes informatiques en libre service pour se connecter au site de sa banque. En quelques clics, elle vira le montant de ses livrets sur son compte courant.

Lorsqu'elle sortit dans la 44e Rue, un violent orage s'abattait sur la ville, balayant tout sur son passage, secouant les toitures, inondant les rigoles et les stations de métro. Le portier lui proposa l'une des voitures avec chauffeur que l'hôtel avait commandées pour faire face à la grève des *yellow cabs*. Elle allait accepter lorsqu'un taxi improbable s'arrêta quelques mètres plus loin. Elle hésita : sur le toit du vieux modèle rebondi, les trois voyants de l'enseigne étaient allumés, signe que le véhicule n'était pas en service.

— J'vous dépose, mam'zel ? demanda pourtant le chauffeur en baissant sa vitre.

C'était un Black énorme, au crâne rasé, mais au visage bienveillant. Céline s'installa sur la banquette. Elle regarda avec un mélange d'intérêt et d'étonnement les dessins d'enfant et les cartes du tarot de Marseille qui tapissaient l'intérieur du véhicule. Dans l'autoradio, la voix rocailleuse de Tom Waits sur *The Heart of the Saturday Night* avait quelque chose de mélancolique et de rassurant.

— Aéroport Kennedy, demanda-t-elle en appuyant son front contre la vitre froide et ruisselante.

Aéroport Kennedy
3 h 42

Céline laissa un pourboire au taxi et s'engouffra dans le terminal des départs.

Elle déambula plusieurs minutes dans le hall, se laissant étourdir par l'immensité et le vide. Sur son iPod, hurlements glacés de Björk, meute de loups vampires de Radiohead, puis soudain cette vieille chanson de Bécaud qui lui parle d'elle :

Et maintenant que vais-je faire
Maintenant que tu es partie ?
Tu m'as laissé la terre entière
Mais la terre sans toi c'est petit.

Elle leva les yeux vers le panneau des départs.

Rome, Los Angeles, Ottawa, Miami, Dubaï…

Jusqu'où faut-il s'enfuir pour guérir une absence ?

Johannesburg, Montréal, Sydney, Brasília, Pékin…

Jusqu'où faut-il s'enfuir pour échapper à sa douleur, à son ombre, à sa vie ?

Au comptoir d'American Airlines, elle acheta un aller simple pour Hong Kong.

L'avion partait dans deux heures.

Manhattan
Hôtel Sofitel – Chambre 2904
3 h 51

Les yeux rougis d'avoir trop pleuré, Sébastien regardait fixement l'inscription au rouge à lèvres qui barrait l'immense miroir de la salle de bains.

PARDON

Il était anéanti, mais pas surpris.

Tout à l'heure, lorsqu'il avait compris que Céline le quittait, il avait fait semblant de dormir. Il était resté là, pétrifié, incapable de prendre la moindre initiative.

Qu'allait-il faire à présent ? Comment expliquer la situation à sa famille, aux copains du rugby, aux clients du restaurant ?

À bien y réfléchir pourtant, les racines de cette rupture étaient profondes, même s'il avait préféré les ignorer. Il repensait à toutes ces activités dans lesquelles elle s'impliquait à côté de son métier : les Restaurants du Cœur, le travail bénévole dans les centres d'urgence ou à l'hôpital. Il ne comprenait pas cette forme d'investissement, pas plus que cette manie qu'elle avait de noircir compulsivement des carnets de notes avec des réflexions, des impressions et des pensées aussitôt raturées. Et puis, cet enfant qu'ils n'arrivaient pas à avoir, même après avoir consulté des médecins et passé des analyses leur assurant qu'il n'y avait aucune raison biologique à leur échec. Et toutes ces fois où il la surprenait en plein milieu de la nuit, immobile devant la fenêtre, l'esprit à des milliers de kilomètres de son foyer. Il s'était souvent demandé à quoi, à qui pensait Céline dans ces moments-là. Cet après-midi, lorsque ce type étrange avait débarqué à son mariage quelques minutes à peine avant la cérémonie, il avait senti planer une grande menace. Car l'homme avait dans les yeux la même souffrance que celle de sa femme et en les observant tous les deux, il était évident qu'une sorte de courant électrique circulait entre eux. Un haut voltage, puissant comme la foudre, tout aussi bien capable de tuer que de faire repartir un cœur à la manière d'un défibrillateur. Il avait alors redouté de subir une humiliation qui l'avait épargné pendant la cérémonie pour mieux le crucifier dans la chambre à coucher.

Ces derniers mois, il s'était plusieurs fois demandé si sa femme n'était pas souffrante. Il en avait même parlé à un copain médecin qui avait cru déceler chez elle une dépression.

Mais c'était plus grave que ça.

La maladie d'amour.

Aéroport Kennedy
4 h 07

Céline attendait son vol. Dans une librairie de la zone d'embarquement, elle acheta le *Herald Tribune*, un roman d'Haruki Murakami, et le dernier *Paris Match* avec Cécilia en couverture.

Dans la vitrine des best-sellers, au rayon développement personnel, un employé avait reçu des instructions pour réorganiser la présentation des ouvrages. Il retira les piles du dernier livre d'Ethan Whitaker qu'il rangea dans des cartons avant de démonter la silhouette publicitaire grandeur nature du thérapeute.

Accroché au-dessus des caisses, un téléviseur branché sur NSNBC diffusait un flash info. Sur l'écran plasma, des images tremblantes d'un homme agenouillé près d'un corps ensanglanté. En commentaire, les explications de la présentatrice de la nuit :

> *... une adolescente de quatorze ans s'est donné la mort aujourd'hui dans le cabinet du célèbre thérapeute Ethan Whitaker. Celui que le* New York Times *appelait encore ce matin le psy qui séduit l'Amérique voit donc aujourd'hui sa réputation entachée et...*

En entendant le nom d'Ethan, Céline leva les yeux vers l'écran, à l'instant précis où la journaliste marqua un temps d'arrêt dans sa phrase et pressa son doigt contre son oreillette pour s'assurer de bien comprendre ce qu'on lui disait. À l'image : la nuit, un parking, les feux clignotants des ambulances et des voitures de police, les bandes jaunes *do not cross*.

... voilà qu'on nous annonce à l'instant une nouvelle information. Selon notre reporter, le corps d'Ethan Whitaker vient d'être retrouvé criblé de balles sur le parking de l'hôpital St. Jude où il avait été admis quelques heures auparavant. Vengeance, règlement de comptes ou motif crapuleux ? L'enquête de police devrait nous permettre d'en savoir plus dans les jours qui viennent. En attendant...

— Madame ?

Brusquement inquiet, le vendeur se leva de sa chaise : l'une de ses clientes venait de s'évanouir dans son magasin.

— Madame ? Vous ne vous sentez pas bien ? Madame ?

Hôpital St. Jude
4 h 20

Curtis Neville gara son taxi fatigué sur le parking de l'hôpital et poussa la porte de l'Elvis Diner. Lorsqu'il travaillait de nuit, il faisait souvent halte dans ce fast-food rétro, aménagé dans un wagon métallique face à l'entrée des Urgences. À cette heure de la nuit, l'endroit accueillait principalement les personnels soignants qui prenaient une pause au milieu de leur garde. Curtis s'approcha du comptoir pour commander un burger, des *french fries* et plusieurs tranches de bacon frit.

Au fond de la pièce, assis devant une salade et un bol de soupe, le docteur Shino Mitsuki se tenait droit sur sa chaise.

Impassible.

— Cette place est libre ?

L'Asiatique leva lentement les yeux pour découvrir le géant black à la carrure massive. D'un signe de tête, il l'invita à s'asseoir.

Curtis Neville posa son plateau et s'installa sur la banquette en moleskine. Mitsuki remarqua son œil gauche atrophié ainsi que les lettres L.O.V.E. et F.A.T.E. tatouées sur ses phalanges.

Pendant une seconde, leurs regards se croisèrent.

Ce soir, le Destin et le Karma dînaient à la même table.

4 h 30

Des mouettes tournoient et piaillent dans la nuit lugubre.

Face à Roosevelt Island, un bâtiment ancien, tout en longueur : l'Institut médico-légal de New York.

Dans le bâtiment, d'immenses sous-sols.

Dans l'un des sous-sols, une pièce nue entourée d'un mur de verre dépoli. Une pièce glacée, éclairée d'une lumière obscène. Une pièce qui sent l'hôpital, la peur, la mort. Le plus haut degré de solitude et de détresse humaine.

Dans cette pièce, deux chariots d'acier sont posés côte à côte.

Sur le premier est allongé un homme au corps disloqué et criblé de balles. Il n'a pas toujours fait les bons choix dans sa vie, mais aurait mérité de connaître les raisons de sa mort.

Sur l'autre repose le cadavre d'une adolescente dont une partie du crâne a volé en éclats. Son visage est cireux, bleui de cyanose, et ses traits sont déformés par la terreur d'une mort violente.

Elle avait réclamé de l'aide, mais ses appels étaient demeurés sans réponse.

Tous deux se sont croisés aujourd'hui, mais ils n'ont pas su se rejoindre.

Leurs yeux vitreux semblent contempler l'ailleurs.

Cet endroit inconnu et redouté.

Là où nous irons tous.

DEUXIÈME PARTIE

COMBATTRE

12

Le jour d'après…

La vie est une grande surprise. Pourquoi la mort n'en serait pas une plus grande ?

Vladimir NABOKOV

Manhattan
Aujourd'hui
7 h 59 mn 58 s
7 h 59 mn 59 s
8 h 00

Sursaut.

Ethan envoya une main hasardeuse qui tâtonna plusieurs secondes avant de stopper la montée en puissance de la sonnerie du réveil…

Terrorisé, essoufflé, fiévreux, il se redressa brusquement et regarda autour de lui. Sur le yacht tout était calme et une belle lumière dorée perçait à travers les hublots. Il était chez lui, sur son bateau !

C'était impossible : il avait reçu trois balles dans la peau, avait fait une chute de trente mètres ! Il était mort !

Il vérifia la date sur sa montre : samedi 31 octobre.

Il tourna la tête : entortillée dans les draps, la jeune femme rousse était toujours allongée à ses côtés. Même teint de neige, même chevelure de feu, même galaxie de taches de rousseur.

Il bondit hors du lit. Envahi par la panique, il monta l'escalier qui menait au salon puis sortit sur le pont supérieur.

Le soleil, le vent du large, le cri des mouettes, les premiers froids de l'automne, les tours de verre et de granit, le jardin d'hiver, la promenade arborée où couraient les joggeurs, la mer, la ville, le mouvement…

LA VIE !

Son cœur battait à tout rompre. En quelques secondes, la panique fit place à l'euphorie. Un rêve ! Ce n'était qu'un rêve ! Tout ça n'avait eu lieu que dans sa tête ! Ce n'était qu'une mise en scène de son esprit, la simple divagation d'un homme très déprimé qui, ces derniers temps, avait trop souvent mélangé l'alcool, la cocaïne et les antidépresseurs.

Putain de cauchemar !

Le tee-shirt trempé de sueur, la gorge desséchée, les paupières collées, il se laissa tomber sur l'une des chaises en teck. Il tremblait, des larmes coulaient le long de ses joues. Là, face au vent, il éprouvait la meilleure sensation au monde : celle d'être encore en vie après avoir frôlé le pire. Cette sale chimère lui avait permis d'entreprendre un voyage lucide et douloureux vers lui-même. Une prise de conscience qui l'avait délivré du mensonge, de la peur et des faux-semblants dans lesquels son existence était prisonnière. À nouveau, la vie avait du goût. Elle était sacrée, d'une richesse formidable. Il ne fallait pas la gaspiller. Il fallait en faire quelque chose.

Il redescendit dans le yacht et se doucha rapidement, l'esprit totalement absorbé par ses réflexions. Ainsi, il avait inventé tout ça : le mariage de Céline, le suicide de cette ado, sa rencontre avec des personnages emblématiques – tels que le Destin et le Karma – et même son propre assassinat ! Mais qu'est-ce que cela signifiait ? Il avait lu Freud. Il savait que les rêves, en permettant la réalisation de désirs refoulés, jouaient le rôle d'une soupape de sécurité pour l'équilibre psychique. Pourtant, le cauchemar qu'il venait de vivre était bien plus qu'une simple fenêtre sur son inconscient. Comment un simple rêve pouvait-il être si réaliste, si complet, si construit, et avoir une portée cathartique digne de plusieurs années de psychanalyse ?

De retour dans la chambre, la vision de la jeune femme lui donna la chair de poule. Si la belle endormie n'avait été qu'un rêve, que faisait-elle ce matin dans son lit ? Après avoir tourné et retourné la question dans sa tête, il finit par admettre qu'il l'avait bien ramenée la veille et que son cauchemar n'avait été qu'une réminiscence de ce qu'il avait fait le vendredi soir.

À moitié rassuré, il s'habilla de façon mécanique. Cette fois, pas de costume sophistiqué, mais un simple jean, un col roulé noir et une vieille veste en cuir. Comme dans son rêve, il hésita sur le comportement à adopter avec l'inconnue. Fallait-il la réveiller ? Il était curieux de l'entendre et redoutait en même temps ce qu'elle allait lui dire, car ce qui n'avait pas changé c'était son absence quasi complète de souvenirs concernant ses activités de la veille. Que s'était-il passé hier soir pour que son esprit n'en garde aucune trace ? Redoutant le pire, il préféra de nouveau ne pas la réveiller et se contenta de sortir de son portefeuille les mêmes 2 000 dollars avant de quitter le yacht précipitamment.

— Bonjour, monsieur Whitaker, le salua le gardien du port lorsqu'il pénétra dans le petit parking.

— Bonjour, Felipe.

— Que s'est-il passé avec votre voiture ? Elle est dans un sale état.

Ma voiture ?

Une fois de plus, la réalité rattrapait ses visions oniriques : le coupé Maserati était cabossé et éraflé aux mêmes endroits que dans son rêve. Ethan marqua le coup. Son cauchemar avait-il quelque chose de prémonitoire ? Non, il n'avait jamais cru à ces trucs. Il s'agissait, là aussi, d'une simple réminiscence d'un accident de la veille. Rien de plus. Il s'installa dans le véhicule, tourna la clé de contact et s'engagea vers la sortie.

La guitare de Jimi Hendrix secouait l'autoradio. Ethan éjecta le CD et tritura le bouton des fréquences jusqu'à trouver la station qu'il cherchait :

... *des milliers de chauffeurs de taxi ont débrayé ce matin à Manhattan pour une durée de quarante-huit heures afin de protester contre le projet municipal*...

C'était vraiment troublant, cette impression de *replay*, comme un syndrome du disque rayé. D'un autre côté, tout le monde parlait de cette grève depuis plusieurs jours. C'était donc presque naturel qu'il l'ait intégrée à ses rêves.

Il quitta Financial District pour rejoindre Broadway et s'arrêta en double file sur Times Square. Même groupe d'étudiants japonais un peu ivres qui hurlaient des « YATTA » au milieu de l'avenue, mêmes ouvriers qui remplaçaient une vitre dans la vitrine du Virgin…

Il inséra quelques pièces dans le distributeur de journaux et déplia le *New York Times* où sa photo barrait la une :

Le psy qui séduit l'Amérique

Pourquoi n'était-il, finalement, pas si surpris ? Il en lut les premières lignes pour découvrir, quelque peu résigné, que c'étaient les mêmes que dans son rêve ! Un rêve qui manifestement n'en était plus un. Il y avait trop de faits répétés, trop de récurrences pour qu'il s'agisse d'un simple hasard.

Soudain, il ressentit une douleur inhabituelle – comme une contraction musculaire – qui irradiait dans sa main droite. Il y jeta un coup d'œil et ce qu'il vit le fit frémir : son index et son majeur avaient chacun une cicatrice apparente à la première phalange, ainsi qu'une certaine rigidité. Cela ne faisait aucun doute, les doigts avaient été réimplantés ! Mais quand ? Par qui ? La cicatrisation était récente et datait tout au plus de quelques semaines. Pris d'un terrible pressentiment, il ouvrit sa veste et souleva son pull : au niveau de la poitrine, à l'endroit exact où il avait reçu la première balle, se trouvait une couture boursouflée, stigmate d'une intervention chirurgicale de fraîche date. Comment était-ce possible ? Complètement déboussolé, il vérifia la date pour la deuxième fois de la journée. Cette fois, le journal fut sa référence : on était bien le samedi 31 octobre 2007.

Abasourdi, il regagna sa voiture et pendant un moment resta prostré, la tête entre les mains, se demandant ce qui lui arrivait. Depuis son réveil, il cherchait à se rassurer, à se faire croire que tout ce qu'il avait enduré tenait à une simple divagation nocturne.

Mais la vérité qui se dessinait était bien plus terrifiante.

Et si au lieu d'avoir rêvé cette journée, il était tout simplement en train de la revivre ?

13

Vivre vite

L'amour comme un boomerang
Me revient des jours passés
À s'aimer comme des dingues
Comme deux fous à lier.

Serge GAINSBOURG

Aujourd'hui
Samedi 31 octobre 2007
8 h 40

Au volant de sa voiture, Ethan filait vers le sud. À présent, il ne pouvait plus se raconter d'histoires : quelque chose avait bousculé l'ordre rationnel du monde, le mettant dans une situation hors du commun dont il était le seul à avoir conscience. Malgré lui, il avait franchi une frontière qui l'avait plongé dans une réalité extraordinaire. Pourquoi lui ? Était-ce une chance ou au contraire un combat perdu d'avance ?

Il repensa avec ironie à ce film avec Bill Murray qu'il avait utilisé plusieurs années auparavant dans une séance de thérapie : l'histoire de ce présentateur météo dépressif, coincé dans une boucle temporelle qui le condamnait à revivre le même jour à l'infini. Il essayait de s'en rappeler les détails lorsque son BlackBerry vibra dans sa poche. C'était la productrice de NBC qui s'inquiétait de son retard. Il lui répondit qu'il était souffrant et ne pourrait pas assister à l'émission. Elle tenta en vain de le faire changer d'avis, mais il raccrocha sans lui laisser le temps de le convaincre. Il avait désormais d'autres priorités.

Une fois son abattement surmonté et à défaut de comprendre ce qui lui arrivait, il était fermement résolu à ne pas rester les bras ballants. Car, à bien y réfléchir, s'il revivait les événements de cette journée, c'est la mort et rien d'autre qui l'attendait au bout de la route. Dans cette ville quelqu'un voulait sa peau, seulement cette fois Ethan avait un avantage : il le savait et n'avait aucune intention de se prendre, une deuxième fois, trois balles dans le corps. Mais pour échapper à ce triste sort, il fallait d'abord qu'il trouve l'identité de son assassin. Avait-il des ennemis ? Mentalement, il essaya de faire la liste des personnes susceptibles de lui nuire.

Une conquête féminine ? Ces dernières années, avec sa notoriété nouvelle, il avait multiplié les aventures, mais il jouait franc jeu dès le début, sortant uniquement avec des femmes qui ne voulaient pas s'attacher et cherchaient comme lui à prendre du bon temps : restaurants à la mode, boîtes branchées, jeux « entre adultes », week-ends à Long Island…

Le lendemain, elles rappelaient ou ne rappelaient pas, prenaient un avion pour Milan ou pour Londres, laissaient passer plusieurs semaines, voire plusieurs mois. Ces relations se dénouaient généralement sans acrimonie et il avait beau chercher, il n'avait pas de souvenirs récents d'une idylle qui se soit terminée dans l'affrontement.

Autre piste : ses prétendus « confrères ». Il est certain que, lorsqu'il avait débarqué comme un boulet de canon dans l'univers du développement personnel, les auteurs et conférenciers bien en place ne l'avaient pas considéré d'un bon œil. Il travaillait davantage, prenait des parts de marché et du temps d'antenne disponible. Il était plus jeune, plus percutant, ses livres étaient meilleurs, ses séminaires plus intéressants. Pendant longtemps, l'un d'entre eux avait cherché à le discréditer, se répandant en propos malveillants auprès des journalistes, le critiquant à chaque passage télé et utilisant ses connaissances dans les médias pour lui barrer l'accès de certaines émissions importantes. L'efficacité de la manœuvre avait duré un temps puis s'était émoussée. De toute façon, le type en question était peut-être un con, mais sûrement pas un assassin.

Autre possibilité : le milieu du poker, mais il n'y croyait pas non plus. Il avait, de façon récurrente, gagné de belles sommes, délesté certains joueurs de quelques dizaines de milliers d'euros, mais il s'agissait le plus souvent de gens au moins aussi riches que lui et toujours dans des parties régulières. Quant à ses propres dettes de jeu, il les avait toujours réglées rubis sur l'ongle, jusqu'à cet épisode avec les membres du clan Giardino. Avec eux, c'est vrai, il s'était aventuré sur un terrain plus dangereux. Ils pouvaient essayer de l'intimider, comme en témoignait sa main douloureuse, mais ils n'avaient aucun intérêt à le tuer s'ils voulaient récupérer leur argent.

Il ne restait donc qu'une seule piste vraiment crédible : un ancien patient qui chercherait à se venger. Et ça, ce n'était pas impossible. Quand votre boulot est justement de soigner des gens mal dans leur peau et dans leur tête, il ne faut pas s'étonner de recevoir des lettres de menaces de types qui vous accusent d'avoir ruiné leur vie. Ethan en recevait parfois, le plus souvent après un passage à la télé, mais jusqu'à présent, elles n'avaient jamais été suivies d'effet. Elles n'étaient surtout pas justifiées. Les livres, les séminaires, les produits dérivés, c'était du business, mais ses consultations avaient un statut à part. Il n'aimait pas jouer avec la souffrance des gens et, jusqu'à une période récente, il avait toujours cherché à faire son métier le mieux possible.

Cette piste méritait néanmoins d'être creusée, mais pour le faire, il aurait fallu ressortir de nombreux dossiers des placards et prendre le temps de les étudier. Un temps qu'il n'avait pas.

Ethan rétrograda et s'engagea dans une artère à la lisière de Chinatown et de Wall Street.

Il allait donc procéder autrement. De toutes les personnes qu'il avait rencontrées lors de sa « première journée », deux savaient manifestement des choses sur lui qu'il ignorait. Deux personnes qui n'avaient pas semblé surprises de le voir : Curtis Neville et Shino Mitsuki. S'il ne savait pas où contacter le chauffeur de taxi, il connaissait l'adresse de l'hôpital où opérait le mystérieux Asiatique.

Il mit donc son clignotant et s'engagea dans la voie qui menait au parking souterrain de l'hôpital St. Jude.

Hôtel Sofitel, 44e Rue
8 h 45

Céline referma sans bruit la porte de la chambre. La suite était splendide, mais elle était trop nerveuse pour en profiter. Depuis 4 heures du matin, elle tournait et retournait dans son lit sans parvenir à trouver le sommeil. Elle se mariait dans quelques heures et cela la rendait anxieuse. Un peu sonnée, elle déambula dans les couloirs labyrinthiques et mit un moment pour rejoindre les ascenseurs.

— *Hi ! How are you going today ?* lui lança enjoué un fringant senior qui portait sur l'épaule un sac de golf contenant une collection complète de clubs.

Elle lui adressa son sourire « service minimal ». Le mieux qu'elle puisse faire ce matin.

— *You go downstairs, right ?* demanda-t-il en appuyant sur le bouton du rez-de-chaussée.

Elle acquiesça, tout en se demandant dans quel endroit de Manhattan l'homme allait taper ses balles. Peut-être avait-on aménagé un terrain de golf dans Central Park ? Après tout, dans cette ville, rien n'était impossible…

Dans le miroir de la cabine, elle se trouva horrible, le visage fatigué et les yeux cernés. Elle se recoiffa, ajusta le col de sa chemise, tenta de sourire à son reflet : rien n'y fit. C'était censé être le plus beau jour de sa vie, mais elle avait envie de pleurer.

Les portes de l'ascenseur s'ouvrirent sur un grand hall au sol marbré et aux murs de teck. Des fauteuils en cuir et en tissu étaient disposés autour d'une cheminée dont les flammes répandaient une lumière douce qui patinait tout le mobilier. Céline dépassa la réception et pénétra dans le restaurant de l'hôtel pour prendre son petit déjeuner.

Intime et élégant, l'endroit portait le joli nom de Gaby, un mannequin parisien qui avait fait carrière dans le New York des années 20. L'ambiance française et Art déco rappelait les Années folles : Coco Chanel, Igor Stravinsky, Jean Cocteau…

La jeune femme demanda une place au fond de la salle. Elle avait besoin d'être seule pour réfléchir au calme. On lui servit rapidement le thé qu'elle avait commandé, accompagné d'une corbeille de viennoiseries et du journal du matin.

Vouloir se marier à New York, c'était jouer avec le feu. Elle en prenait conscience à présent. Chaque fois qu'elle mettait les pieds dans cette ville, les souvenirs douloureux de son histoire avec Ethan la frappaient de plein fouet. Elle s'était crue guérie de cet amour, mais ce n'était pas le cas. *Avec le temps, va, tout s'en va*, promettait la chanson. Elle, pourtant, n'avait oublié ni son *visage*, ni sa *voix*. Ces cinq dernières années, elle avait suivi de loin l'ascension d'Ethan. Grâce à Internet, elle avait commandé ses premiers livres et visionné des émissions où il était invité. L'homme public qu'il était devenu n'avait plus rien à voir avec le jeune homme amoureux qu'elle avait connu, mais derrière la façade de la réussite sociale, elle devinait un être désabusé qui n'avait pas pris le chemin du bonheur. Elle aimait à croire que parfois, dans la journée, il pensait encore à elle. Après leur rupture, elle était passée par toutes les phases : l'espoir, le dépit, la haine, l'indifférence, l'oubli, le retour de flamme… En vérité, elle n'arrivait pas à se défaire de cette illusion délirante qu'Ethan avait encore des sentiments pour elle, même si elle était bien consciente que ce comportement avait quelque chose de pathologique, proche de l'érotomanie. Mais c'était plus fort qu'elle. C'était une douleur qu'elle portait au fond de son cœur et dont elle n'était pas sûre de vouloir guérir. Pourtant, auprès de Sébastien, de ses amis et de ses collègues, elle avait retrouvé l'équilibre dont elle avait besoin. Elle s'était construit une vie rassurante et protégée, où elle avait sa place, où elle était utile. Une vie dans laquelle il restait beaucoup de choses à bâtir. Aussi, lorsque Sébastien l'avait demandée en mariage, elle avait pensé pouvoir tourner la page définitivement, mais plus l'heure approchait plus elle doutait de la sincérité de son engagement.

Elle fouilla dans son sac à main pour en sortir une enveloppe parcheminée entourée d'un ruban : un faire-part de mariage qu'elle hésitait à envoyer à Ethan.

Et ça te servira à quoi ? À encore te rabaisser devant lui ? À trahir ceux qui t'aiment ? Mais à quoi tu joues, ma vieille ?

Elle repensa à *La Femme d'à côté*, ce film fascinant de Truffaut dans lequel Depardieu et Fanny Ardant vivaient un amour adultère, chaotique et destructeur. Le film se terminait dans le drame : deux coups de revolver qui mettaient fin à leurs deux vies. Voilà à quoi menaient l'exaltation, la passion jamais éteinte et les emballements du cœur.

Indécise, elle posa l'enveloppe sur la table.

Dans les moments d'incertitude, elle se raccrochait davantage à l'intuition qu'à la raison. Dans le chaos de l'existence, elle aimait cette idée selon laquelle la vie prenait parfois pitié de nous et nous envoyait un signe pour nous orienter. Un « truc de bonne femme » pour certains. Peut-être, mais le monde était devenu si rationnel, si contrôlé, qu'il n'y avait pas de mal à essayer de le réenchanter.

Elle prit une gorgée de thé et regarda à travers la vitre les gens qui marchaient d'un pas vif dans le New York automnal. Puis elle baissa les yeux vers le journal que lui avait apporté le serveur. Elle le déplia presque machinalement. À la une, la photo d'un homme devant le pont de Brooklyn, surmontée d'un titre accrocheur :

Le psy qui séduit l'Amérique

Hôpital St. Jude
9 h 01

L'ascenseur conduisit directement Ethan du parking souterrain jusqu'à l'entrée de l'hôpital. C'était un centre de soins ultramoderne qui avait ouvert ses portes quelques mois auparavant, sur fond de rivalités politiques et de polémique sur le coût de son financement. Ethan reconnut immédiatement l'endroit où il s'était évanoui, cet « autre » samedi 31 octobre, les habits tachés de sang, le visage couvert d'hématomes et la main droite amputée de deux doigts.

Il se dirigea d'un pas mal assuré vers le bureau d'accueil.

Pourvu que ce médecin n'ait pas existé que dans ma tête !

— Que puis-je pour vous ? interrogea l'employée, une grande brune arborant une coupe « à la lionne » tout droit sortie des années 80.

— Je cherche le docteur Mitsuki, annonça-t-il.

— Votre nom, s'il vous plaît ? dit-elle en vérifiant son planning.

Mais avant même qu'Ethan ait pu répondre, elle commit l'imprudence de préciser :

— Monsieur Chenowith, c'est ça ? Vous venez pour les ordinateurs…

— Euh… oui, approuva Ethan. J'ai un peu d'avance, je crois.

— Le docteur vous attend dans son bureau, monsieur. Septième étage, salle 707.

Elle lui adressa un sourire et lui ouvrit les deux battants en plexiglas qui barraient l'accès aux étages.

Parfois, heureusement, certaines choses sont plus simples que prévu…

Hôtel Sofitel
9 h 05

Sébastien sortit de la douche et enroula une serviette autour de sa taille, en chantonnant :

Zora La Rousse
Ton lit est fait de mousse
Et tu dors à la belle étoile

Voilà, c'était le grand jour ! Dans quelques heures, il serait marié ! Il enfila un pantalon en toile, une chemise et une veste en velours cintré. Céline avait choisi de prendre son petit déjeuner en solitaire plutôt que de faire la grasse matinée avec lui. La nervosité sans doute.

Un moment, il contempla la ville qui s'étendait à ses pieds : les gratte-ciel de verre et d'acier qui étincelaient sous le soleil, la circulation, le bourdonnement si particulier de Manhattan. C'était impressionnant, mais ce n'était pas sa tasse de thé. Au départ, il avait même été plutôt réticent lorsque Céline lui avait annoncé son intention d'organiser la cérémonie à New York. Lui aurait préféré une belle fête dans la campagne toulousaine où ses parents avaient une maison. Beaucoup de ses collègues chefs cuisiniers, maudissant les carcans de l'économie française, s'étaient expatriés pour ouvrir leur restaurant à Londres, New York ou Tokyo. Lui n'en avait pas l'intention. Il aimait la France, il aimait sa vie : se lever tôt, boire son café en feuilletant *Le Parisien*, faire son marché à Rungis, y choisir les meilleurs produits pour son restaurant, lire la satisfaction dans les yeux de ses clients, aller encourager le PSG et le Stade Français avec ses copains, veiller sur ses parents qui vieillissaient doucement…

Mais pour faire plaisir à Céline, il était prêt à accepter beaucoup de choses. Il l'avait rencontrée trois ans plus tôt au parc Montsouris. Il faisait son jogging ; elle accompagnait sa classe pour une sortie scolaire. Il l'avait observée quelques minutes et instantanément avait été sous le charme. Tout en elle respirait la douceur et la bienveillance : son rire, son entrain, son comportement avec les gamins. Il avait su lui plaire, être patient, la sécuriser. Seule ombre au tableau : cet enfant qu'ils n'arrivaient pas à avoir.

Sébastien quitta la chambre et appela l'ascenseur.

— *How are you today ?* lui lança une petite dame boulotte vêtue d'un tailleur jaune canari. Elle attendait devant les portes avec ses trois petits chiens, des chihuahuas au poil court qu'elle transportait dans une poussette d'enfant.

— *How are you today ?* répondit Sébastien avec son léger accent du Sud-Ouest.

Ils entrèrent dans la cabine, direction le rez-de-chaussée.

— *Don't be afraid, mamma loves you*, assura la femme à ses chéris tandis que l'ascenseur se mettait en branle.

Là, devant le miroir, Sébastien eut subitement une sorte d'absence. Il sentit sa tête tourner et fut pris d'une légère nausée. Pendant une fraction de seconde, quelque chose remonta à la surface de son cerveau et il eut l'impression désagréable d'avoir déjà vécu cette situation. Sans qu'il puisse vraiment la situer dans le passé, cette scène lui était étrangement familière : cette femme et son habit criard, sa voix nasillarde, ses trois chiens accoutrés comme des bébés. D'où lui venait ce sentiment déplaisant de déjà-vu ?

Lorsque les portes s'ouvrirent, il se précipita aux toilettes pour se passer de l'eau sur le visage.

Fugitive, la sensation de malaise s'estompa sans disparaître vraiment.

Ouvre les yeux.

Il était ébranlé, comme si un verrou venait de sauter dans son esprit.

Regarde la vérité en face.

Il se faisait croire que sa vie n'était pas compliquée, mais ce n'était pas vrai. Il se faisait croire que tout allait bien avec Céline, mais c'était un mensonge. Entre eux, il y avait des silences, des zones d'ombre, des questions qu'il n'avait jamais osé formuler par peur d'en connaître les réponses.

Si tu ne fais rien, tu vas la perdre.

Cela lui apparaissait à présent d'une terrible clarté.

Il avait cherché à se rassurer, croyant qu'une fois le mariage prononcé, leur vie prendrait un rythme de croisière. Lui aspirait à l'amour sage, à l'équilibre. Son véritable objectif était de fonder une famille. Car avoir des enfants était le prolongement naturel du couple. Pour Céline, le couple était un aboutissement en soi. Elle recherchait l'amour fou, l'exaltation. L'euphorie amoureuse lui était une drogue dont il ne se sentait pas capable d'être le dealer.

De plus en plus souvent, Céline lui échappait, elle s'enfuyait dans ses silences, ses absences, ses rêveries. Dans ces moments-là, il lui arrivait de se dire qu'il avait sans doute un adversaire, un homme invisible tapi dans les coins d'ombre d'un passé sur lequel il n'avait jamais posé de question.

Peut-être qu'il serait temps de le faire...

Il s'essuya le visage, se regarda dans le miroir, trouva qu'il avait vieilli de dix ans en dix minutes. Il quitta les toilettes pour pénétrer dans le restaurant. Il chercha Céline du regard et mit quelques secondes avant de la repérer assise à une table un peu isolée, presque cachée par une plante verte.

— Ça va ? demanda-t-il en s'asseyant en face d'elle.

— Tu as bien dormi ?

Il acquiesça, déplia sa serviette et, après une dernière hésitation, proposa :

— Je crois qu'il faut qu'on parle, tous les deux.

Elle fronça les sourcils et, surprise par la gravité de son ton, le regarda avec attention.

Il se lança d'une voix mal assurée.

— Voilà, je pense qu'il faut qu'on règle quelque chose avant notre mariage. Je ne t'ai jamais posé la question, mais je voudrais savoir…

Il s'arrêta, un peu mal à l'aise.

Une main sous le menton, elle le regardait sans rien dire.

— … je voudrais savoir s'il y a un autre homme dans tes pensées… un autre homme dans ta tête et dans ton cœur.

Il y eut un long silence pendant lequel une part de lui-même espéra encore que Céline allait partir dans un éclat de rire et le rassurer : *Mais arrête de dire des bêtises, mon amour ! Il n'y a que toi et tu le sais très bien !*

Mais au lieu de ça, elle répondit doucement :

— C'est vrai, il y a quelqu'un d'autre.

— Ah !… et c'est qui ?

Elle baissa les yeux et poussa vers lui le journal posé sur la table.

— C'est lui.

Hôpital St. Jude
9 h 11

Après avoir frappé plusieurs fois sans obtenir de réponse, Ethan se décida à pousser la porte.

Le bureau du docteur Shino Mitsuki consistait en une petite pièce simple et dépouillée d'où on pouvait apercevoir le fleuve. Les murs avaient une blancheur crayeuse qu'atténuait un long paravent en bambou aux teintes plus chaudes. Sur la table de travail, un érable japonais miniature, au tronc en cascade, retombait en dessous du pot, donnant l'impression d'être aspiré par le sol. Ethan posa sa veste sur le dossier d'une chaise spartiate et prit la liberté de s'asseoir en attendant le médecin. Près du poste informatique, une théière encore chaude attendait qu'on la vide.

— Servez-vous donc une tasse, proposa une voix.

Ethan se retourna. Shino Mitsuki se tenait dans l'embrasure de la porte et il ne semblait pas surpris de sa présence. C'était bien le même homme qui l'avait soigné : un Asiatique de petite taille, au corps mince et noueux, au visage impassible et sans âge, aux cheveux bruns coupés court.

D'un bond, Ethan se dressa devant lui :

— C'est VOUS qui m'avez fait ça, n'est-ce pas ? accusa-t-il en agitant devant lui ses deux doigts réimplantés.

— Peut-être, répondit prudemment le médecin, en tout cas, c'est du beau travail.

— Je revis la même journée ! cria Ethan. Et je suis sûr que vous le savez.

— Je ne sais rien du tout, lâcha le docteur d'une voix apaisante.

— Je ne devrais pas être ici, je devrais être mort ! J'ai reçu une balle dans la tête.

Shino s'empara de la théière et remplit deux petits bols d'un breuvage fumant.

— Qui sait ? Peut-être que, d'une certaine façon, vous êtes mort.

— Tout ça, c'est des conneries : ou on est mort ou on ne l'est pas !

Shino réfléchit quelques instants avant de demander :

— Vous jouez au tarot ?

— Je préfère le poker.

— Il existe une carte particulière au tarot : la treizième carte, l'« arcane sans nom » que tout le monde appelle « la Mort ». Elle signale la conclusion d'une phase, un retour à l'origine qui ne serait pas une fin, mais une renaissance.

— Qu'est-ce que vous essayez de me dire ? s'énerva Ethan.

— Je cherche à vous faire comprendre qu'il est parfois nécessaire qu'une page se tourne pour que quelque chose de neuf puisse s'écrire à sa suite.

— Vous débitez toujours des phrases toutes faites ?

— La Mort est le plus grand instructeur, reprit Shino sans se laisser démonter.

— Le plus grand instructeur ?

— Nous menons nos existences comme si nous n'allions jamais mourir, constata le médecin. Alors que pour faire quelque chose de sa vie, il faudrait tout le temps garder à l'esprit l'inéluctabilité de notre mort.

— Écoutez, mon vieux, ce discours, moi aussi je le ressors à tous mes patients : se recentrer sur l'essentiel, vivre selon les vraies valeurs, mettre sa vie en ordre pour ne pas avoir de regret à l'heure du grand départ. Ce couplet, c'est mon gagne-pain et je le connais par cœur.

— Il ne suffit pas de le connaître, remarqua l'Asiatique, il faut l'appliquer.

Ethan secoua la tête et se leva de son siège. Plein de frustration, il se planta devant la vitre. Il avait mal au crâne et il tremblait. Le soulagement miraculeux d'être encore en vie était gâché par le sentiment de ne rien comprendre à ce qui lui arrivait. Et de ne rien maîtriser. En venant ici, il avait cru trouver des réponses, mais le médecin n'était visiblement pas disposé à les lui fournir.

À moins que…

Ethan se retourna et avança brusquement vers Shino Mitsuki. Bouillant de colère, il l'empoigna par le col de sa blouse pour le plaquer contre la vitre.

— Vous commencez à me fatiguer avec votre bouddhisme de supermarché !

— Il y a trop de colère en vous, reprocha Mitsuki sans chercher à se débattre.

— Vous allez m'expliquer ce qui m'arrive ? s'emporta Ethan en le secouant.

— Je ne sais pas, parfois la mort n'est qu'une frontière. Une frontière entre la fin d'une vie et le début d'une autre.

— Mais quelle autre vie ! fulmina Ethan en resserrant encore ses poings autour du cou du médecin. Je vous dis que je revis le même jour. Je vous dis que je suis mort !

— Et alors ! Vous croyez que la souffrance s'arrête lorsqu'on meurt ? demanda l'Asiatique au bord de l'étranglement. Désolé, mais ce n'est pas si simple. Tout ce que vous avez semé, vous le récolterez tôt ou tard, c'est la règle.

— Toujours votre karma à la con ! Mais moi, quelqu'un a voulu me flinguer et vous allez m'aider à le retrouver.

— Argh ! C'est vous qui allez… me tuer !

Pendant une seconde, Ethan accentua encore la pression.

— Et alors ? Je croyais que vous y étiez préparé ! Je croyais que vous aimiez ça, la mort ! C'est « le plus grand instructeur », n'est-ce pas ? J'ai bien retenu la leçon !

Puis, d'un seul coup, il relâcha son emprise, prenant subitement conscience de ce qu'il était en train de faire. Les deux hommes restèrent alors plusieurs secondes sans échanger le moindre mot, Shino reprenant sa respiration et réajustant son col, Ethan laissant son regard dériver en direction du Brooklyn Bridge qui enjambait le fleuve sous l'éclat orangé du soleil d'automne.

Un peu honteux, il récupéra sa veste et s'avança vers la porte.

S'il voulait des réponses, il devrait les trouver tout seul.

Alors qu'Ethan n'y croyait plus, Shino Mitsuki daigna enfin lui donner une piste :

— Cette journée que vous prétendez revivre… commença-t-il. Je pense que c'est une opportunité formidable de reprendre un à un chacun de vos mauvais choix passés.

Shino attendit quelques instants, avant de préciser sa pensée :

— Je pense que c'est une opportunité de reconnaître vos erreurs et d'accepter l'idée de ne pas les répéter plutôt que de rechercher votre hypothétique assassin.

Ethan considéra un instant cette éventualité. Il avait presque franchi le seuil de la porte lorsque le médecin lui cria :

— Vous savez quoi ? Je crois que mourir est peut-être la meilleure chose qui vous soit arrivée depuis longtemps…

Restaurant de l'hôtel Sofitel
9 h 21

Sébastien plia le journal après avoir parcouru l'article consacré à Ethan. Dans ses yeux, un scintillement hésita et s'arrêta à l'orée de ses cils. Il regarda Céline et eut du mal à articuler :

— Vous deux… ça remonte à quand ?

— Je l'ai rencontré à Paris, il y a six ans.

— Et ça a duré combien ?

— Environ un an.

Il détourna les yeux. Comme il ne disait plus rien, c'est Céline qui parla :

— Du plus loin que je me souvienne, j'ai toujours eu l'espoir de rencontrer, un jour, quelqu'un…

Sébastien haussa les épaules.

— Quelqu'un ?

— Quelqu'un qui me ressemble et qui me comprenne. Quelqu'un avec qui je ne me sentirais jamais seule.

— Et alors ?

— C'est lui qui m'a trouvée.

14

Je n'attendais que toi

Les filles c'est comme ça, même si elles sont plutôt moches, même si elles sont plutôt connes, chaque fois qu'elles font quelque chose de chouette on tombe à moitié amoureux d'elles et alors on sait plus où on en est. Les filles. Bordel. Elles peuvent vous rendre dingue. Comme rien. Vraiment.

J.-D. SALINGER, *L'Attrape-cœurs*

Paris – Aéroport Charles-de-Gaulle
6 ans plus tôt
Lundi 10 septembre 2001
7 heures du matin

Salle d'embarquement.

Affalé sur un fauteuil, les pieds croisés sur son sac de voyage, Ethan attend l'avion qui doit le ramener aux États-Unis. La journée promet d'être longue : en raison d'un retard, son vol ne décollera qu'à 10 h 30 et marquera un arrêt prolongé à Dublin avant de repartir pour New York. Arrivée prévue à 18 h 20. Un voyage assommant, contrepartie de ce billet à prix cassé qu'il a dégoté sur Internet. Le seul accessible à son budget.

Car en ce mois de septembre 2001, Ethan n'est encore qu'un thérapeute anonyme qui tire le diable par la queue. Il vient de passer une semaine à Paris, les premières vraies vacances de sa vie qu'il a employées à découvrir les musées et les quartiers qu'il rêvait de visiter depuis longtemps : le Louvre, Orsay, l'Orangerie, l'île Saint-Louis, Montmartre…

Il se lève de son fauteuil, s'étire et regarde son reflet dans la vitrine d'une boutique de *duty free*. Avec ses jeans élimés, son blouson de cuir fatigué et ses santiags de cow-boy, il ne peut s'empêcher de se trouver un peu plouc, même s'il ne s'agit que d'une tenue confortable de vacances. *Qu'est-ce qui m'a pris de m'attifer ainsi ?* se demande-t-il alors que depuis des années, il n'a eu de cesse de renier ses origines modestes.

Aux États-Unis, les « années Clinton » touchent à leur fin. Autour de lui, Ethan a vu des gens de son âge devenir subitement millionnaires en créant une start-up. Lui n'a pas eu ce flair. Il n'a pas su saisir les opportunités de la Nouvelle Économie. Mais il veut croire qu'il saura prendre le wagon suivant, car malgré des revenus encore modestes le cabinet qu'il a ouvert à Harlem commence à bénéficier d'un bon bouche-à-oreille.

Il fait quelques pas dans l'aérogare. Quelque chose flotte dans l'air. Le parfum de la fin d'une époque. Il sent confusément qu'on est au début d'une nouvelle ère, sans doute plus menaçante que la précédente, et qui n'attend qu'un événement pour s'incarner.

Il pressent aussi que les années 2000 seront « ses années », celles où il tirera son épingle du jeu. Il ne sait pas encore comment, ni grâce à qui, mais il sait que lorsqu'elle se présentera il ne laissera pas passer sa chance. Pour se donner du courage avant la rude journée qui l'attend, il décide de s'offrir un petit déjeuner dans l'un des cafés qui bordent les pistes.

Il s'assoit directement au comptoir, commande un pain au chocolat et un café au lait qu'il déguste en balayant la salle d'un regard rêveur. Il s'arrête un instant sur une jeune hôtesse de l'air, assise à une table près des baies vitrées donnant sur le tarmac. Élégante et distante, elle est absorbée dans la lecture de son livre.

Au début, c'est juste un coup d'œil anodin – il préfère le spectacle d'une jolie femme à celui du ballet des avions –, puis son regard s'attarde et se fait contemplatif. Les premiers rayons du soleil de cette fin d'été caressent la silhouette immobile et la transforment en tableau de Vermeer jusqu'à ce qu'elle s'anime enfin pour le regarder à son tour. Il ressent alors une brûlure soudaine et intense qui le déconcerte. Le visage de cette femme est d'ange et son regard est d'or. Ethan est submergé par la même excitation, les mêmes palpitations que celles qu'il avait ressenties à Times Square neuf ans plus tôt, lorsqu'il avait quitté Jimmy et Marisa. Il sait reconnaître les moments clés de son existence et celui-là en est un.

Poussé par une force implacable, il descend de son tabouret et se dirige vers sa table. Elle est là, seule au monde, à quelques pas de lui. Dans moins de dix secondes, il va lui adresser la parole. Mais comment aborder une femme comme ça ?

Neuf secondes.

À New York, ses conquêtes se limitent le plus souvent à des bimbos du New Jersey qu'il baratine dans les boîtes le samedi soir.

Huit secondes.

Il plisse les yeux pour déchiffrer le titre du livre qu'elle est en train de lire : *L'Insoutenable Légèreté de l'être* de Milan Kundera.

Sept secondes.

Il n'a jamais lu Kundera. On ne lisait pas Kundera dans son quartier pourri de Boston sud. On ne lisait pas Kundera sur les chantiers où il a travaillé. La culture, il s'y est mis très tard et il a encore beaucoup de choses à rattraper…

Six secondes.

Après tous les efforts consentis pour devenir un autre homme, il a de nouveau l'impression que son origine populaire est inscrite sur son front et qu'on va la lui renvoyer à la figure.

Cinq secondes.

Il ne contrôle plus rien. Il se laisse porter par son élan.

Quatre secondes.

Il ne sait toujours pas comment l'aborder. Il va se prendre un râteau, c'est sûr. Une gifle peut-être… Mais a-t-il un autre choix que d'y aller au culot ?

Trois secondes.

C'est étrange, il ne s'est encore rien passé et déjà il a peur de la perdre.

Deux secondes.

C'est donc ça le coup de foudre ? Il y a quelques semaines, l'un de ses patients lui avait confié sa détresse après être tombé amoureux d'une femme plus jeune. Un amour non partagé qui l'avait plongé dans le désarroi. Ethan l'avait écouté avec attention, tout en étant persuadé qu'une chose pareille ne risquait pas de lui arriver.

Une seconde.

Il regrette sa tenue négligée, ses cheveux trop longs, sa barbe de trois jours. Il ouvre la bouche. Il sait que son numéro de play-boy ne marchera pas et qu'il va se couvrir de ridicule.

Dis-lui la vérité. Si c'est ELLE, elle comprendra.

— Vous croyez au grand amour ? demande-t-il en s'asseyant devant elle.

Céline regarde avec un mélange de circonspection et de curiosité l'individu qui vient de s'inviter à sa table. Généralement, elle rembarre sans tarder les petits dragueurs qui tentent leur chance pour assouvir leur « fantasme de l'hôtesse de l'air », mais une gravité inhabituelle se dégage de cet homme.

— Le grand amour, vous y croyez ?

— Non, répond-elle en faisant la moue.

— Moi non plus, admet Ethan, il y a encore trois minutes je n'y croyais pas.

Elle trempe ses lèvres dans sa tasse, reste silencieuse pour se donner une contenance et l'inciter à poursuivre.

— Il y a encore trois minutes, je croyais que tout ça n'existait pas : l'âme sœur, la quête de la moitié perdue…

— Vous êtes Américain ?

— Non, New-Yorkais.

Elle esquisse un sourire.

— Je travaille sur le vol Paris-New York de 8 h 30.

— Céline !

Elle tourne la tête. À l'entrée du café, deux hôtesses d'Air France lui adressent un salut avant de pointer du doigt l'horloge murale.

— J'arrive ! leur répond-elle en souriant.

Elle referme son livre, sort de la monnaie pour régler sa consommation et se lève de table avec grâce.

— Il faut que j'y aille !

— Dînons ensemble à New York ! propose Ethan en l'accompagnant à l'extérieur du café.

— Vous rêvez ! On ne se connaît même pas !

— Ça sera l'occasion…

Elle rejoint ses deux collègues, abandonnant Ethan quelques mètres derrière, mais celui-ci insiste.

— Allez, un dîner ça n'engage à rien !

Céline fait semblant de ne pas l'avoir entendu.

— Moi en tout cas, je ne suis pas contre, lui lance l'une des deux hôtesses, une petite brune pétillante. Je m'appelle Zoé.

Ethan lui rend son sourire puis dépasse le groupe pour se poster face à Céline :

— Et si c'était moi, l'homme de votre vie ?

Les trois filles continuent à cancaner, se moquant gentiment de ce drôle de type.

— Allez, donnez-moi une chance ! demande Ethan. Rien qu'un rendez-vous !

— Si vous étiez l'homme de ma vie, vous ne vous comporteriez pas comme ça…

— Qu'est-ce que je ferais ?

— Si vous étiez l'homme de ma vie, vous sauriez me surprendre et m'émouvoir. Là, vous me faites rire.

— Le rire, c'est un bon début, non ?

— C'est vrai, remarque Zoé. Allez, Céline, donne-lui une chance !

Mais déjà, les trois hôtesses s'engagent dans la zone réservée au personnel, laissant Ethan derrière elles.

— Bye-bye ! lui lancent-elles en chœur avant de partir dans un éclat de rire.

Si vous étiez l'homme de ma vie, vous sauriez me surprendre et m'émouvoir.

Ethan reste immobile. Il a tout raté malgré son bagou. Il n'a même pas été capable de lui donner son nom, sa profession, ou de susciter chez elle la simple envie de le revoir.

Il a passé pour un charlot, un guignol sympathique, et au fond c'est ce qu'il est : un gentil minable qui voudrait jouer dans la cour des grands, mais qui n'en a pas la carrure.

De guerre lasse, il se laisse tomber sur un siège, ferme les yeux et reste un long moment sans réaction.

Lorsqu'il reprend ses esprits, il est 8 h 30. Sur la piste, l'avion d'Air France prend son envol à l'heure, emportant la bien-aimée vers Manhattan.

Et maintenant, tu fais quoi ?

Il estime l'heure d'arrivée à New York de l'avion de Céline à 10 h 40.

Lui doit encore patienter deux bonnes heures et son vol n'est même pas direct.

Laisse tomber. Ne cherche pas à jouer au héros. Retourne draguer tes petites pétasses du New Jersey. Elles valent bien les jolies Françaises qui lisent Kundera.

Comme un animal à l'affût, ses yeux parcourent l'aérogare en quête d'un signe, d'une idée. Et c'est alors que son regard s'arrête sur une affiche vintage.

Concorde?: le monde à Mach 2
Paris-New York plus vite
que le soleil?!

Si vous étiez l'homme de ma vie, vous sauriez me surprendre et m'émouvoir.

Il négocie pour quitter la zone d'embarquement puis se rue sur un comptoir Air France : il y a bien un départ du Concorde ce matin à 10 h 30 pour une arrivée à JFK à 8 h 25. Une lumière s'allume en lui, un EURÊKA rapidement terni par le prix du billet :

— 5 550 dollars.

Il fait répéter l'employé, lui précise qu'il ne désire qu'un aller simple, mais le prix est bien celui annoncé.

5 550 dollars pour un billet d'avion !

Il réfléchit un instant. Ses maigres économies se montent en tout et pour tout à 6 300 dollars qu'il a mis des mois à épargner et qu'il compte utiliser pour acheter des encarts publicitaires pour son cabinet.

Il ne va quand même pas vider son compte en banque sur une simple toquade !

Si vous étiez l'homme de ma vie, vous sauriez me surprendre et m'émouvoir.

Il est 9 h 30 lorsqu'une hôtesse l'accompagne dans les salons privés de la zone d'embarquement du Concorde.

Tout le monde est poli avec lui. 5 550 dollars : c'est le prix de la considération. On lui propose un assortiment impressionnant de viennoiseries et, malgré l'heure matinale, du bordeaux et du whisky vingt ans d'âge. Sa tenue vestimentaire détonne au sein de cet aréopage d'hommes d'affaires qui, un verre à la main, discutent business comme sur un terrain de golf. À travers la vitre, il regarde avec étonnement l'aile Delta et le fuselage étroit de l'appareil autour duquel les mécanos s'affairent avant le décollage.

Les formalités d'embarquement sont très rapides et déjà les passagers s'installent sur des sièges en cuir clair disposés deux par deux le long de l'allée centrale. L'avion est à moitié vide.

À 10 h 30 précises, la silhouette élégante et racée du supersonique s'immobilise sur la piste d'envol. Sur les autres pistes, les avions font laborieusement la queue, mais s'écartent pour laisser passer le Concorde. Le commandant de bord libère les dix-sept tonnes de poussée des quatre réacteurs et lâche les freins. L'accélération est brutale et dure moins de trente secondes au bout desquelles le grand oiseau blanc s'arrache à la terre.

Du fond de son fauteuil, Ethan n'en revient toujours pas d'avoir osé faire ça. Il a acheté ce billet dans un moment de folie, où la passion a brusquement pris l'avantage sur la raison, mais à présent, son geste lui paraît insensé.

— Un peu de champagne, monsieur ? lui propose l'hôtesse.

Il hésite un moment, comme s'il n'était pas tout à fait certain d'y avoir droit.

— Dom Pérignon rosé 1993, précise-t-elle en lui servant une coupe.

Il trempe ses lèvres dans le verre : le nectar a un goût de pêche, d'agrumes confits et de miel. Puis c'est au tour du caviar que l'on sert dans un verre à vodka : deux couches d'œufs d'esturgeon séparées par une émulsion de céleri.

Ethan tourne la tête : derrière lui, une vieille dame a réservé deux sièges pour chacun de ses caniches ! À 11 heures, le commandant annonce que l'on se trouve à la verticale de Deauville, à 9 000 mètres, et qu'il est temps de franchir le mur du son. Le personnel de bord s'active alors à servir le déjeuner créé par le grand chef français Alain

Ducasse. Les serviettes sont en lin et les couverts en argent. Le menu à la carte, poétique et appétissant, propose un large choix d'entrées et de plats chauds tels que :

Médaillons de homard breton
Fondue tomatée et champignon
Jus de grecque truffée
ou
Filet de bar de ligne à la plancha
Blancs de poireaux et céleri fondant
Sauce américaine coraillée

Ainsi que deux desserts fabuleux :

Aspic d'ananas et de fruits exotiques
Au parfumde citronnelle et menthe fraîche
et
Croustillant choco-café au goût de moka

Ethan se laisse dorloter et déguste des crus prestigieux et millésimés, spécialement sélectionnés pour accompagner ce repas raffiné.

L'avion file maintenant à Mach 2, la vitesse d'une balle de fusil. Le commandant annonce qu'on vole à près de 60 000 pieds : 18 000 mètres d'altitude, la hauteur de la stratosphère, contre 11 000 mètres pour un vol normal. Ethan colle son visage au hublot. Là, dans l'antichambre de l'espace, on voit le ciel différemment. Il est d'un bleu violine intense, d'une pureté incroyable, loin des misérables perturbations météorologiques qui grondent bien en dessous. Mais le plus impressionnant c'est la rotondité de la Terre que l'on perçoit nettement. Déjà s'amorce la descente vers New York et, après 3 h 35 d'un vol limpide, le supersonique se pose sur la piste.

Il est parti de Paris à 10 h 30.

À New York, il est 8 h 25.

Vous avez remonté le temps.

Pour impressionner une fille.

Ethan regarde sa montre.

L'avion de Céline ne se pose que dans deux heures. Après le passage de la douane, il déambule dans l'aéroport, consulte son compte en banque par l'intermédiaire d'un distributeur automatique. Si ses calculs sont exacts, il doit lui rester 750 dollars. Le distributeur refuse pourtant de lui en délivrer plus de 600. Il repère un coiffeur qui ouvre sa boutique dans le *beauty center* des départs internationaux. Malheureusement, il ne coiffe que les femmes. Ethan insiste tellement qu'une dénommée Jenny, originaire de Seaside Heights, New Jersey, accepte de s'occuper de lui. Armée d'une paire de ciseaux et d'une tondeuse, elle lui fait une coupe « à la Doug Ross, comme dans *Urgences* » et va même jusqu'à lui raser la barbe.

9 h 45

Ethan entre dans la boutique Emporio Armani acheter une chemise blanche, un costume anthracite et une paire de chaussures noires qu'il choisit de garder sur lui.

10 h 10

Il lui reste 40 dollars en poche. Dans la vitrine d'un confiseur, il repère une composition magnifique : un bouquet de roses en chocolat et pâte d'amandes. Rouge, rose, pourpre, bleue, blanche : les fleurs sont plus vraies que nature, mais ont des saveurs de noisette, d'orange, de praliné et de gianduja. Une douceur qui coûte 60 dollars.

Il retourne ses poches : il lui reste 43 francs qu'il n'a pas eu le temps de faire changer. Le *currency change* lui en donne 6 dollars. Muni de ses 46 dollars, il entre dans la pâtisserie et essaye de marchander avec le patron italien qui ne veut rien savoir. Il lui donne sa carte, lui offre des séances de soins dans son cabinet, lui explique que le distributeur a avalé sa carte de crédit, lui propose de venir le payer sans faute demain matin, mais rien n'y fait : le bouquet coûte 60 dollars, pas 46. Finalement, Ethan lui raconte son histoire, comment il a pris le Concorde pour arriver à Manhattan avant cette femme qui lui a tapé dans l'œil et à qui il a l'intention d'offrir ce bouquet. Comme on est à New York et que les miracles existent, le pâtissier italien accepte finalement de le laisser repartir avec sa création.

Il est presque 11 heures lorsque le personnel navigant du vol AF 004 pénètre dans l'aérogare. Rasé de frais, bien coiffé, sanglé dans un costume neuf, Ethan s'avance vers Céline avec ses roses. À cet instant, chez lui, aucune trace de calcul ou d'inhibition. Ses défenses et ses peurs sont tombées. Son geste est pur, naïf, presque enfantin.

Escortée par Zoé et par deux stewards, Céline s'avance vers la sortie.

— Avant de vous émouvoir, je vais vous surprendre, lui lance Ethan en lui tendant les confiseries.

D'abord, Céline n'a aucune réaction, car elle ne le reconnaît pas. Comment cet homme pourrait-il être le même que celui qu'elle a croisé ce matin à Paris ?

Puis elle prend conscience de ce que vient de réaliser Ethan et cela lui fait peur. De la part d'un inconnu, ce geste est « trop ». Trop grand, trop beau, trop cher. Excessif, déraisonnable, pathologique.

— Vous êtes dingue ! lui dit-elle en le regardant durement.

Elle presse le pas pour le fuir, mais il s'accroche.

— Je croyais que vous cherchiez quelqu'un qui vous surprenne…

— Vous êtes malade !

— C'est pour vous, dit-il en lui tendant le bouquet.

Elle prend les chocolats, mais pour mieux les lui jeter à la figure.

— Arrêtez de me harceler ! crie-t-elle en pressant le pas vers la sortie.

Pour faire bonne figure, les deux stewards tentent de jouer les durs en empêchant Ethan de suivre la jeune femme, mais celui-ci les repousse et sort du terminal.

Céline et Zoé ont pris leur place dans la file d'attente des taxis.

— Je ne voulais pas vous faire peur, assure-t-il.

— Eh bien, c'est raté !

— Je m'appelle…

— Ne me dites surtout pas qui vous êtes ! l'implore Céline. Je ne veux rien savoir de vous !

— Je voulais simplement vous plaire, explique Ethan.

Mais la jeune femme tourne la tête et à la suite de Zoé s'engouffre dans l'une des voitures disponibles.

Alors que le taxi s'apprête à quitter l'aéroport, Ethan réussit à lire sur les lèvres de Céline le dernier message qu'elle tient à lui adresser :

— I.l. f.a.u.t. v.o.u.s. f.a.i.r.e. s.o.i.g.n.e.r.

La voiture démarre. Il reste seul sur le trottoir, sans même un dollar en poche pour rentrer chez lui.

— Je voulais simplement vous plaire, répète-t-il comme pour lui seul.

15

Quelques mots d'amour

Quand j'étais enfant, le luxe, c'était pour moi les manteaux de fourrure, les robes longues, et les villas au bord de la mer. Plus tard, j'ai cru que c'était de mener une vie d'intellectuel. Il me semble maintenant que c'est de pouvoir vivre une passion pour un homme ou une femme.

Annie ERNAUX

Manhattan,
le lendemain
Mardi 11 septembre 2001
Plaza du World Trade Center
8 h 35

— T'as qu'à venir avec moi ! propose Zoé.

— Non, répond Céline. C'est ta cousine. Je ne veux pas gâcher vos retrouvailles.

10 minutes avant l'impact

— Elle travaille dans un cabinet d'avocats, explique Zoé, très fière. Il paraît qu'elle a un super-bureau au cinquantième étage. Imagine la vue qu'on doit avoir de là-haut !

Au milieu de la plaza du World Trade Center, les deux jeunes femmes lèvent la tête vers le sommet de la tour sud.

— N'oublie pas de prendre des photos, lance Céline en tendant un appareil jetable à son amie.

Zoé range l'appareil dans son sac à dos et pénètre dans l'immense lobby de la plus haute des tours jumelles.

9 minutes avant l'impact

Restée seule, Céline chausse sa paire de rollers et part se promener sur le front de mer. Le ciel est dégagé et un vent revigorant souffle sur la pointe sud de l'île.

8 minutes

Céline patine le long des larges panneaux en granit du mémorial de guerre et file vers l'embarcadère des ferries. Entre ses mains, un gobelet en carton : un mélange Starbucks – aussi bon que calorique – de cidre chaud, de caramel liquide et de crème fouettée. Sur sa tête, le casque de son baladeur. En ce mois de septembre 2001, Apple n'a pas encore inventé le iPod et c'est sur son walkman laser qu'elle écoute un CD de Michel Berger : *Quelques mots d'amour*, la chanson de l'album qu'elle trouve la plus émouvante.

7 minutes

Elle arrive devant les transbordeurs qui relient Battery Park à Staten Island. L'endroit est déjà très animé entre les touristes qui embarquent pour le large et les banlieusards qui commencent leur journée de travail.

6 minutes

Au milieu des joggeurs et des cyclistes, elle remonte l'esplanade qui mène à Battery Park, contourne le fort miniature de Castle Clinton et s'arrête un moment devant les magnolias de Hope Garden, le jardin aménagé en hommage aux victimes du sida.

5 minutes

Elle repense à ce mystérieux inconnu qu'elle a repoussé la veille à l'aéroport. Prendre le Concorde pour lui faire une surprise ! Le geste ne manquait pas de panache. Ça avait de la gueule, c'était chevaleresque. Pendant quelques minutes, cet homme avait fait d'elle une héroïne de film ou de roman.

4 minutes

Sur le moment, elle avait eu peur et elle l'avait rudoyé. Pourquoi avait-elle réagi aussi violemment ? À présent, elle le regrettait amèrement. Qui s'était déjà donné la peine de faire un truc comme ça pour elle ? En tout cas, aucun des hommes avec qui elle était sortie jusqu'à présent…

3 minutes

Et si c'était moi, l'homme de votre vie ?

Un type capable de faire ça avait forcément en lui une force et une assurance qu'elle ne retrouverait pas au coin de la rue. Mais elle avait tout gâché. Elle ne connaissait même pas son nom et n'avait aucun indice pour le retrouver.

Quelle gourde tu fais !

2 minutes

Elle reprend sa balade sur les rives de l'Hudson, le long de l'esplanade qui longe l'Upper Bay. Par cette belle matinée de septembre, elle n'arrive pas à se sentir triste. Elle est juste contrariée, mais elle va trouver une idée pour le revoir. Dans n'importe quelle autre ville du monde, elle l'aurait perdu à jamais, mais ici c'est différent. On est à New York et tout est possible.

Oui, ici tout peut arriver !

1 minute

En équilibre sur ses rollers, elle accélère encore. À l'horizon pointent la statue de la Liberté et Ellis Island. Elle adore cette ville, elle adore cet endroit, le vent qui balaye son visage, le vol des mouettes, la vitesse qui l'enivre. Elle écarte les bras et pousse un petit cri d'excitation. Elle se sent libre, elle se sent belle. Quelque part dans cette ville, un homme pense à elle. Un homme qui la désire, un homme capable de remonter le temps pour la retrouver !

0 minute

Ce matin-là, l'ombre de la mort avait des ailes.

Céline

Plus tard, chaque fois qu'on me demandera ce que je faisais « au moment précis où c'est arrivé », je parlerai de la balade en roller, de Battery Park, de Zoé, de la chanson que j'étais en train d'écouter…

Mais la vérité, c'est que ce fameux jour, lorsque c'est arrivé, je pensais à toi.

— Maman, viens voir !

Le même jour
Dans un pavillon coquet
de la banlieue parisienne

Vincent, dix-sept ans, venait juste d'allumer la télé en rentrant du lycée. Sur l'écran : le fracas, la panique, la fumée noire, les nuages de poussière, les gens qui sautent dans le vide.

— Viens voir, maman ! Les tours du World Trade Center ! Elles sont en train de s'écrouler !

Mathilde, sa mère, fait brusquement irruption dans le salon. Pendant de longues secondes, elle fixe l'écran sans comprendre, pense qu'il s'agit d'un film, d'un trucage. Puis tout à coup :

— Ta sœur ! Céline est à New York !

Une heure plus tard

Hors d'haleine, les yeux rougis, Thomas tambourine à la porte du même pavillon. La belle cinquantaine, il porte un costume noir, une chemise ouverte sans cravate, un bracelet en poils d'éléphant, à la fois discret et ostentatoire. Il tambourine à la porte de la maison qui était encore la sienne, deux ans plus tôt, avant qu'il ne quitte sa femme, Mathilde, après vingt-quatre ans de mariage. La procédure de divorce se passe mal, ses deux fils refusent de lui adresser la parole depuis qu'ils ont appris qu'ils avaient un demi-frère de dix-huit mois. Un petit garçon qu'il a eu avec Tatiana, l'une des vendeuses du magasin qu'il dirige, une grande enseigne de prêt-à-porter du boulevard Haussmann. Tatiana : une Ukrainienne de vingt ans à la peau douce et au corps de liane avec qui il a refait sa vie. Lorsqu'il l'a rencontrée, il avait cinquante-trois ans, vingt kilos de trop, dix-huit de tension, un taux de cholestérol inquiétant et l'impression d'être déjà dans l'antichambre de la vieillesse. C'était si dur d'avancer dans l'âge avec confiance, cerné par la peur de la dégradation et de la mort. Sous l'impulsion de la jeune Slave, il avait tout changé du jour au lendemain, remplaçant le Lexomil par le Viagra, le confit de canard par les sushis, le saint-émilion par le Coca light, les parties de chasse par le jogging, la vieille Mercedes par la dernière Mini Cooper.

Alors qu'il se sentait souvent dévalorisé par son épouse, une jeune beauté l'avait trouvé à son goût et avait réveillé en lui des sentiments adolescents qu'il croyait à jamais disparus. Il avait renoncé à un confort pépère de senior pour une pulsion de vie, un état amoureux et un statut de jeune papa. C'était si bon d'être à nouveau « dans le coup » : à nouveau une main dans la sienne, à nouveau des baisers à pleine bouche, à nouveau un lit qui grince !

Pour autant il n'était dupe de rien : il savait que l'issue de cette nouvelle vie était incertaine, mais il en acceptait le risque. Il s'était fixé comme horizon une dizaine d'années de bonheur. Une dizaine d'années pendant lesquelles il serait capable de suivre le rythme de vie de sa compagne. Dix ans pendant lesquels son âge pourrait passer pour de l'expérience et où le cadeau d'un bracelet Swarovski pardonnerait une défaillance physique ponctuelle.

Son sang neuf, il le payait au prix fort : la haine compréhensible de son ex-femme qui l'accusait d'avoir fait voler en éclats une vie de famille bâtie sur la confiance, l'hostilité violente de ses fils, le ricanement de certains de ses amis qui mouraient d'envie d'être à sa place, mais qui lui reprochaient de s'être fait piéger par le démon de midi.

Dans la famille, seule sa fille Céline continuait à le voir régulièrement. Elle ne l'approuvait pas forcément, mais au moins ne le jugeait pas. Céline qui comprenait les élans du cœur et les victoires possibles de la passion sur la raison. Céline qu'il adorait et qui, en ce moment même, n'était peut-être plus de ce monde…

Mathilde lui ouvre la porte. Elle est en larmes.

— Tu as des nouvelles ? demande-t-il dans un souffle.

— J'ai appelé son hôtel, mais ça ne répond pas.

— Et son portable ?

— Ce n'est pas un modèle tribande. Il ne fonctionne pas aux États-Unis, mais…

Mathilde s'écroule en larmes.

— Qu'est-ce qu'il y a ? crie-t-il.

— J'ai reçu un appel des parents de sa collègue Zoé…

— Et alors ?

— … ils disent que leur fille avait prévu de rendre visite à sa cousine qui travaille au World Trade Center…

C'est pas vrai ! Pourquoi justement aujourd'hui ?

— … et ils pensent que Céline était avec elle…

Cette fois, Thomas accuse le coup. Vincent le rejoint dans le salon avec Rafael, son frère aîné qui n'habite plus à la maison. La dernière fois qu'il a vu ses fils, des injures ont fusé et ils ont failli en venir aux mains. Ce soir pourtant, c'est l'union sacrée. Il embrasse ses enfants et ceux-ci ne le repoussent pas. Il aimerait prendre les choses en main, mais il se sent impuissant. Il n'y a rien à faire à part attendre. Les heures qui suivent sont éprouvantes. Le téléphone sonne toutes les deux minutes : la famille, les amis, qui s'inquiètent de savoir si Céline était à New York. À tous, il répond sèchement, leur reprochant de bloquer la ligne.

Ils ont gardé la télé allumée et guettent l'écran avec angoisse comme si l'annonce éventuelle de la mort de leur fille risquait de leur parvenir par ce canal. On parle de plusieurs milliers de morts. On ne sait pas s'il y a des Français, mais comment pourrait-il ne pas y en avoir ? Pour la première fois, on prononce les mots qui rythmeront l'actualité de la prochaine décennie : guerre contre le terrorisme, Ben Laden, Al Qaïda…

Mathilde et les enfants sont prostrés sur le canapé. Un état d'abattement dont chacun sort à tour de rôle pour piquer une colère, faire part de ses craintes ou de son espoir. Thomas les regarde à la dérobée. C'est tellement étrange cette trêve, cette mise entre parenthèses des rancœurs, ce sentiment de « refaire famille ». Pendant ces quelques heures, l'acrimonie née de la séparation s'efface. Il y a juste deux parents qui donneraient n'importe quoi pour que leur fille soit vivante et deux frères qui crèvent d'angoisse pour leur sœur.

Pourquoi faut-il toujours attendre les enterrements, les accidents, l'annonce des maladies incurables pour éteindre les guerres ?

Et puis, à 2 heures du matin, l'appel qu'on n'espérait plus.

C'est lui qui a décroché. À l'autre bout du fil, elle n'a même pas prononcé le moindre mot qu'il sait déjà que c'est elle : la petite Céline, celle qu'il portait sur ses épaules lorsqu'elle avait trois ans, celle qu'il accompagnait à l'école ou à la danse, celle qu'il aidait à faire ses devoirs, celle qu'il consolait quand elle avait du chagrin.

Il branche le haut-parleur. La voix résonne dans la pièce et c'est plus qu'un soulagement, comme s'il apprenait la venue au monde de sa fille une deuxième fois. Tout le monde veut parler, mais personne n'y arrive vraiment parce que tout le monde est en larmes. La communication, passée depuis un poste du consulat, ne peut pas s'éterniser. Alors, dans un élan, tous crient la même chose, un concentré d'amour et de rage de vivre qui jaillit comme un torrent : on t'aime, Céline. On t'aime.

Bien après qu'elle a raccroché, ils restent tous les quatre, serrés dans une étreinte fusionnelle et muette.

3 heures du matin

Thomas rejoint sa femme sur la véranda.

Elle fume une cigarette. Sa première depuis des années.

— J'ai toujours un paquet planqué dans la cuisine, indique-t-elle.

— En cas de coup dur ?

— En cas de malheur ou de bonheur.

À son tour, il allume une Marlboro. Lui aussi a « officiellement » arrêté depuis longtemps, mais ce soir, ce n'est pas un soir comme un autre.

Il sourit à Mathilde dont il ose enfin croiser le regard. Lavés par les larmes, ses yeux brillent d'une lueur apaisée. Ils fument leur cigarette en silence. Elle a la saveur du contact retrouvé.

— Je vais y aller, se décide-t-il au bout d'un moment.

Il enfile sa veste et rejoint sa voiture garée au bout de l'allée de gravier.

Il se retourne et lui adresse un petit signe de la main.

Elle hésite un bref instant puis :

— Fais attention en rentrant.

Manhattan, trois jours plus tard
Vendredi 14 septembre 2001
19 h 50

Ethan commande une part de cheesecake et une théière de darjeeling avant de s'asseoir à sa place habituelle, une petite table en marbre au fond de la salle.

Situé au cœur du West Side, le Café Zavarsky ressemble à un café viennois du début du XXe siècle.

Dans un décor savamment désuet, les murs ornés de miroirs antiques s'illuminent de reproductions soignées de Gustav Klimt. La tarte aux noix, l'apfelstrudel et les beignets krapfen ont le goût d'autrefois. Au milieu de la salle, un violoniste enchaîne les airs de Mozart, Paganini, Saint-Saëns.

Ethan se verse une tasse de thé qu'il déguste en regardant à travers la fenêtre. Trois jours après l'apocalypse, la vie reprend lentement son souffle. Dans la rue, comme un peu partout dans la ville, les familles des disparus ont scotché des milliers d'affichettes, des milliers de visages anonymes n'ayant plus donné signe de vie depuis mardi matin. Plus bas, dans le sud, le feu continue de couver, répandant une odeur âcre de caoutchouc et de chair brûlés. Sans relâche, les pompiers fouillent les ruines, mais ils n'ont plus dégagé personne depuis mercredi.

De l'autre côté du trottoir, sur un petit muret, des gens ont déposé des fleurs, des dessins d'enfants, des bougies pour célébrer la mémoire des disparus du quartier. Un flux continu de passants défilent devant ce mémorial improvisé et se recueillent quelques minutes avec émotion pour des victimes qu'ils n'ont, le plus souvent, jamais croisées.

Dans sa poche intérieure, Ethan attrape un stylo pour noter dans son carnet un vers de Yeats qu'il a lu tout à l'heure, collé sur un poteau près du passage piéton : *Je suis pauvre, il ne me reste que mes rêves. Je les déroule sous tes pas. Marche doucement, car tu marches sur mes rêves.* C'est une pratique nouvelle qui éclôt un peu partout : les gens recopient des poèmes qu'ils scotchent dans les vitrines, sur les lampadaires ou les arrêts de bus. Tout est bon pour adoucir le traumatisme et amorcer le travail de deuil.

Il sort un livre de sa besace. Un roman qu'il a acheté à midi lors de sa pause déjeuner : *The Unbearable Lightness of Being* de Milan Kundera. Le livre que lisait la fille de l'aéroport. Celle pour qui il s'est ruiné et qui l'a rejeté. Malgré l'humiliation, son souvenir a continué à le hanter, et dans l'agitation de ces trois derniers jours, c'est toujours son visage qui est revenu à la charge.

Pourtant, depuis son retour, le cabinet n'a pas désempli. La destruction des tours n'a épargné personne. Chacun connaissait quelqu'un qui est mort et beaucoup expriment déjà le besoin d'un soutien psychologique. Tout en essayant de réapprendre à vivre, les gens craignent un prochain drame. On doute, on se remet en cause, on regarde le monde d'un œil nouveau. Certains se carapatent, d'autres exprimeent une boulimie de vie. Plus qu'avant, on pense à dire « je t'aime ».

Et lui ?

Depuis qu'il est rentré à New York, sa solitude lui pèse. Même s'il refuse de se l'avouer, il ressent un manque affectif. Pour s'évader un moment de la réalité, il tourne les pages de son roman, s'y enfonce, s'arrête sur un passage :

> *Les hommes qui poursuivent une multitude de femmes peuvent aisément se répartir en deux catégories. Les uns cherchent chez toutes les femmes leur propre rêve, leur idée subjective de la femme. Les autres sont mus par le désir de s'emparer de l'infinie diversité du monde féminin objectif.*

— Cette place est libre ? demande une voix de femme.

Sans lever les yeux, il répond oui de la tête, pensant qu'on désire simplement emprunter la chaise qui lui fait face. Puis il s'étonne qu'on pose quelque chose devant lui : un bouquet gigantesque de roses en chocolat et en pâte d'amandes. La carte de visite qui accompagne le cadeau, c'est… la sienne. Celle qu'il a laissée au confiseur italien de l'aéroport.

Alors, il lève les yeux et…

— Vous croyez au grand amour ? demande Céline en s'asseyant devant lui.

Il plisse les yeux et la regarde intensément. Elle continue :

— Moi non plus, il y a encore trois jours je n'y croyais pas.

16

Never Let Me Go

Bien sûr je te ferai mal.
Bien sûr tu me feras mal.

SAINT-EXUPÉRY, *Lettre à Natalie Paley*

Les jours heureux :
Septembre 2001 – octobre 2002

Ethan

L'amour débarque à l'improviste, comme par effraction. Un instant, et plus rien n'existe. Soudain, tout est hors temps, hors norme. Soudain, la vie ne fait plus peur.

Céline

Soudain, on a le cœur en flammes, la tête à l'envers, un vide au creux du ventre. On vit en apesanteur, on a le cœur qui tremble, les idées *Upside down*.

Ethan

Soudain, vous avez du sang neuf, un cœur nouveau, les idées plus très claires. Vous ne respirez plus que par elle. Parce qu'elle vous a délivré de vous.

Vous avez faim de sa peau, de ses lèvres, de l'odeur de ses cheveux. Désormais, c'est elle qui a les clés.

De la porte du paradis. De celle des enfers.

Céline

Sans lui, vous n'êtes qu'attente. Parce qu'il vous fait vivre vite, parce qu'il vous fait vivre fort. Vous vous enivrez de cette complémentarité qui devient dépendance. Car au fond, vous n'avez toujours voulu que ça : les effusions du cœur, les effusions de sang.

Ethan

Dehors c'est le chaos, le froid, les lettres à l'anthrax, l'invasion de l'Afghanistan, Daniel Pearl qu'on décapite. Mais vous ne vivez plus dans ce monde. Vous avez créé votre propre sanctuaire, un royaume douillet qui ne compte que deux habitants.

Céline

Dans nos nuits américaines, tout est partage et abandon. Ma tête posée sur son épaule. Nos cheveux emmêlés. La musique sourde du sang dans ses veines. Les cognements de son cœur qui se mélangent aux miens.

Ethan

Deux jours, et elle reprend son avion. Je l'accompagne à l'aéroport. À chaque fois, la même question : où trouver la force d'attendre quinze jours avant de la revoir ?
Dans le métro qui me ramène à Manhattan, le goût de sa bouche sur mes lèvres.
Dans le livre qu'elle m'a offert, une phrase soulignée qui me fait sourire : *Est-ce l'amour qui rend idiot, ou n'y a-t-il que les crétins pour tomber amoureux ?*

Céline

Chaque fois que je le quitte, un vide comme une morsure. La tristesse de Roissy. La douche glacée de la vraie vie qui reprend le dessus.
Le soir, seule dans mon lit, je déploie un écran gigantesque. Dans ce cinéma de mes rêves où je suis la seule spectatrice, je me projette à l'infini la scène de nos retrouvailles.

Ethan
À l'aéroport, je la regarde courir vers moi. Dans mon organisme, un big-bang biologique, un cocktail hormonal de phéromones et d'adrénaline qui se déchaînent. C'est ce que j'ai vécu de mieux dans ma vie. Mieux que ce que je vivrai jamais. Mieux qu'un concert de Mozart où je serais au premier rang.

Céline
Vacances de Noël à New York.
La ville craque, paralysée par un froid polaire. Pendant une semaine, nous ne quittons pas son petit appartement de Greenwich Village. Quarante mètres carrés de bonheur ouaté : la surface du pays de notre amour. Par la fenêtre, les flocons de neige, les lumières qui clignotent, le givre sur les vitres. À l'intérieur, chaleur des corps et souffles qui se mêlent. Festin de chamallows et de lait de coco. Lecture près du réchaud.
Ses livres sont psycho, mes romans Modiano. En BO, ses vinyles de saxo, mes CD de Bono.

Ethan
« Parce que je t'aime. »

Céline

Une petite boutique de tatouage dans l'East Village. Le lendemain de la première fois où il m'a dit « je t'aime ». L'aiguille court sur mon épaule, gravant par petites touches une inscription en arabesque. Un signe indien utilisé par les membres d'une ancienne tribu pour qualifier l'essence du sentiment amoureux : *un peu de toi est entré en moi pour toujours et m'a contaminée comme un poison.* Une épigraphe corporelle à porter comme un viatique pour affronter la vie lorsqu'elle sera moins douce.

— Ça vous fait mal ? s'inquiète le tatoueur.

Je regarde l'aiguille qui injecte l'encre sous ma peau.

C'est douloureux et ça apaise.

Comme l'amour.

Les jours sombres
Octobre 2002 – Aujourd'hui

Ethan

C'est plus qu'une intuition, c'est une certitude, terrible et inattendue : vous représentez un danger pour Céline, car vous portez la mort. Cette conviction vous tombe dessus subitement et s'accroche à vous comme une sale maladie. Elle vient vous chercher dans votre sommeil, s'acharne physiquement, ne vous épargne rien, ni les migraines atroces qui vous font vomir, ni les visions d'horreur qui vous saisissent sans que vous puissiez les repousser. Ce n'est pas une dépression, pas un délire, pas une lubie. C'est une force inconnue, puissante et effrayante, avec laquelle on ne transige pas. Un signe envoyé d'un quelque part où l'on ne veut pas aller par un quelqu'un que l'on n'a pas envie de connaître. Une urgence devant laquelle on ne peut que s'incliner, sans chercher à comprendre. Une voix qui sans cesse murmure : si tu veux qu'elle vive, quitte-la !

Céline

Je ne guérirai pas de cet amour. Tu m'as pris ma lumière, ma sève, ma confiance. Mes jours sont vides, ma vie est morte. Je fais juste semblant. De sourire, d'écouter, de répondre aux questions. Tous les jours, j'attends un signe, un geste. Que tu me délivres de ce trou noir dans lequel tu m'as laissée et que tu me dises pourquoi.

Pourquoi m'as-tu abandonnée ?

Ethan

Le cœur démoli, je descends la 5e Avenue. Étranger à la vie, je me laisse porter par le flux des passants. Pour la première fois, l'énergie de cette ville me détruit. Elle ne me porte pas, elle m'enfonce. Je m'étais cru à l'abri de ça : des sentiments, de l'amour, de la souffrance.

Mais je ne l'étais pas.

Céline

Champs-Élysées. Je marche dans le Paris de novembre. Jours de pluie et de tristesse, malgré les illuminations de Noël qu'on installe. Lorsque l'on perd l'amour, on a tout perdu. J'évite les regards, les couples qui s'embrassent, ceux qui se tiennent par la main.

Forteresse de solitude.

Capitale de la douleur.

Au fond de ma tête, une phrase refait surface. 1992, lycée Paul-Éluard. Souvenir déjà lointain du bac de français. Un poème auquel, sur le moment, on ne prête pas attention et qui, des années plus tard, vous prend à la gorge.

J'étais si près de toi que j'ai froid près des autres.

17

The Girl From New York City

Être adolescent, c'est se rendre compte qu'on est moins bien que ce qu'on nous a laissé croire et penser que, de ce fait, la vie n'est peut-être pas aussi formidable que ce qu'on avait imaginé.

Marcel RUFO

Manhattan, aujourd'hui
Samedi 31 octobre 2007
9 h 40

Lyzee appuya sur le bouton de la télécommande pour monter le son du téléviseur. Elle n'en croyait pas ses yeux : Ethan ne s'était pas rendu à l'émission. C'était Stephen Austin, son ennemi intime, qui répondait aux questions de la journaliste de NBC !

Voix grave et posée, regard qui se veut pénétrant, ce Clark Gable de pacotille cultivait un charme vieillissant qui faisait encore illusion.

Mais auprès de qui ?

— Hé, t'as trop forcé sur l'autobronzant ! lui lança Lyzee.

Avec sa veste claire, sa chemise blanche largement ouverte et sa barbe de trois jours, Austin vantait les mérites de son dernier livre avec un vrai talent de bonimenteur. Il était dans le business depuis vingt ans et maîtrisait par cœur ses effets : cynique et imbu de lui-même, il ne croyait pas un instant à ce qu'il écrivait, mais force était de reconnaître que ça ne se voyait pas à l'antenne. Ce don Juan de supérette détestait Ethan qu'il rendait responsable de sa popularité déclinante. Ces derniers temps, il ne s'était d'ailleurs pas privé de lui jouer quelques coups tordus. Et le dernier en date était un chef-d'œuvre : le remplacer au pied levé dans le talk-show matinal le plus suivi du pays !

L'absence de son patron inquiéta Lyzee : si Ethan avait accepté de laisser sa place à Austin, il avait dû se passer quelque chose de grave.

Elle l'appela sur son portable, mais tomba sur le répondeur.

Étrange.

Que lui était-il arrivé pour qu'il renonce à cette émission de grande écoute ? Une simple panne d'oreiller ? Une cuite prolongée ? Une sortie nocturne qui tourne mal ?

Lyzee fut soudain envahie par un mauvais pressentiment. Et si c'était pire ? Une agression, une overdose, un suicide…

Depuis quelques semaines, elle redoutait l'imminence d'un drame. Elle était bien consciente que la vie d'Ethan dérapait chaque jour davantage. C'était plus inquiétant qu'un simple coup de fatigue ou qu'une période de démotivation. Ethan ne croyait plus ni en lui, ni en ses idées. En spectatrice impuissante, Lyzee l'avait regardé s'enfoncer dans une profonde déprime et couper les ponts avec la face lumineuse de sa personnalité. Elle l'avait laissé se réfugier dans une contrée glaciale où la douleur et la solitude régnaient en maîtres.

Voilà ce qu'elle se reprochait lorsque le téléphone sonna. Sur le terminal s'afficha le numéro de son patron. Elle décrocha sans attendre une deuxième sonnerie.

— Je suis là dans une minute, annonça-t-il comme il en avait l'habitude.

— Que vous est-il arrivé ?

— Si je vous dis que j'ai ressuscité, vous n'allez pas me croire…

— Vous êtes ivre ou quoi ?

Ethan haussa les épaules :

— Je savais que vous ne me croiriez pas.

Mais Lyzee n'était pas d'humeur badine :

— Je me suis fait du souci, figurez-vous ! Et cette émission que vous avez loupée, reprocha-t-elle en désignant le poste de télé. Votre attachée de presse va être furieuse…

Ethan regarda l'écran avec un sourire.

— Nul n'est irremplaçable, constata-t-il. J'ai cédé la place à ce bon vieux Austin qui se débrouille très bien ! Toujours d'attaque, toujours sur le pied de guerre !

— Ça vous amuse ?

— Oui, ça m'amuse parce que c'est dérisoire.

— Hier, ce n'est pas ce que vous disiez.

— Hier, j'étais un autre homme. Hier, je n'y voyais plus très clair.

— Ça fait un moment que vous n'y voyez plus très clair, s'emporta-t-elle en retournant derrière son bureau.

Elle baissa la tête, se massa les paupières, hésita un moment puis :

— Écoutez, il faut que je vous dise quelque chose.

— Tout ce que vous voudrez, mais d'abord, il faut que je lui parle.

— À qui ?

— À cette jeune fille qui patiente dans la salle d'attente.

— Il n'y a personne dans la salle d'attente, répondit Lyzee, irritée. Vous m'aviez dit de ne pas prendre de rendez-vous ce matin.

Troublé, Ethan s'avança dans le couloir.

— Si, il y a quelqu'un, une adolescente, elle s'appelle Jessie, je le sais parce que j'ai déjà vécu cette…

Il ouvrit la porte violemment : la salle d'attente était vide.

C'est impossible… Si la journée se répète, Jessie devrait être là.

Lyzee interpréta ce comportement comme un signe. Elle ramassa quelques affaires, les fourra dans son sac et quitta la pièce. Sur le seuil de la porte, elle se tourna vers Ethan :

— Je vous dois tout, reconnut-elle. Sans vous, je serais encore en train de faire des ménages, je pèserais cent kilos et mes enfants n'auraient jamais quitté leur école pourrie…

Ethan fronça les sourcils et esquissa un geste pour la retenir. Mais Lyzee l'arrêta :

— Vous m'auriez demandé de faire n'importe quoi, je l'aurais fait. Vous m'auriez dit d'aller n'importe où, j'y serais allée. Parce que vous êtes un type bien et que vous avez un vrai don, celui de rendre la confiance aux gens. Mais ce don, vous êtes en train de le gaspiller. Depuis quelque temps, vous vous êtes égaré : je ne vous comprends plus et je ne peux pas vous aider. Alors, je vous laisse le choix. Ou vous vous ressaisissez et nous continuons un bout de chemin ensemble, ou vous continuez à vous enfoncer et je vous quitte. En attendant, je prends ma journée ! lança-t-elle avec une détermination farouche.

Puis elle sortit en claquant la porte derrière elle.

Ethan resta sans réaction pendant quelques secondes, secoué par la défection de Lyzee et l'absence de Jessie. La force de l'habitude lui fit allumer une cigarette, réflexe pavlovien pour stimuler sa réflexion. Au début, la journée s'était répétée à l'identique : la femme dans son lit, la voiture bousillée, l'article de journal, le comportement des gens dans Times Square. Mais à présent, les événements commençaient à dérailler : pourquoi Jessie n'était-elle pas venue le trouver ? Ethan songea à la théorie du chaos, popularisée par le cinéma et les romans de genre : une petite cause pouvait avoir des effets inattendus. Il se souvenait de cette formule de Benjamin Franklin qu'il avait apprise à l'école :

À cause du clou, le fer fut perdu.
À cause du fer, le cheval fut perdu.
À cause du cheval, le cavalier fut perdu.
À cause du cavalier, la bataille fut perdue.
À cause de la bataille, la guerre fut perdue.
À cause de la guerre, la liberté fut perdue.
Tout cela pour un simple clou…

Pourquoi Jessie avait-elle renoncé à venir lui demander son aide ? Qu'avait-il fait de différent depuis le début de cette journée qui ait pu l'en dissuader ? Il ferma les yeux, se projetant mentalement certains échanges de leur première rencontre. *Je croyais que votre métier, c'était d'aider les gens / La vie est parfois injuste et dégueulasse / C'est vous que j'étais venue voir / Je voulais que vous m'aidiez / Je voudrais ne plus jamais avoir peur / De quoi as-tu peur ? / De tout / Tout à l'heure, vous aviez l'air plus gentil à la télé /...*

Vous aviez l'air plus gentil à la télé. Voilà, c'est ça qui avait changé ! La première fois, elle avait dû regarder l'émission à laquelle il ne s'était pas rendu ce matin et c'est ce qui l'avait convaincue de franchir le pas. Il essaya de reconstituer le scénario : une adolescente mal dans sa peau, au bord du suicide, elle a entendu parler de lui grâce aux médias, elle repère l'adresse de son cabinet sur Internet, hésite à monter, puis se décide après l'avoir vu en direct dans l'émission. Si l'enchaînement des circonstances était bien celui-là, Jessie ne devrait pas être loin. Sans doute dans un endroit public avec un écran branché sur NBC.

Sans doute dans un café.

Porté par son élan, Ethan se précipita hors de l'immeuble. En ce début de week-end, la partie du quartier des affaires donnant sur le port s'animait peu à peu. C'était le New York des cartes postales, celui des gratte-ciel qui s'empilent, des perspectives qui se chevauchent, des flots argentés qui scintillent sous un soleil éclatant.

Instinctivement, Ethan tourna le dos au soleil et s'enfonça dans la partie sombre de la ville où les rues plus étroites creusaient des canyons dans une forêt d'immeubles de béton, de verre et d'acier.

Méthodiquement, il se rua dans tous les établissements qui, de près ou de loin, ressemblaient à un café : un Starbucks sur Wall Street, un restaurant de sushis, un bar d'hôtel, un deli sur Fletcher.

Il était sur le point de renoncer lorsqu'il aperçut une enseigne clignotante. Le Storm Café : c'était le logo qui ornait la serviette en papier abandonnée dans la salle d'attente par la jeune fille !

C'est là qu'il la retrouva finalement, dans ce coffee shop de Front Street, assise à une table près de la fenêtre. Il la regarda à travers la vitre et ne put s'empêcher d'être ému. Elle était vivante. Toujours fragile, blonde et frêle, mais vivante. Il resta ainsi plusieurs minutes à l'observer, le cœur empli d'un soulagement inattendu. Il avait porté son deuil pendant quelques heures et ça faisait du bien de la revoir. Sa silhouette tremblante, à quelques mètres de lui, effaça d'un seul coup les images qui n'avaient cessé de le hanter : le coup de feu, le sang, l'effroi, sa main dans la sienne dans les derniers moments. Elle était vivante, mais elle était ailleurs : sombre et fermée, les yeux dans le vague, loin du monde et de la vie. Posé en évidence devant elle, à côté d'un verre d'eau, l'article du New York Times qu'elle avait découpé :

Le psy qui séduit l'Amérique

Bien décidé à ne pas être le témoin d'une tragédie annoncée, Ethan poussa la porte du café. À défaut de séduire l'Amérique, il allait essayer de sauver une jeune fille de sa destinée fatale.

— Salut, Jessie, je peux m'asseoir ?

Désarçonnée, l'adolescente leva la tête vers l'homme qui se tenait devant elle. Ethan s'installa sans attendre sa réponse, posant sur la table un plateau contenant deux cafés, du jus d'orange et un assortiment de cookies.

— C'est pour toi, je parie que tu as faim.

— Comment… comment vous me connaissez ?

— Si toi tu me connais, remarqua-t-il en désignant l'article de journal, moi je peux bien te connaître.

Elle le regarda d'un air soupçonneux, inquiète et pourtant résolue à ce face-à-face qu'elle avait plusieurs fois imaginé.

Ethan remarqua ses vêtements froissés, ses cheveux sales et collés ainsi que ses ongles rongés. Le visage de la jeune fille était creusé par la fatigue. Visiblement, elle n'avait pas dormi chez elle cette nuit et sans doute n'avait-elle pas dormi du tout.

D'un coup d'œil, il nota aussi le sac Eastpak rose pâle sur la banquette à côté d'elle. Le sac qui devait contenir l'arme avec laquelle elle avait prévu de mettre fin à ses jours.

— Tu voulais me voir, n'est-ce pas ?

— Qu'est-ce que vous en savez ?

Elle avait la gorge serrée. L'intonation de sa voix contenait plus de tristesse que de rébellion.

— Écoute, je sais que tu souffres, que tu as peur et qu'en ce moment, la vie ne te semble pas valoir la peine d'être vécue.

Jessie ouvrit la bouche. Sa lèvre trembla, mais aucune parole ne sortit. Ethan continua :

— Pourtant, quel que soit ton désarroi, quelles que soient tes difficultés, tu ne dois pas oublier que dans la vie, rien n'est jamais joué et qu'à chaque problème existe une solution.

— C'est ça le baratin que vous sortez à vos patients ?

— Non, répondit-il, c'est ce que je pense vraiment.

Il attrapa son regard. Des paillettes argentées ondoyaient dans ses prunelles dilatées.

— Je sais qu'en ce moment, tu as parfois plus peur de la vie que de la mort. Je sais que pour échapper à ta souffrance, tu te réfugies de plus en plus souvent dans ton imaginaire. Mais ton imaginaire est en train de te détruire.

Jessie restait immobile, figée comme une statue, mais Ethan la sentait attentive :

— Tu ne dois pas écouter cette voix dans ta tête qui te fait croire que la mort serait une solution. Tu dois te battre, ne pas te laisser envahir par la peur. La mort n'est pas la fin de la souffrance ou de la peur.

— Comment vous pourriez le savoir ?

Ethan sortit son paquet de cigarettes et le posa sur la table.

— Parce que j'y ai déjà fait un saut.

Jessie ne comprit pas du tout à quoi Ethan faisait allusion, mais cette dernière remarque l'orienta vers une autre question :

— Et vous, ça vous est déjà arrivé ?

— Quoi donc ?

— De vouloir mourir.

Ethan eut un léger rictus et secoua la tête tandis qu'un frisson glacé lui parcourait l'échine. Il sortit une cigarette et la porta à sa bouche pour en tirer une bouffée imaginaire.

— Oui, reconnut-il, ça m'est arrivé.

— Regarde, maman, je fais l'Indien : Whou Whou Whou Whou Whou Whouuuuu !

— Arrête de faire l'imbécile, Robbie, et rentre dans la voiture.

— WhouWhouWhouWhouWhouWhouuuuu !

Downtown Manhattan
Devant le supermarché Woalfood
10 h 04

Un bébé braillard dans les bras, Meredith Johnston chargeait des sacs remplis de nourriture dans le coffre de sa voiture, un monospace Toyota couleur abricot. Un petit garçon déguisé en Indien l'encerclait de sa danse guerrière :

— WhouWhouWhouWhouWhouWhouuuuu !

— Robbie, je t'ai dit d'ARRÊTER et d'aller t'asseoir !

Ce gamin devenait infernal. Il n'avait que cinq ans et elle n'avait déjà plus aucune autorité sur lui. Et le bébé qui n'arrêtait pas de pleurer depuis... sa naissance, cinq mois auparavant. Pas une nuit de répit, pas un moment de trêve. Où trouvait-il cette énergie ? Comment n'était-il pas devenu aphone à force de geindre à tout-va ?

Meredith jonglait avec les sacs. Une brique de jus de pomme – qu'elle avait ouverte dans le magasin pour faire taire Robbie – s'échappa d'un des paquets pour venir s'éventrer sur le sol, éclaboussant au passage ses chaussures en daim et ses collants.

J'en ai marre ! J'en ai marre !

— WhouWhouWhouWhouWhouWhouuuuu ! Je suis indiiiiieeeeen !

Et en plus, il fallait faire semblant d'aimer ça ! Jouer à la bonne petite mère de famille pendant que son mari, Alan, était allé faire du rafting avec ses potes. Et encore, si seulement c'était vrai ! Comment être certaine qu'il ne soit pas plutôt parti en week-end avec sa secrétaire, cette petite pétasse de Brittany qui le bombardait de mails aguicheurs, même lorsqu'il était à la maison. Mais ça n'allait pas se passer comme ça ! Ce deuxième gamin, elle l'avait fait pour LUI faire plaisir. C'est LUI qui voulait une grande famille. Alors il n'avait qu'à s'en occuper de ses enfants, au lieu de s'envoyer en l'air avec une jeunette de vingt-deux ans.

Pour donner plus de conviction à son propos, Ethan parlait avec ses mains :

— Ce que tu dois te dire, c'est que vivre c'est prendre un risque.

— Un risque ? demanda Jessie.

À présent, elle l'écoutait avec intérêt. Elle avait le teint diaphane et le regard un peu indécis, mais Ethan y décelait aussi de la générosité et de la compassion.

— Le risque d'être confrontée à l'échec, à la souffrance et à la perte.

Elle réfléchit un instant à cette dernière remarque. Ethan voulut se montrer persuasif :

— Pour être heureux, je crois qu'il faut avoir souffert auparavant. Je crois que c'est en résistant au malheur qu'on a une chance de gagner le bonheur.

— C'est facile à dire, remarqua-t-elle en haussant les épaules.

— C'est peut-être facile à dire, mais c'est vrai.

— Et vous, vous êtes heureux ?

Déstabilisé par la question, Ethan eut d'abord la tentation de l'éluder avant de jouer franc jeu :

— Pas vraiment, admit-il en la regardant dans les yeux.

— Vous voyez, vous n'êtes même pas capable de vous appliquer vos beaux préceptes ! lui jeta-t-elle d'un ton méprisant. Pourtant, vous avez tout, enfin j'imagine : l'argent, la gloire, les femmes…

— C'est plus compliqué que ça et tu le sais très bien.

— Qu'est-ce qu'il vous manque ?

Il se rendit compte qu'elle avait pris l'ascendant sur la discussion.

— L'essentiel, répondit-il, étonnamment sincère.

— Et c'est quoi l'essentiel ?

— À ton avis ?

Elle laissa flotter la question, considérant qu'elle n'appelait pas de réponse que l'on puisse formuler avec des mots. Pour la première fois, elle sembla se relâcher et accepta de prendre un bout de biscuit qu'elle trempa dans le gobelet de café.

— WhouWhouWhouWhouWhouWhouuuuu ! J'fais l'Indien.

— Robbie, tu es insupportable ! Tu comprends ? Insupportable !

Au volant de son monospace, Meredith n'avait pas le moral. Pourquoi se sentait-elle aussi déprimée ce matin ? Pourquoi sa vie lui semblait-elle n'être qu'un échec patent ? Une somme de petites compromissions qui avaient débouché sur un grand ratage…

— WhouWhouWhouWhouWhouWhouuuuu !

Son boulot ? Stressant et sans aucune créativité. *Pourquoi tu n'as pas le courage de faire autre chose ?*

Son mari ? Jeune fille, elle n'avait jamais osé aborder les mecs qui lui plaisaient vraiment et s'était rabattue sur un type terne et prévisible qui la trompait sans doute effrontément.

Pourquoi tu n'as pas le courage de le quitter ?

Ses enfants ? Elle les aimait, mais ils absorbaient toute son énergie.

De quoi tu te plains, t'avais qu'à pas les faire !

Non, elle était folle ! Comment pouvait-elle penser une chose pareille ? À part elle, aucune autre mère ne devait penser ça. En tout cas, on ne lisait jamais d'articles là-dessus dans les magazines. Les sex-toys, l'orgasme, l'échangisme, on en parlait chaque semaine, mais elle n'avait jamais lu d'article intitulé : « J'ai deux monstres à la maison. »

Et pourtant, c'est vrai qu'ils étaient difficiles. Le bébé pleurait sans relâche, l'aîné était intenable. Il fallait changer l'un, habiller l'autre, raconter une histoire, chanter une berceuse, les conduire à la crèche, chez la nourrice, à l'école, au soccer, aux anniversaires, chez les grands-parents, chez le pédiatre…

Surtout, elle n'avait plus de temps pour elle. Plus de temps pour s'épanouir, pour s'élever un peu au-dessus de cette vie rythmée par le travail, l'hyperconsommation et les tâches domestiques qu'il fallait accomplir avec le sourire. Depuis quand n'avait-elle pas terminé un roman ? Elle avait acheté le dernier Philip Roth et le dernier Khaled Hosseini, mais n'avait pas eu le temps de les ouvrir. Au cinéma, le nouveau film de Cronenberg était à l'affiche, mais elle ne pourrait pas le voir.

— WhouWhouWhouWhouWhouWhouuuuu ! J'fais l'Indien.

Même plus la force de lui dire de se taire.

Meredith fouilla dans la boîte à gants à la recherche d'un disque de musique classique : des airs de Haendel chantés par Magdalena Kozena. Quelque chose d'à la fois beau et apaisant. Elle allait l'insérer dans le lecteur lorsque Robbie la court-circuita, agitant devant ses yeux le CD de son film préféré.

— Je veux *Pirates des Caraïbes* !

— Pas question, trancha Meredith. On écoute la musique de maman.

Comme chaque fois qu'il était contredit, le gamin ne tarda pas à pousser des hurlements :

— J'veux *Pirates des Caraïbes* ! Veux *Pirates des Caraïïïbes* ! Veux *Pirates des Caraïïïïïïbes* !

— À la télé, vous faites moins fatigué, remarqua Jessie.

Ethan sourit :

— Ça montre qu'il ne faut pas croire tout ce que l'on voit à la télé.

— C'est ce que répète toujours ma mère !

— Eh bien, sur ce point, elle a raison.

Elle but une gorgée de son café, dévisageant Ethan derrière le rebord de son gobelet.

— Vous avez des enfants ?

— T'envisages une carrière chez les flics ou quoi ?

— Sérieusement, vous en avez ou pas ?

— Non.

— Pourquoi ?

— Parce que ça ne s'est pas fait, c'est tout. C'est la vie.

Elle soutint son regard sans ciller puis détourna la tête sans rien dire.

— Toi par contre, tu as des parents et je suis sûr qu'en ce moment, ils doivent s'inquiéter pour…

— Mes parents, vous les connaissez pas ! Mes parents, ils sont incapables de se débrouiller, incapables de faire quelque chose de leur vie !

— Pourtant, je suis sûr que tu les aimes.

— Vous comprenez rien du tout.

— Lorsqu'on est petit, on croit que ses parents n'ont que des qualités et on les aime aveuglément. Plus tard, on pense les détester parce qu'ils ne sont pas aussi parfaits qu'on se l'imaginait et qu'ils nous déçoivent. Mais encore plus tard, on apprend à accepter leurs défauts parce que nous aussi, nous en avons. Et c'est peut-être ça, devenir adulte.

— Maman, tu m'achètes un iPhone ? demanda Robbie.

— Hein ?

Meredith s'engagea dans Front Street.

— Tu m'achètes un iPhone ! Tu m'achètes un iPhone ! tumachèt1ifon !

— Il est hors de question que tu aies un téléphone portable à six ans.

— Mais papa m'a dit que je pourrais en avoir un !

— Je me fiche de ce que t'a dit ton père. C'est non.

— Tu m'achètes un…

— Si tu n'arrêtes pas immédiatement, c'est une claque que tu vas avoir, tu comprends ?

— Si tu me frappes, je le dirai à la maîtresse et tu iras en prison !

Ne pas lui répondre, ne pas entrer dans son jeu.

À la recherche d'un peu d'air frais, Meredith ouvrit la vitre. Elle essaya de respirer par le ventre pour se calmer. À peine 10 heures du matin et elle était déjà épuisée. Il lui aurait fallu un week-end de repos complet pour recharger ses batteries et retrouver un peu de sérénité. Elle s'imagina un instant dans le confort douillet d'un salon de massage, allongée sur le ventre pendant que deux mains puissantes dénoueraient un à un tous les nœuds de colère qui torturaient ses épaules et ses cervicales. Un caramel au champagne fondrait tendrement dans sa bouche tandis qu'au loin, une douce musique…

— WhouWhouWhouWhouWhouWhouuuuu ! J'fais l'Indien.

Meredith sursauta et retrouva la réalité.

— Et toi, qu'est-ce qui manque à ta vie ?

— Comme vous, l'essentiel, répondit Jessie.

Ethan apprécia la repartie, même si elle le privait d'une réponse plus concrète.

— Est-ce que je peux t'aider ?

Il n'oubliait pas qu'elle avait une arme à portée de main. Un flingue qu'elle avait déjà retourné contre elle, mettant fin à ses jours à l'aube de sa vie. Mais, cette fois, Ethan n'allait pas laisser le destin bégayer.

Jessie haussa les épaules, repoussa une mèche de son visage et détourna les yeux.

Ethan remarqua que, durant leur conversation, elle n'avait pas souri une seule fois. Son mal-être et sa souffrance étaient palpables. Il aurait voulu recueillir sa douleur pour la faire sienne jusqu'à l'absorber complètement. Mais pour y parvenir, il fallait qu'il trouve la clé de cette tristesse et, à cet âge, l'esprit humain est difficile à déchiffrer. Il savait qu'à l'adolescence, il est rare qu'un événement réellement traumatisant soit à l'origine du passage à l'acte. Le plus souvent, il suffit d'un simple grain de sable – une vexation, une peur irrationnelle, une rupture anodine – pour gripper la machine et l'entraîner vers une dérive suicidaire.

Jessie regardait toujours à travers la vitre, hypnotisée par un sans-abri qui dormait d'un sommeil fragile dans le renfoncement d'un immeuble. Combien de temps lui restait-il avant d'être délogé par la police ? Cinq minutes, dix minutes ? Un quart d'heure tout au plus.

— Combien coûte votre montre ? demanda-t-elle brusquement.

Inconsciemment, Ethan allongea la manche de sa veste pour camoufler son chronomètre.

— Je ne sais pas, répondit-il un peu gêné. Beaucoup d'argent.

— 5 000 dollars ?

— À peu près, concéda-t-il.

En réalité, la montre valait 18 000 dollars. Un modèle dont il avait vu la publicité dans le catalogue en papier glacé d'une compagnie aérienne et qu'il avait acheté dès son atterrissage. Souvenir peu glorieux d'une époque où il considérait que c'était ça, le vrai luxe : pouvoir satisfaire sur-le-champ n'importe quel caprice, quel que soit son prix.

— En renonçant à votre montre, vous pourriez payer un an de loyer pour loger cet homme.

Agacé par sa remarque, c'est lui qui, cette fois, haussa les épaules.

— Ce n'est pas si simple. Quand on a ton âge, on croit qu'il y a les gentils pauvres d'un côté et les méchants riches de l'autre. Grandis un peu, va à l'école, prends des cours d'économie ! Et toi, d'abord, qu'est-ce que tu fais pour aider ceux qui souffrent ?

— Pas grand-chose, admit-elle en plongeant les yeux au fond de son café.

Il regretta immédiatement de s'être emporté, mais cela lui donna une idée.

Il enleva sa montre et la posa sur la table. C'était un modèle de voyage, classique et élégant, en or blanc et bracelet alligator.

— Si tu la veux, elle est à toi. Et ce n'est pas un, mais trois ans de loyer que tu pourrais payer avec.

Elle fronça les sourcils.

— Vous me la donnez ?

— Je te l'échange.

Elle eut un léger mouvement de recul.

— Contre quoi ?

— Le flingue que tu transportes dans ton sac.

Elle le regarda avec stupéfaction.

— Comment savez-vous que…

La peur la saisit tout entière et elle se leva d'un bond.

— Attends ! cria-t-il. Tu peux me faire confiance.

— Non ! Et puis d'abord, vous mentez tout le temps.

— Pas une seule fois, je ne t'ai menti, jura-t-il.

— JE SAIS qu'au moins une fois vous m'avez menti !

Elle attrapa son sac à dos rose et quitta la table.

Mais en un instant il fut sur elle, lui arrachant le sac des mains.

— C'est pour toi que je fais ça. Pour t'éviter de faire une connerie !

Étrangement, elle ne chercha pas à récupérer son bien, mais seulement à s'enfuir.

Une fois arrivée à la porte du coffee shop, Jessie fourra la main dans la poche de son blouson et en tira le pistolet.

— C'est ça que tu cherches ? le nargua-t-elle avec un sourire mauvais.

Avant de disparaître.

Et merde.

L'arme n'était pas dans son sac, mais dans son blouson.

Ethan se précipita hors du café et s'élança à sa poursuite. Elle n'était pas loin, quelques mètres à peine sur le trottoir. Jessie se retourna, accéléra sa course et essaya de le semer.

— ATTENTION ! cria Ethan au moment où elle traversait.

— Regarde, maman, j'fais l'Indien : Whou Whou Whou Whou Whou Whouuuuu !

Meredith attrapa une barre chocolatée qui traînait près du tableau de bord.

Repose cette cochonnerie.

Elle n'avait toujours pas perdu les kilos pris pendant sa grossesse. Pas étonnant, elle bouffait tout le temps, cherchant dans la nourriture un apaisement qu'elle savait pourtant illusoire.

— Maman !

Elle se retourna excédée et lui cria dessus :

— J'ai compris, Robbie : tu fais l'Indien, tu fais l'Indien !

— La fille, maman ! Elle traverse ! ATTENTION !…

18

In my secret life

On devrait toujours se voir comme des gens qui vont mourir le lendemain. C'est ce temps qu'on croit avoir devant soi qui vous tue.

Elsa TRIOLET

— ATTENTION !

Le choc fut terrible.

Le monospace percuta l'adolescente sans même avoir eu le temps de freiner, la fauchant de plein fouet. Jessie bascula sur le capot avant d'être projetée en l'air et de retomber violemment sur le pare-brise d'un pick-up qui arrivait en sens inverse.

La circulation s'arrêta d'elle-même. Un bref instant, la rue fut plongée dans le silence, jusqu'à ce qu'une clameur d'angoisse s'élève de la foule.

Immédiatement, un petit groupe se forma autour

du corps de la jeune fille. D'un même mouvement, plusieurs badauds sortirent leur portable, certains pour prendre une photo spectaculaire, d'autres pour appeler le 911.

Affolés, Ethan et Meredith s'étaient portés tous les deux au côté de Jessie. Les yeux clos, le visage livide, elle reposait inanimée au milieu de la rue.

Le véhicule de l'aide médicale d'urgence arriva en quelques minutes. Composée d'un médecin, d'un infirmier et d'un ambulancier, l'équipe de réanimation s'agenouilla près du corps pour évaluer la situation. C'est une jeune doctoresse métisse – en stage chez les *paramedics* – qui menait les opérations à la manière d'un chef d'orchestre. *« Commence le massage cardiaque, Rico. Pete, vire-lui ses fringues. Bougez-vous le cul, les gars ! »* Scène d'intervention déjà tellement vue à la télé qu'on avait l'impression que c'était la réalité qui copiait la fiction et non l'inverse. *« Glasgow à 3, pas de pouls fémoral. Putain, on la perd, les mecs, on la perd ! »* Les deux flics présents sur les lieux peinaient à contenir les « spectateurs » aux premières loges de cet épisode d'*Urgences* en direct. *« Prépare le scope, défibrillation immédiate. Rico, étale le gel. Pas comme ça, bordel. Y a vraiment pas grand-chose dans ta p'tite tête ! Et fais gaffe aux électrodes ! Pete, affiche le tracé. Plus près, j'y vois que dalle. Tu le fais exprès ou quoi ! Allez, passe-moi les palettes. Position directe à 200 joules ! Attention, on choque ! »* Alors que Jessie dérivait lentement vers la mort, Ethan s'agenouilla au milieu de la rue pour ramasser le pistolet avant que les policiers ne le fassent. *« Vérifie le pouls. Je continue le massage. Installe la voie veineuse, on intube puis tu lui passes un mg d'adré et deux ampoules de Cordarone. Et tu te grouilles, Rico, au lieu de bayer aux corneilles ! »*

Avec la paume de sa main, la jeune interne comprimait la poitrine de Jessie au rythme approximatif de 100 pressions par minute. *« Allez ! Allez ! Allez ! Bon, on choque à nouveau. 200 joules. Écartez-vous ! »*

Un peu à l'écart, pleurant toutes les larmes de son corps et pas très loin de l'hystérie, Meredith regardait avec effroi les dégâts dont elle s'estimait responsable.

— C'est pas ta faute, maman, lui assura Robbie. C'est la fille, elle a traversé sans regarder.

Deuxième choc électrique qui réussit cette fois à synchroniser les contractions des fibres musculaires du myocarde, permettant au cœur de battre à nouveau normalement et au sang de circuler.

— C'est bon, fit Rico avec un large sourire. Ça repart !

— Et alors, tu veux une médaille ? l'engueula l'interne.

Elle installa à la jeune fille un collier cervical et :

— Allez, chargez-la et prévenez l'hosto !

À quoi ça tient parfois, la mort… Quelques secondes d'inattention et c'est l'accident. À quoi ça tient parfois, la vie… Quelques influx électriques et c'est un cœur qui se remet en route.

Avec soin, Rico et Pete couchèrent Jessie sur le matelas coquille et l'installèrent dans l'ambulance.

— Où l'emmenez-vous ? demanda Ethan.

— À St. Jude, répondit Pete en allumant le moteur. C'est à côté.

Le premier réflexe d'Ethan fut de récupérer sa voiture dans son parking et de les rejoindre là-bas, mais alors que la foule commençait à se disperser, il repéra un taxi aux formes arrondies garé sur le trottoir.

Appuyé contre le capot, un géant black à l'œil amblyope fumait une cigarette en le regardant.

— Bon Dieu, à quoi vous jouez ? demanda Ethan en l'apostrophant.

— Au jeu de la Vie et du Destin, répondit le chauffeur de taxi.

La circulation reprenait peu à peu.

— Je vous conduis ? proposa Curtis Neville en ouvrant la porte de son vieux Checker.

— Allez vous faire foutre !

— Montez, on sera à l'hôpital dans cinq minutes.

— Vous ne me faites pas peur, prévint Ethan en s'installant sur la banquette.

— Je sais, la seule personne qui vous fait vraiment peur, c'est vous.

Ethan considéra la remarque et refusa d'admettre qu'elle avait une part de vérité.

Curtis conduisait vite, sans se soucier des limitations de vitesse ni du Code de la route, un peu comme si ces règles ne s'appliquaient pas à lui.

— Vous avez cru la sauver en cherchant à récupérer son arme ?

— Je l'ai sauvée, le contredit Ethan.

Curtis se pencha pour baisser le son d'un antique autoradio K7 qui diffusait un air *rhythm and blues* période Motown.

— Il y a une chose que vous devez bien comprendre, Whitaker : dussiez-vous revivre cette journée un million de fois, vous n'arriveriez *jamais* à la sauver.

— Parce que c'est son destin, c'est ça ?

— Je crois qu'il faut vous y faire : le cours des choses ne nous appartient pas. Et vouloir le modifier, c'est se battre contre des moulins à vent.

— Je suis pourtant en train de démontrer le contraire, non ?

Curtis éluda la question, se contentant d'observer :

— Le malheur des hommes résulte souvent de leurs tentatives désespérées pour agir sur des choses qui ne dépendent pas d'eux.

— Toujours votre catalogue de stéréotypes et de citations. Vous l'avez pêchée où, celle-là ?

— Dans un bouquin que j'ai lu récemment, avoua Curtis en fouillant dans la boîte à gants pour s'emparer d'un ouvrage cartonné.

Tout en conduisant, il ouvrit le livre à une page qu'il avait cornée.

— Que dites-vous de celle-ci : *« En réalité, nous n'avons pas d'autres choix que d'accueillir ce que le destin nous envoie, même s'il s'agit de la maladie, du deuil ou de la mort »,* et de celle-là : *« La seule chose que nous maîtrisons vraiment, c'est la manière dont nous réagissons aux événements qui nous affectent. »*

Ethan connaissait ces phrases par cœur.

— Et celle-ci, termina Curtis : *« Apprendre à vivre, c'est apprendre à être libre. Et être libre, c'est accepter que les choses arrivent telles qu'elles arrivent.* »

Il tendit l'ouvrage à Ethan. Sur la couverture s'étalait son portrait : dents blanches, yeux bleus, visage photoshopé.

— Vous connaissez déjà la vérité puisqu'elle est écrite dans vos livres, constata Curtis en arrêtant son véhicule sur le parking de l'hôpital. Mais appliquer ces principes à sa propre vie, c'est une autre histoire, n'est-ce pas ?

Ethan claqua la porte du taxi sans se donner la peine de répondre.

Il retrouva le hall des urgences qu'il commençait à bien connaître, ainsi que l'hôtesse d'accueil et sa crinière « à la lionne » auprès de qui il se renseigna sur la jeune accidentée qu'on venait d'amener.

Elle le dirigea vers le secteur des polytraumas où Shino Mitsuki s'apprêtait à entrer au bloc. Le médecin ne parut pas s'étonner de la présence d'Ethan. De toute façon, il n'avait pas le temps de lui demander d'éclaircissements. L'adolescente qu'il allait opérer était dans un sale état : fracture de la jambe, luxation de la hanche, côtes enfoncées, rupture de l'intestin…

— Je redoute surtout une lésion encéphalique, expliqua-t-il : un hématome, une hémorragie ou un œdème. Sans parler des contusions au niveau de la moelle épinière dorsale.

Ethan aurait eu plusieurs questions à lui poser, mais le chirurgien s'éclipsa pour aller opérer. Alors, le cœur serré et les tripes nouées, il s'effondra sur une chaise, la tête dans les mains. Il se doutait que l'intervention serait longue et qu'il n'était plus désormais d'aucune utilité.

Brutalement, il se sentit assommé de fatigue et démoralisé. Aux dires de Mitsuki, les chances de la jeune fille étaient minces et même en cas de survie, les séquelles seraient lourdes. Il ferma les yeux un instant. Comme par effraction, une image lui traversa l'esprit : celle de Jessie, dans un fauteuil roulant, la bave aux lèvres et les yeux vitreux.

Il balança un coup de poing vengeur dans la machine à café qui jouxtait son siège. Cette prétendue seconde chance qu'on lui avait offerte n'était qu'un leurre ! Son chemin de croix se répétait à l'identique. Quoi qu'il fasse, il semblait condamné à revivre chacun des drames qui avaient émaillé cette journée maudite.

Il ramassa le sac à dos de Jessie qui traînait à ses pieds. Un sac Eastpak rose pâle, relooké avec des stickers et massacré par des inscriptions rebelles taguées au blanco. Il hésita quelques secondes puis se décida à ouvrir la petite poche. Elle contenait un iPod mini première génération, comme on devait en trouver sur eBay pour moins de 40 dollars. La batterie était presque déchargée, mais Ethan eut le temps de faire défiler son contenu. Il fut surpris par ce qu'il y trouva : essentiellement des titres ou des albums devenus mythiques qui dataient de la fin des années 80 et du début des années 90 : *Come As You Are* de Nirvana, *Losing My Religion* de R.E.M., Sinead O'Connor reprenant *Nothing Compares 2 U*, Tracy Chapman, The Cure, U2 et leur *Joshua Tree* ainsi que le fameux *Unplugged* enregistré par Clapton quelques mois après la mort de son fils. Des trucs plus anciens aussi : Led Zepp, Leonard Cohen, Otis Redding, les meilleurs titres de Dylan… Toute la musique qui avait marqué sa propre jeunesse, mais dont la présence était déconcertante sur le baladeur d'une gamine de quatorze ans.

Il continua son exploration en ouvrant le compartiment principal du sac. À l'intérieur, un journal intime dont la couverture rigide en simili cuir était recouverte de l'inscription : *In My Secret Life*. Intrigué, il chercha à l'ouvrir, mais l'accès en était barré par un cadenas métallique. Une protection dérisoire qu'il aurait pu forcer, mais sa curiosité s'arrêtait aux bornes de l'intime : lui-même aurait détesté qu'un étranger s'aventure dans sa *vie secrète*.

Il y avait aussi trois livres de poche aux pages jaunies : un recueil de poèmes d'Emily Dickinson, *The Catcher in the Rye* de Salinger et *Love in Time of Cholera* de García Márquez.

Ces livres... Il avait acheté les mêmes à la fin de son adolescence, au moment où il avait découvert la littérature, au moment où il avait compris qu'on pouvait s'intéresser à autre chose qu'au base-ball ou à MTV, au moment où il avait senti que, d'une certaine façon, il ne serait plus jamais seul.

Il feuilleta le roman qu'il avait dans les mains jusqu'à tomber sur la page de garde. Lorsqu'il lut le nom calligraphié avec soin, son sang se glaça. Il resta immobile, comme si quelque chose s'était arrêté en lui, écoutant les battements sourds de son cœur qui s'accéléraient et cognaient dans sa poitrine.

Ce nom, c'était le sien.

19

Les cicatrices de l'âme

Après tout, la vie n'est qu'un thriller, une enquête qu'on mène chaque jour sur soi-même pour tenter d'élucider ses propres zones d'ombre.

Jean-Christophe GRANGÉ

Ce nom, c'était le sien.

Ces livres, ces disques, c'étaient les siens.

Même le pistolet qu'il tenait dans sa main – un Colt 1911 à la crosse en nacre –, c'est lui-même qui l'avait gagné au poker lorsqu'il avait dix-neuf ans ! Il s'en souvenait parfaitement : une partie remportée contre Sean Denaro, une petite frappe du milieu italo-américain de Boston. Comme il n'aimait pas les armes, il avait cherché à s'en débarrasser, mais Jimmy l'avait récupéré.

Ethan fouilla dans le sac pour explorer ce qui

restait de son contenu : un paquet de biscuits Oreo dont on n'avait laissé que les miettes, une trousse de toilette en plastique, un étui Hello Kitty. Il ouvrit le portefeuille : il était vide à l'exception d'une photo de mauvaise qualité. Un cliché familial un peu fané représentant une petite fille blonde en compagnie de ses deux parents. Emmitouflée jusqu'aux oreilles, Jessie – elle devait avoir quatre ou cinq ans à l'époque – posait souriante en serrant la taille d'un bonhomme de neige plus haut qu'elle. À ses côtés, une femme encore jeune, de type latino, regardait l'objectif comme si elle le défiait tandis qu'un homme solide la couvait du regard.

Jessie, Marisa et Jimmy…

Cette adolescente qui était venue réclamer son aide avant de mettre fin à ses jours était la fille de Marisa et de Jimmy !

Les yeux scotchés à la photo, Ethan prit conscience que ses mains tremblaient. Lorsqu'il avait abandonné Marisa, quinze ans plus tôt, il était sur le point de l'épouser. Elle avait dû se consoler avec Jimmy, l'ami fidèle qui avait prouvé son dévouement jusqu'à épouser la mariée laissée en plan et à lui faire un enfant !

Pas si surprenant au fond.

Cette possibilité lui avait d'ailleurs plusieurs fois traversé l'esprit ces dernières années. En tout cas, cela expliquait la présence à New York de Jimmy et son apparition sur le film de la caméra de surveillance.

Jimmy qui devait quadriller Manhattan à la recherche de sa fille. Jessie avait fugué, c'était une évidence. Épisode tristement banal de la vie d'une adolescente en conflit avec ses parents.

Mais pourquoi Jessie était-elle venue le trouver, lui ? Pourquoi écoutait-elle ses disques, lisait-elle ses livres de chevet, découpait-elle les articles qui parlaient de lui ? Quel était le rôle de ses parents dans tout ça ?

Il remit les affaires dans le sac et se leva de sa chaise. Il n'y avait qu'une seule façon d'élucider cette histoire : c'était d'aller affronter Marisa à Boston. Il sortit de l'hôpital après avoir laissé ses coordonnées à l'accueil ainsi qu'un mot à l'attention du docteur Mitsuki pour qu'on le tienne au courant de l'évolution de l'opération. Comme son bureau n'était qu'à quelques blocs, il récupéra le coupé Maserati dans le parking souterrain de son immeuble.

Encore troublé, il posa la photo sur le tableau de bord, alluma le moteur et remonta en accélérant la pente bétonnée qui débouchait sur la rue. Il regardait davantage le cliché que la route. À l'arrière-plan, on distinguait le portique d'une balançoire près d'un arbre tordu. Ethan crut reconnaître l'endroit : le jardin de la maison des parents de Jimmy dans cette banlieue de Boston sud où il avait passé son enfance. C'est là que…

— Ahhhhhhhhhhhh !

Il écrasa la pédale de frein en débouchant sur South Street. Trop tard : sa voiture venait de heurter la roue arrière du vélo d'un coursier.

P... C'est pas vrai !

Il dégrafa sa ceinture et jaillit du véhicule pour porter secours à sa victime, un adolescent qui se relevait du trottoir avec agilité.

— Vous n'avez rien ?

— Ça va, mec, y a pas de blème ! Chui pas en sucre !

Voilà, il avait frôlé la catastrophe. Un moment d'inattention et vous pouviez tuer quelqu'un. Tout allait trop vite dans cette ville. Tout le monde était sur la brèche : les piétons, les taxis, les bus, les vélos. C'était une ville impitoyable, réservée aux guerriers et aux combattants, qui nécessitait une vigilance de tous les instants.

— Vous êtes sûr que ça va ? insista Ethan.

— Ça va, j'te dis. Y a pas de couille dans le potage !

Le jeune coursier vérifiait son vélo. Ethan lui tendit un billet de cent dollars.

— Écoutez, votre roue est peut-être voilée, alors prenez ça. Et voici ma carte, si d'aventure il y avait des complications.

L'employé empocha le billet et s'écria subitement :

— Hé ! Vous êtes le type de la télé, c'est ça, le psy ?

Ethan acquiesça.

— Ma sœur, elle kiffe trop ce que vous faites.

Ma mère a lu tous vos livres / Ma fille trouve vos séminaires formidables / Ma secrétaire collectionne vos DVD / Ma femme passe toutes ses nuits avec vous, enfin, avec vos bouquins. Voilà le discours que lui tenaient les hommes. À croire qu'il n'écrivait que pour les femmes…

— Ce qui est dingue, reprit le coursier, c'est que je montais justement à votre bureau ! J'ai du courrier pour vous.

Il fouilla dans une sacoche puis tendit à Ethan une enveloppe en papier parcheminé, couleur amande, fermée par un ruban.

L'invitation au mariage de Céline...

— Vous n'auriez pas un bouquin sous la main ? demanda le jeune garçon. Si vous pouviez me le dédicacer pour ma…

— Pour votre sœur, c'est ça ?

— Ouais, elle s'appelle Trisha.

Dans le coffre de la Maserati, Ethan trouva un exemplaire de son dernier livre, accompagné d'un dossier de presse que Lyzee lui avait préparé la veille, en vue de l'émission.

— Cette lettre, demanda-t-il en désignant l'invitation, vous êtes allé la chercher où ?

— Chez le concierge de l'hôtel français, sur la 44ᵉ, entre la 5ᵉ et…

— Le Sofitel ?

— C'est ça.

Ethan signa son essai et prit congé du coursier. Resté seul, il se gara en double file et alluma ses feux de détresse. Il fallait qu'il prenne le temps de réfléchir. Devant lui, la photo de Jessie et le faire-part de mariage de Céline. Il regarda sa montre : bientôt midi. S'il partait maintenant pour Boston, il ne serait pas rentré à Manhattan avant 21 heures. Il devait faire un choix : revoir Céline ou Marisa. Si vraiment il ne lui restait plus qu'un seul jour à vivre, à qui voulait-il le consacrer ? À Céline, assurément. Il décida d'occulter momentanément le terrible pressentiment qu'il avait encore eu « la veille » sur le danger qu'il représentait pour elle. Il verrait ça plus tard, s'il devait y avoir un plus tard. Pour l'instant, il n'avait qu'une priorité : la revoir. Il pouvait être à son hôtel dans moins d'un quart d'heure. Et cette fois, il se sentait la force et l'ardeur de se faire aimer à nouveau.

Toutes ces années loin d'elle. Tout ce temps perdu à remporter des batailles qu'il savait illusoires. Il était passé à côté de l'*essentiel*, mais l'essentiel était à présent à portée de main et il était bien décidé à ne plus le gâcher.

Il ralluma le moteur et mit le cap sur Midtown.

Lorsque la vie vous offre une seconde chance, qui serait assez fou pour la laisser passer ?

Le problème pourtant, c'était cette photo. La blondeur de cette petite fille et ses yeux trop clairs qui n'étaient ni ceux de Marisa ni ceux de Jimmy. Le problème, c'était le mal de vivre et la fragilité de l'adolescente qu'elle était devenue. Le problème, c'était son âge : entre quatorze et quinze ans…

Ethan remonta la vitre de sa voiture. Tout à coup, il avait froid. Surtout, il se rendit compte que des larmes coulaient sur ses joues.

Alors, il alluma son GPS et prit la direction du Triboro Bridge pour se rendre à Boston.

Il avait jusque-là essayé de se cacher la vérité. Un jour avant, il ne savait pas que Jessie existait. Mais au fond, n'avait-il pas tout deviné depuis la première seconde, depuis le premier regard échangé ?

Car maintenant, tout lui paraissait évident.

Jessie n'était pas la fille de Jimmy.

C'était la sienne.

20

Jimmy

Celui qui n'est plus ton ami ne l'a jamais été.

Aristote

Quinze ans plus tôt

Je m'appelle Jimmy Cavaletti, j'ai 23 ans.

En ce mois d'octobre 1992, je remonte les trottoirs de Times Square au milieu des cris, de la musique et des odeurs de hot dog. À mes côtés, Marisa, la fiancée d'Ethan, mon meilleur ami qui nous suit à quelques mètres derrière. Ce soir, c'est son anniversaire. Pour lui faire une surprise, Marisa est venue nous chercher à la sortie du boulot et on a fait le trajet depuis Boston dans notre vieille Mustang customisée.

Plus tôt, dans l'après-midi, j'avais réservé une

table chez Roastbees pour être sûr de pouvoir déguster notre repas préféré : un hamburger à l'ananas et au bacon croustillant.

Je me retourne vers mon ami :

— Oh ! Ethan ! Tu te dépêches !

Il me fait signe de ne pas m'inquiéter. La foule est pourtant compacte et nous plaque comme une lame de fond dont il est difficile de s'extraire. Sur les trottoirs, c'est une sorte de cirque ambulant : un magicien fait disparaître des lapins, un nain exhibe un python vivant d'un mètre cinquante, une strip-teaseuse exhibe autre chose. Un vieux vendeur de hot dogs vient d'allumer sa sono qui déverse un tube d'Elvis : *Now or Never*.

Maintenant ou jamais.

Pour le cadeau, je ne savais pas trop quoi acheter. Si c'était mon propre anniversaire, j'aurais aimé recevoir le dernier album des Red Hot Chili Pepper, mais je ne crois pas que ça aurait vraiment fait plaisir à Ethan. Un truc qui lui aurait fait plaisir en revanche, c'est un abonnement au *New York Times*. Je me suis renseigné pour connaître les tarifs, mais c'était hors de prix. Alors, dans une librairie, j'ai finalement choisi un livre sur l'histoire des présidents des États-Unis.

Il faut dire qu'Ethan lit tout le temps. Sur le chantier, les copains l'appellent « l'intello », mais ils sont bien contents lorsqu'il nous obtient des pauses ou de meilleures primes en parlementant avec le contremaître. Moi, je le trouve surtout très malin. Il voit des trucs que les autres ne voient pas. Il lit parce qu'il est malin et il est malin parce qu'il lit. C'est ce que j'aime, moi : que tout le savoir qu'il trouve dans les livres, il s'en serve ensuite de manière concrète. Pour gagner au poker, par exemple. Les livres sur le poker sont remplis de formules mathématiques pas faciles à comprendre. Ces livres, je crois qu'il y a plein de gens qui les achètent, pas beaucoup qui les lisent et très peu qui les comprennent vraiment. Ethan, lui, a tout compris et ça nous rapporte pas mal de fric lorsque l'on joue en paire, le samedi soir, dans l'arrière-salle de certains restaurants. C'est grâce à ça qu'on a pu acheter la Mustang et qu'on peut se payer des places pour aller voir jouer les Red Sox tous les quinze jours.

Souvent, le week-end, il m'accompagne au stade. On va boire des bières avec les copains, manger une pizza, puis on traîne un peu au Quincy Market. Je sais qu'il préférerait passer l'après-midi à la bibliothèque municipale et qu'il reste avec moi pour me faire plaisir. Alors moi, parfois, je fais semblant d'avoir envie d'aller à la bibliothèque pour lui faire plaisir à mon tour. Il sait que ce n'est pas vrai et je sais qu'il sait que je sais. Et même si tout ça peut paraître compliqué, c'est au fond très simple puisque ça s'appelle l'amitié.

Marisa et Ethan forment un sacré couple. Marisa, c'était la « bombe » de notre ancien lycée. Avant, elle sortait avec Steve Marino, la star de l'équipe de football. Puis, la dernière année, Ethan a réussi à sortir avec elle. Pourtant, il est moins grand, moins beau et moins costaud que Steve. Mais, comme il m'a dit un jour : « C'est la preuve que parfois, l'intelligence arrive à battre la force. » Marisa est une drôle de fille. Elle est intelligente aussi, mais pas à la manière d'Ethan. C'est plutôt une intelligence pratique, une débrouillardise du quotidien. Elle peut être parfois très dure et très cynique, mais elle sait mener sa barque. Un jour, j'ai surpris une conversation entre elle et une copine dans laquelle elle expliquait que sortir avec Ethan était pour elle « un pari sur le futur ». Sur le coup, j'ai pas bien compris.

Le jour commence à décliner. Au niveau du feu de la 50e Rue, je m'arrête avec Marisa pour laisser passer un flot de voitures. Nous nous retournons ensemble pour voir ce que devient Ethan. Puis nous restons là, à attendre, pendant de longues minutes, au milieu des néons, des écrans lumineux, des embouteillages et des sirènes de police.

Nous restons là jusqu'à nous rendre à l'évidence : Ethan a disparu.

Manhattan
Octobre 1992
6 heures du matin

Je l'ai cherché toute la nuit : au restaurant, dans les magasins et les bars que nous avions l'habitude de fréquenter. J'ai appelé chez mes parents pour voir s'il n'avait pas laissé de message. Je suis même allé au commissariat, mais ils avaient d'autres chats à fouetter. Marisa est restée près de la Mustang. Si Ethan s'était simplement perdu, il aurait fini par rejoindre le parking où nous nous étions garés. Nous avons attendu jusqu'à ce que le soleil se lève. Finalement, nous avons quitté New York au petit matin, alors qu'une aube rose pâle se levait sur Manhattan.

Dans la voiture, sur le chemin du retour, Marisa avait un comportement étrange. Alors que je me rongeais les sangs, je la trouvais plus résignée que tourmentée. Elle donnait l'impression d'accepter la disparition de son futur mari avec un étrange fatalisme. Pour ma part, j'imaginais le pire : un accident, une agression, un enlèvement…

— Il faut que tu comprennes quelque chose, m'a-t-elle dit au bout d'un moment.

— Quoi donc ?

— Ton copain, c'est peut-être pas le type que tu imagines.

— Qu'est-ce que tu veux dire ?

— Tu comprends pas qu'il a foutu le camp ? Tu comprends pas qu'il n'en pouvait plus de tout ça ? Tu comprends pas qu'il n'en a rien à faire de nous ?

— Tu racontes n'importe quoi.

— On ne le reverra plus, Jimmy. J'en mets ma main à couper.

— Mais, comment tu peux dire ça de l'homme que tu t'apprêtes à épouser !

Elle allait me répondre, lorsque sa carapace s'est fissurée d'un seul coup. C'était la première fois que je la voyais pleurer. Ça a duré un moment puis elle a sorti un mouchoir de sa poche, a reniflé et m'a avoué :

— Ce scénario, je l'ai déjà vécu plusieurs fois dans mes cauchemars. J'ai toujours su qu'un jour Ethan partirait. J'espérais juste que ça viendrait le plus tard possible…

Nous n'avons plus échangé la moindre parole durant tout le trajet. Ce n'est qu'un peu avant Boston que je lui ai demandé :

— Au fait, c'était quoi, ta surprise ?

— Hein ?

— C'est quoi, le truc que tu avais prévu de lui annoncer au dessert ?

Elle a tourné la tête. Les rayons d'un soleil orangé l'enluminaient comme une gravure. Elle a attendu plusieurs secondes avant de répondre :

— Que j'étais enceinte.

Novembre 1992 – Avril 1993

Dans les semaines qui ont suivi, je suis revenu plusieurs fois à New York. J'ai mené ma propre enquête, interrogeant toutes les personnes qui auraient pu croiser Ethan – des employés de la gare, des chauffeurs de bus, des flics –, écumant tous les hôpitaux, les commissariats, la morgue, les squats de SDF, les stations-service.

Je refusais de croire à l'histoire de Marisa. Ethan ne serait jamais parti sans m'en parler, sans me laisser un mot, sans me faire signe. Six ans plus tôt, à la mort de ses parents – qui s'étaient suivis à quelques mois dans la tombe –, il était venu vivre chez les miens et je le considérais un peu comme un frère.

Bien sûr, plusieurs fois, je m'étais dit qu'il perdait son temps avec nous, que c'était du gâchis qu'il ait arrêté ses études si tôt sans pouvoir aller à la fac. Égoïstement pourtant, j'étais bien content d'avoir la chance de le côtoyer tous les jours. C'est vrai qu'il était secret. Il lui arrivait parfois de rester une demi-heure, le regard dans le vague, la tête ailleurs. Où était-il dans ces moments-là ? Avec qui ?

Au bout de quelques semaines, j'ai ouvert les courriers que lui envoyait la banque. J'ai eu la surprise de constater qu'il y avait pas mal d'argent sur son compte : presque 30 000 dollars. Sans doute les gains des parties de poker qu'il avait jouées en solitaire. J'ai consulté les relevés de compte de sa carte bancaire : il y avait des achats effectués à Philadelphie, à Washington puis, pendant plusieurs semaines, à Chicago. Malheureusement, le compte a été fermé peu après Noël.

J'ai finalement retrouvé sa trace au printemps 93, en enquêtant du côté de notre ancien lycée. Une fac de Seattle avait demandé le transfert de son dossier pour effectuer une nouvelle inscription.

Sans le dire à mes parents ni à Marisa, j'ai retiré de l'argent de mon livret d'épargne logement et je me suis payé un billet d'avion pour Seattle. Je me suis rendu sur le campus, me fondant dans la masse des étudiants. À cette époque, la mode grunge battait son plein et il n'était pas nécessaire d'être bien sapé pour faire illusion.

Je l'ai retrouvé dans les jardins de la fac, discutant avec d'autres élèves sur une pelouse verdoyante. Je crois qu'il m'a vu arriver de loin parce qu'il s'est dirigé immédiatement vers moi avant que je rejoigne le groupe.

— Qu'est-ce que tu fous là, Jimmy !

Ce n'était plus tout à fait le Ethan que j'avais connu. Il avait maigri, coupé ses cheveux et il portait une veste, une chemise et un pantalon qui n'était pas un jean.

— Qu'est-ce qui t'est arrivé ?

— Tu ne pourrais pas comprendre, a-t-il répondu en secouant la tête.

— Mais explique-moi au moins !

— Qu'est-ce que tu veux que je t'explique, bon sang ! J'étouffais là-bas ! À m'abrutir sur ces chantiers avec des types qui n'ont jamais lu un livre, qui ne s'intéressent à rien, qui n'ont pas trois sous de culture. Je crevais de ne pas avoir d'avenir, de ne pas avoir de projets, de ne plus avoir de rêves !

— Enfin, tu…

— Réveille-toi, Jimmy ! Donne un sens à ta vie. Ne sois pas trop gentil avec les gens. Pense à toi avant de penser aux autres.

Pas une fois il n'a demandé des nouvelles de Marisa ou de mes parents. Il avait tiré un trait sur nous et sur tout ce qui avait été sa vie.

Avant de tourner les talons, il m'a quand même demandé :

— Donne-moi une bonne raison de revenir.

J'ai ouvert la bouche et je m'apprêtais à lui répondre : *Marisa est enceinte. Tu vas avoir une fille, elle va naître la semaine prochaine.* Peut-être qu'il serait revenu alors, mais peut-être pas.

Finalement, j'ai décidé de faire ce qu'il m'avait conseillé : j'ai pensé à moi avant de penser à lui.

Puis j'ai pensé à Marisa que j'aimais en secret.

Je n'ai rien dit et je suis parti.

Dans l'avion qui me ramenait vers Boston, j'ai commencé à réfléchir à des prénoms pour la petite.

Des prénoms pour ma fille.

21

Marisa

Car c'est ainsi que nous allons, barques luttant contre un courant qui nous ramène sans cesse vers le passé.

Francis Scott FITZGERALD

Aujourd'hui
Banlieue de Boston sud
16 heures

Ethan avait parcouru les 350 kilomètres sans faire la moindre pause.

Il gara la Maserati le long du trottoir, au croisement de Hope Street et de Joy Street : la rue de l'espoir et la rue de la joie.

C'est toujours les coins les plus pourris qui portent les noms les plus optimistes, pensa-t-il en claquant la portière.

Le ciel était bas et gris. Nerveux, il alluma une cigarette, remonta le col de sa veste pour se protéger du vent et s'engagea dans la rue où il avait passé sa jeunesse.

L'endroit était encore pire que dans ses souvenirs. En quinze ans, le quartier n'avait bénéficié d'aucune rénovation ni même d'une amorce de *gentrification*. Il avait apparemment souffert de la crise du crédit immobilier, comme en témoignaient les jardins laissés à l'abandon, les façades taguées et les fenêtres barricadées. Sur les trottoirs, des carcasses de machines à laver, des meubles en contreplaqué, des bibelots bon marché serrés dans des cartons : vestiges dérisoires d'un quotidien interrompu par des expulsions précipitées.

La chute des *subprimes* n'avait secoué les Bourses mondiales que depuis cet été, mais ici ça faisait un moment que la crise couvait. Ces trois dernières années, le ballet des huissiers n'avait pas souvent fait relâche. Les expulsions succédaient aux expulsions, transformant progressivement le quartier en un royaume de squats et de ruines qui offraient des refuges inespérés aux dealers de drogue et aux gangs.

Tant que la crise n'avait touché que les travailleurs pauvres, personne ne s'en était ému. Ce n'est que lorsque Wall Street avait tremblé que le monde entier avait paniqué.

Classique.

Ethan écrasa son mégot et alluma une autre cigarette dans la foulée. S'il en avait eu la possibilité, il n'aurait pas été contre un verre de whisky ou un trait de vodka.

Ici, c'était la face cachée de l'Amérique : celle des *working poors*, celle restée en rade sur la bande d'arrêt d'urgence, celle que l'on voyait rarement dans les films, celle qui jouait au loto de l'*American Dream*, mais qui ne tirait jamais les bons numéros.

Celle dont il avait tellement voulu s'évader.

Il s'arrêta quelques secondes devant l'ancienne maison que louaient ses parents. Placardé sur l'habitation désaffectée, un panneau *Too late ! No Copper ! No Boiler*[1] *!* prévenait les pillards éventuels que d'autres avaient été plus rapides. Dans sa tête, les souvenirs lui revenaient, désordonnés et confus.

Refusant de se laisser attendrir, Ethan reprit sa course le long du trottoir. Des chiens en colère aboyaient derrière les grillages. Sur un terrain au goudron déformé, une dizaine d'ados gigantesques jouaient au basket en se relayant autour d'un

1. Trop tard ! Plus de cuivre ! Plus de chaudière !

Soundblaster fatigué qui enchaînait les titres d'un rap « bling bling ».

Un peu plus loin, assise sur un muret, une jeune Black solitaire tapait une fiche de lecture sur un ordinateur portable démodé, couleur mandarine. Coiffure rasta, chemisier blanc cintré, faux pull Ralph Lauren, le regard fier et l'envie d'être ailleurs. Ethan plissa les yeux pour déchiffrer le livre qu'elle était en train d'étudier : *Le cœur est un chasseur solitaire* de Carson McCullers. Cette fille, c'était lui il y a vingt ans...

Il dépassa le croisement de Park Street. Un vieillard qui arrosait son jardin l'éclaboussa volontairement en ricanant d'un sourire édenté : le vieux Mitchell était encore en vie ! Déjà sénile il y a quinze ans, il était paradoxalement le seul à n'avoir pas changé ici.

Enfin, Ethan arriva à une dizaine de mètres du numéro 120 : la maison des parents de Jimmy. Là où il avait vécu les six dernières années de sa vie à Boston.

Au milieu de la pelouse, un drapeau américain fané qui partait en lambeaux. Sur la véranda, une femme étendait du linge tandis qu'un vieux rock de Springsteen passait à la radio.

I was unrecognizable to myself...

... *In the streets of Philadelphia*[1].

L'air était lourd et humide, comme à l'approche de la pluie. L'esprit ailleurs, Marisa alignait les pinces à linge le long d'une corde en nylon. Elle pensait à sa fille Jessie, introuvable depuis la veille au soir, à son mari Jimmy parti à sa recherche à New York et à ce type de la banque venu lui annoncer ce matin que la saisie de leur maison était imminente. Ils n'auraient pas dû la racheter à la mort des parents de Jimmy, lorsque les propriétaires l'avaient mise en vente. Ils auraient dû partir loin d'ici, mais son mari avait tellement insisté ! Et au début, c'est vrai que tout s'était bien passé, mais ça faisait maintenant six mois qu'ils ne pouvaient plus honorer leurs échéances de remboursement. Comme beaucoup de ménages, ils s'étaient laissé piéger par les *subprimes*. Bêtement : en transformant leur emprunt à taux fixe de 250 000 dollars sur 25 ans en un emprunt à taux évolutif. Les premiers temps, cela avait permis d'économiser quelques centaines de dollars par mois, immédiatement réinvesties dans l'entreprise de maçonnerie qu'avait créée Jimmy. Puis les taux étaient remontés, faisant bondir les mensualités au-delà du soutenable. Marisa avait fait

1. J'étais méconnaissable… dans les rues de Philadelphie.

des heures supplémentaires dans le motel où elle travaillait et Jimmy avait licencié ses deux ouvriers. Comme ça ne suffisait toujours pas, elle s'était résolue à piocher dans l'épargne prévue pour financer les études de sa fille.

Peine perdue.

Elle avait bien tenté d'aller voir la banque pour obtenir un rééchelonnement, mais cela n'avait servi à rien. Son prêt avait été cédé à un courtier puis à d'autres organismes de crédit. En désespoir de cause, elle avait tenté de prendre un avocat, mais elle n'y avait gagné que des factures supplémentaires. Tout ça parce qu'elle n'avait pas compris l'exacte portée des termes imprimés en petits caractères sur un contrat.

Ces derniers mois, elle avait vécu avec la peur au ventre : Jimmy se tuait à la tâche et devenait irritable, Jessie traversait une période difficile, la maison familiale allait être saisie et revendue aux enchères pour un prix dérisoire. Mais depuis hier soir, son angoisse avait fait place à la panique lorsque sa fille…

Elle s'arrêta net dans ses réflexions. Dans la rue, un homme la regardait. Un homme qu'elle n'avait plus revu depuis quinze ans et dont, toute la journée, elle avait espéré avoir des nouvelles.

Tout en le redoutant.

Un éclair sinueux fractura l'horizon, bientôt suivi du roulement sourd du tonnerre. Ethan ouvrit le portillon et s'avança dans l'allée.

— Marisa ! lança-t-il d'un ton incertain.

Il regarda son ancienne fiancée avec un mélange de compassion et d'étonnement. Elle avait le même âge que lui – trente-huit ans – mais en paraissait davantage, sa silhouette était légèrement voûtée et des rides précoces creusaient son visage.

— Je sais ce que tu penses, lui dit-elle comme si elle lisait dans ses pensées. Mais toi non plus tu n'as plus vingt ans, et pour être honnête, tu fais encore plus vieux qu'à la télé.

À nouveau, le tonnerre gronda, accentuant l'impression de malaise.

— Si tu es là, c'est que tu as vu Jimmy, n'est-ce pas ?

Elle avait du mal à cacher son inquiétude.

— Non, répondit-il doucement, mais j'ai rencontré Jessie.

— Tu me l'as ramenée ?

Sa voix avait retrouvé un peu d'espérance. Ethan secoua la tête d'un air désolé.

— Alors, où est-elle ?

Il hésita imperceptiblement puis :

— Je n'en sais rien.

Il ne se sentait pas le courage d'annoncer à Marisa que sa fille se trouvait entre la vie et la mort, sur la table d'opération d'un hôpital. Surtout, il voulait s'accrocher à l'espoir que l'état de Jessie était peut-être moins grave qu'il ne le craignait et que les choses finiraient par s'arranger.

— Que s'est-il passé pour qu'elle fugue ? demanda-t-il.

— Ce ne sont pas tes affaires, répondit Marisa.

L'orage qui couvait éclata enfin, déversant une pluie battante entremêlée d'éclairs et de coups de tonnerre.

— Pourquoi ne m'as-tu jamais rien dit ? demanda-t-il en venant la rejoindre sous la véranda.

Comme elle ne répondait pas, il renouvela sa question d'un ton un peu brusque :

— Pourquoi ne m'as-tu jamais dit que tu étais enceinte ?

Elle le regarda dans les yeux :

— Parce que tu ne m'en as pas laissé le temps.

— Non, Marisa, c'est trop facile de m'en faire porter la responsabilité !

— Écoute, Ethan, cette enfant tu ne l'as pas voulue et…

Il l'interrompit :

— Je ne l'ai peut-être pas voulue, mais c'était moi son père et j'avais le droit de le savoir !

Une succession d'éclairs zébra le ciel puis l'orage s'éloigna brusquement, laissant derrière lui une atmosphère lourde et oppressante. Marisa se frotta les yeux pour chasser sa fatigue.

— Non, Ethan, tu lui as peut-être donné la vie, mais tu n'es pas son père.

— Si !

— C'est Jimmy qui l'a élevée pendant quatorze ans. Toi, qu'est-ce que tu as fait ? Tu ne l'as pas nourrie, tu ne l'as pas bercée, tu ne l'as pas rassurée lorsqu'elle avait peur…

Il l'attrapa par le bras et la secoua avec violence :

— Comment voulais-tu que je m'en occupe ? Je n'ai jamais été au courant de son existence !

Il serra son bras de plus en plus fort comme si cela pouvait l'empêcher de parler, mais elle lui cria en plein visage.

— Vas-y, frappe-moi, maintenant ! De toute façon, c'est tout ce que tu sais faire : du mal aux autres !

— En tout cas, lorsque Jessie a eu des problèmes, c'est chez moi qu'elle est venue sonner !

Elle essaya de se dégager et il relâcha sa prise, soudain conscient de la violence de sa réaction.

Alors que Marisa s'enfuyait dans la maison, Ethan poussa un soupir en s'asseyant sur les marches de la véranda.

Qu'avait-il espéré en revenant ici ? Qu'on l'accueillerait à bras ouverts ? C'était sans compter avec le ressentiment qu'il avait suscité autrefois et qui n'avait fait que s'accroître au fil des ans.

— Une femme est venue nous voir, il y a quatre ou cinq ans…

Ethan sursauta. Marisa était de retour sur la terrasse. En apparence, elle s'était calmée et tentait de cacher quelque chose derrière son dos.

— … c'était une Française, continua-t-elle, elle m'a dit son nom, mais je l'ai oublié…

Céline...

Céline, qui ne connaissait pas grand-chose de son passé, avait remonté sa piste jusqu'à Boston ! Il ne s'en était jamais douté.

— Qu'est-ce qu'elle cherchait ? demanda-t-il en essayant de masquer son émotion.

— Je ne sais pas trop. Elle voulait « te comprendre », voilà ce qu'elle m'a dit. Ce que j'ai compris, moi, c'est que tu l'avais quittée, elle aussi, sans donner d'explication et sans délicatesse, comme à ton habitude.

— Et qu'est-ce que tu lui as raconté ?
— La vérité.
— *Ta* vérité, corrigea-t-il.
— Peut-être, mais le plus surprenant…
— Quoi ?
— C'est que j'ai eu l'impression que, même après ça, elle tenait encore à toi.

Ethan baissa la tête et alluma une cigarette qu'il laissa se consumer lentement, les yeux perdus dans le vague, devant le mur de nuages noirs qui bouchait l'horizon.

— À propos, je voulais te rendre ça !

Il se retourna pour prendre en pleine poitrine le projectile que venait de lui lancer Marisa. C'était un sac de sport usé en faux cuir, orné d'un logo à moitié effacé des JO de Los Angeles, en 1984.

— Qu'est-ce que c'est ?
— T'as qu'à l'ouvrir.

Il fit glisser la fermeture Éclair : le sac débordait de billets de banque, des coupures de 50 et 100 dollars.

— C'est à toi, tout l'argent que tu as envoyé à Jimmy depuis dix ans. L'équivalent de ton virement mensuel sur son compte : 800 dollars par mois au début, puis 2 000 dollars lorsque tu as commencé à passer à la télé…

Ethan posa le sac sur la table en plastique. Marisa continua :

— Tu peux compter, il ne manque pas un sou : 148 000 dollars exactement. C'est à ça que tu l'évaluais, ta petite culpabilité ? C'est ça qui t'aidait à mieux dormir ? Mais qu'est-ce que tu croyais ? Qu'on attendait ton aumône pour vivre ?

Il essaya de la calmer, mais il n'y avait pas grand-chose à faire.

— Ça t'amusait de jouer au bon Samaritain ?

— Je voulais juste vous aider, se défendit Ethan.

— Mais t'avais pas à nous aider ! T'as voulu partir, alors il fallait aller jusqu'au bout, mon vieux : il fallait couper les ponts définitivement ! Mais non, t'en as pas eu le courage…

Marisa s'empara du sac et l'agita devant son visage.

— Tu vois, en ce moment, je compte le moindre dollar, je suis étranglée par les dettes et je vais sûrement perdre ma maison, mais je préférerais crever plutôt que de toucher à ton fric !

Emportée par la colère, elle ouvrit la besace et la renversa, libérant des centaines de billets qui s'envolèrent dans un souffle, comme une nuée d'oiseaux sauvages.

— Si tu veux vraiment faire quelque chose pour m'aider, Ethan, ramène-moi ma fille et mon mari. C'est tout ce que je te demande.

Le vent avait subitement succédé à la pluie. Un chien aboya au loin.

Assommé par les paroles implacables de Marisa, Ethan descendit les escaliers et parcourut Hope Street en sens inverse jusqu'à sa voiture.

Poussant de grands cris, les basketteurs qui avaient déserté le terrain de sport pendant l'orage couraient comme des fous derrière les billets de banque que le vent s'amusait à balayer comme des feuilles mortes.

Réfugiée sous l'abri de bus, la jeune fille à l'ordinateur les regardait en silence. Elle serrait son livre contre sa poitrine. Sur la couverture du roman, une photo en noir et blanc : les années 40, une jeune femme décalée, solitaire et mélancolique.

La grâce fragile de Carson McCullers…

22

Les lumières de la ville

Il y a des étoiles mortes qui brillent encore parce que leur éclat est pris au piège du temps.

Don DELILLO

Aujourd'hui
20 h 45
Un tronçon d'autoroute
de l'État de New York

La nuit était tombée depuis longtemps déjà.

Fébrile et agité, Ethan conduisait en direction de Manhattan, flirtant méthodiquement avec les limitations de vitesse. Toutes les deux minutes, il jetait un regard inquiet à l'écran de son téléphone, dans l'attente d'un message rassurant de Shino Mitsuki sur l'état de santé de Jessie. Trois heures plus tôt, il avait reçu un texto laconique : *ÉTAT STATION-*

NAIRE – L'OPÉRATION SE POURSUIT. Il avait appelé l'hôpital dans la foulée, mais le médecin n'avait pas pris son appel.

Son face-à-face avec Marisa l'avait profondément affecté. Avec le temps, elle avait cristallisé sur lui toute sa colère, sa rancœur et ses échecs, jusqu'à refuser de lui reconnaître un quelconque droit de paternité sur sa fille. Mais il finirait par la faire changer d'avis. Il n'avait pas été là les quinze premières années de la vie de Jessie, mais il allait s'occuper d'elle à présent. Il n'était pas trop tard. À condition qu'ils survivent tous les deux à cette folle journée.

Ethan rétrograda et serra à gauche pour attraper la sortie Saw Mills Parkway. Comme le voyant de la jauge d'essence clignotait depuis un moment, il dut se résoudre à faire un arrêt dans une station-service. Pendant qu'un employé s'occupait de la Maserati, il fila aux toilettes pour se passer un peu d'eau sur le visage. Depuis un moment, une question revenait constamment à la charge : qu'aurait-il fait, quinze ans plus tôt, si Jimmy lui avait annoncé que Marisa était enceinte ? Serait-il rentré à Boston pour assumer son rôle de père ou serait-il resté à Seattle pour continuer sa nouvelle vie ?

Il scruta longuement son visage dans la glace au-dessus du lavabo comme si la réponse se trouvait inscrite dans le repli de ses rides, dans la lueur de son regard ou à la commissure de ses lèvres. Mais la vérité, c'était qu'il n'en savait rien. On ne pouvait pas réécrire l'histoire virtuellement. Qui était capable de dire avec certitude quel aurait été son comportement dans d'autres circonstances ? Personne…

Sans avoir trouvé de réponse satisfaisante à sa question, il ressortit des toilettes et inséra une pièce dans le distributeur de boissons chaudes. La station-service était décorée aux couleurs d'Halloween : guirlandes orangées, citrouilles Jack O'Lantern, chapeaux de sorcières, masques d'horreur tout droit sortis du film *Scream*. Près des magazines, une cargaison du dernier *Harry Potter* cannibalisait le rayon livres et volait même la vedette à Stephen King. Ethan récupéra sa boisson, un cappuccino tiédasse dont il ne but qu'une gorgée avant de sortir dans la nuit. Il n'avait qu'une hâte : rejoindre l'hôpital au plus vite pour être auprès de sa fille. Il alluma une énième cigarette – *Demain, j'arrête. Si je suis encore vivant, cette fois, j'arrête, je le jure* – et déverrouilla le coupé.

C'est en atteignant Manhattan que la voiture connut les premiers signes de défaillance : même bruit de vinyle abîmé que lors de la fois précédente. Ethan n'en fut pas vraiment surpris : puisque la journée se répétait, il n'était pas étonnant que la Maserati rencontre les mêmes déboires. Tout bien pesé, il avait eu de la chance qu'elle ait pu le conduire jusqu'à Boston et l'en ramener. Comme il se trouvait plus près de chez lui que de l'hôpital, il estima qu'il avait une chance d'atteindre la marina avant que le véhicule ne rende l'âme définitivement. S'il y parvenait, il pourrait l'échanger contre sa moto qu'il remisait dans l'un des petits garages situés au fond du parking.

— Fait pas chaud, hein ?

Ethan venait juste de quitter son coupé, soulagé d'avoir pu arriver à bon port, lorsqu'il se retourna vers la voix qui l'interpellait.

Un coup de poing puissant écrasa son foie et lui coupa le souffle. Un deuxième lui démolit la mâchoire et l'envoya à terre. Visages carrés aux lunettes noires et à l'agressivité de cerbère, les deux Terminators le remirent debout pour mieux le ceinturer.

La bande aux Giardino ! Je les avais oubliés, ceux-là !

Manifestement, l'inverse n'était pas vrai.

Malgré le froid, le « bourreau » ne portait toujours pas de chemise sous sa veste de smoking. En guise de présentation, il assena à Ethan un coup de poing vigoureux au creux de l'estomac.

— Mademoiselle Giardino attend son argent depuis quinze jours, annonça-t-il en inclinant la tête.

— Ça va, il commence à être rayé, ton disque !

Le mercenaire fronça les sourcils, sans comprendre la portée de la réplique. Pour cacher son trouble, il serra son poing et prévint :

— Toi, tu vas moucher rouge !

… avant d'enchaîner les gnons comme il savait si bien le faire.

— Tu vas moucher rouge pendant longtemps !

Dès les premiers coups, Ethan se sentit défaillir. Son corps avait gardé les séquelles de l'attaque précédente. Mais cette subtilité échappait à son agresseur qui redoublait d'ardeur. Son passage à tabac était d'autant plus facile qu'Ethan était pieds et poings liés, efficacement ceinturé par les deux goliaths qui, sans prendre part à la tâche, assuraient à la perfection leur rôle d'étau et de broyeur.

Mais les choses se compliquèrent soudain. Caché entre deux véhicules, un nouvel individu surgit dans la nuit et se jeta sur le tortionnaire, l'envoyant valdinguer d'un coup de poing hargneux.

Alors, un autre combat commença. Pour prêter main-forte à leur patron, les deux gorilles relâchèrent simultanément leur étreinte, laissant Ethan s'écrouler sur le sol goudronné. La bouche en sang, les paupières tuméfiées, le corps avachi sur le bitume, il regardait sans comprendre l'étrange affrontement qui se déroulait devant lui. Qui était ce type venu de nulle part ? Pourquoi s'était-il porté à son secours ? Il se releva péniblement et plissa les yeux. Il avait perdu un verre de contact dans la bataille, et avec l'obscurité il n'y voyait plus grand-chose. Sans surprise, son « sauveur » était en train de se faire démolir par les deux brutes. Avec de tels adversaires, il est des combats difficiles à remporter, à moins d'avoir une arme. Occupés à une autre tâche, les trois sbires avaient momentanément oublié Ethan qui, pendant quelques secondes, eut l'opportunité de s'enfuir. Une chance dont il ne profita pas, incapable d'abandonner son...

Jimmy !

Il se figea de stupeur. Cet homme, c'était Jimmy !

Jimmy qui était en train de souffrir, pris en tenaille par les deux rouleaux compresseurs.

Il est des combats difficiles à remporter, à moins d'avoir une arme.

Le mercenaire s'était remis debout et s'avançait vers lui en réajustant son stetson. Il tenait à la main un couteau à cran d'arrêt qu'il ouvrit d'un déclic.

Un déclic qui se produisit également dans l'esprit d'Ethan.

... à moins d'avoir une arme...

Comment n'y avait-il pas pensé plus tôt ? Il plongea la main dans sa poche et s'empara du pistolet de Jessie qu'il avait récupéré sur le trottoir juste après l'accident. Il pointa l'arme au niveau des jambes, mais il n'avait jamais tiré de sa vie, ne savait pas viser, ignorait tout de la distance de recul ou de…

Le premier coup de feu partit presque tout seul, le deuxième le suivit dans la foulée.

Le bourreau poussa un hurlement, portant successivement la main à sa cuisse puis à son genou avant de s'écrouler sur le sol. Surpris par cette riposte imprévue, les deux hommes de main relâchèrent Jimmy pour s'occuper de leur boss qu'ils s'empressèrent d'évacuer dans leur 4 x 4 Hummer. Il ne s'écoula pas plus de vingt secondes entre les coups de feu et la fuite précipitée des trois hommes dans un crissement de pneus.

Par chance, la détonation n'avait attiré personne, le parking étant désert à cette heure. Le visage marqué, Jimmy peinait à reprendre son souffle. Il se laissa tomber le long de la Maserati, le dos appuyé contre la jante de la roue avant. Ethan se traîna jusqu'à lui et s'assit à ses côtés.

— Je t'avais toujours dit que ce flingue ne nous amènerait que des emmerdes, dit-il en désignant l'arme qui avait alimenté bien des discussions au cours de leur adolescence.

— En attendant, je crois qu'il vient de nous sauver la vie, non ?

— Comment tu m'as retrouvé ?

— Je suis allé à ton bureau et apparemment, je n'étais pas le seul à te chercher. Ces types posaient des questions à tout le monde. Comme ils avaient l'air déterminés et bien renseignés, j'ai eu l'idée de les suivre. De toute façon, je connaissais l'adresse de ton bateau. J'avais vu sa photo une fois dans un magazine.

— T'es blessé ?

— Ça va, mais ils cognent dur, ces mecs.

— Et encore, t'as échappé au pire.

— Le petit excité avec son chapeau de cow-boy ?

— Ouais, si tu tiens à tes doigts, t'as pas intérêt à croiser sa route.

— Qu'est-ce qu'ils te veulent ?

— Je dois de l'argent à leur patronne : une dette de poker.

Incrédule, Jimmy secoua la tête :

— *Toi*, tu as perdu au poker contre une *femme* ?

— Oui, on vit une sale époque, hein ?

Jimmy ne put s'empêcher de sourire.

— Et tu lui dois combien ?

— Plus de deux millions de dollars.

Il émit un long sifflement.

— T'es dans une sacrée merde, hein ?

— Tu l'as dit.

— À la télé pourtant, t'as l'air heureux.

Cette fois, c'est Ethan qui sourit. Ça lui faisait vraiment du bien d'avoir retrouvé son ami. Dommage qu'il ait une si mauvaise nouvelle à lui annoncer.

— Il faut qu'on parte, dit-il en se relevant et en lui tendant sa main. Il faut aller voir Jessie.

Les yeux de Jimmy brillèrent dans le noir :

— Tu sais où elle est ? Je l'ai cherchée toute la journée.

— Elle est à l'hôpital.

— À l'hôpital ?

— Monte dans la voiture, je t'expliquerai, répondit Ethan qui avait complètement oublié la raison pour laquelle il était repassé à la marina.

Un quart d'heure plus tard

La Maserati arriva sans encombre dans le parking de l'hôpital St. Jude. Ethan et Jimmy s'en extirpèrent avec célérité avant de pénétrer dans le hall. Ethan chercha des yeux la standardiste qu'il avait vue le matin, mais elle n'était plus de service.

À la place, il s'adressa à une femme plus âgée, au regard sévère et aux allures de mère supérieure, qui les détailla d'un air suspicieux. Il faut dire que leur récente altercation avait laissé des traces peu glorieuses sur leur personne.

— Bonsoir, nous voudrions avoir des nouvelles de Jessie Cavaletti, une jeune fille qui a été opérée aujourd'hui par le docteur Mitsuki et qui…

— Vous êtes de la famille ? le coupa-t-elle brutalement.

— Je suis son père, répondirent les deux hommes d'une même voix.

Il y eut un moment de malaise. Ethan et Jimmy se dévisagèrent et c'est finalement ce dernier qui résuma maladroitement :

— C'est ça, nous sommes son père.

23

Le cœur des vivants

Le vrai tombeau des morts, c'est le cœur des vivants.

TACITE

Dans la tête de Jessie
Entre la mort…
… et la vie

— ATTENTION !

D'abord, il y a cette voiture.

Lorsque je l'aperçois en traversant, je sais déjà qu'il est trop tard. Elle me percute de plein fouet. Ce n'est qu'une voiture, mais le choc est tellement violent que j'ai l'impression que c'est une locomotive et ses vingt wagons qui m'envoient valser au-dessus du trafic. Je sens que je retombe sur quelque chose de dur et de tranchant. J'ai très mal, puis c'est le trou noir pendant un moment. Lorsque j'ouvre les yeux, je suis en l'air à nouveau, mais c'est différent. Je vole au-dessus de la rue, je vois mon propre corps inanimé sur la chaussée, la circulation qui s'est arrêtée et tous ces gens autour de moi.

— Commence le massage cardiaque, Rico. Pete, vire-lui ses fringues. Bougez-vous le cul, les gars !

Je vois l'équipe d'urgence qui tente de me réanimer. Comme un papillon, je virevolte autour du médecin qui s'occupe de moi.

— Glasgow à 3, pas de pouls fémoral. Putain, on la perd, les mecs, on la perd !

C'est une jeune métisse. Elle s'appelle Saddy. Son père est jamaïcain et sa mère canadienne. C'est étrange parce que c'est la première fois que je la rencontre et pourtant j'ai l'impression de la connaître par cœur. Je sais tout d'elle : son enfance, ses espoirs, ses amours, ses secrets.

— Prépare le scope, défibrillation immédiate. Rico, étale le gel. Pas comme ça, bordel. Y a vraiment pas grand-chose dans ta p'tite tête !

À cet instant, je sais qu'elle a peur de prendre les mauvaises décisions et de passer pour une gourde devant les infirmiers. Alors, elle cache cette peur derrière un langage viril.

> — J'y vois que dalle. Tu le fais exprès ou quoi ! Allez, passe-moi les palettes. Position directe à 200 joules ! Attention, on choque !

Lui aussi, je le vois : Ethan Whitaker, mon père. Posté juste derrière les urgentistes, il vibre avec eux et adresse une prière muette pour que je ne meure pas. À cet instant, je peux fissurer sa carapace et lire dans son cœur pour contempler ce qu'il ne montre à personne : sa peur, ses angoisses et sa quête d'amour qu'il ne sait pas comment exprimer.

Comme un ange, je tourne autour de lui. J'aimerais qu'il puisse me voir comme je le vois et que lui aussi trouve de la lumière en moi.

> — Installe la voie veineuse, on intube puis tu lui passes un mg d'adré et deux ampoules de Cordarone. Et tu te grouilles, Rico, au lieu de bayer aux corneilles !

La jeune femme m'administre un massage cardiaque qui me fait du bien. Tellement de bien que je voudrais que ça ne s'arrête jamais. Pour toute la vie, deux mains, toujours, autour de mon cœur.

— Bon, on choque à nouveau. 200 joules. Écartez-vous !

Je m'élève, céleste et vaporeuse, légère comme une plume et douce comme du coton. J'ai chaud, mais juste ce qu'il faut, comme dans le plus agréable des bains. D'ici je vois tout, d'ici je sais tout : que la vie a un sens qui nous dépasse, que nous ne comprenons rien, que nous ne maîtrisons rien.

— C'est bon, fait Rico avec un large sourire. Ça repart !

— Et alors, tu veux une médaille ? l'engueule Saddy.

Ils pensent que « je reviens », mais ils se trompent. Au contraire, je m'en vais. En moins d'une seconde, je suis à plusieurs kilomètres de là, entre la 42e Rue et Park Avenue : Grand Central Station, la gare de Manhattan.

Mon père, Jimmy, descend d'un wagon et cherche à se repérer sur le quai. Il n'est plus venu à Manhattan depuis longtemps et a du mal à retrouver ses repères. Je sais qu'il n'a pas dormi de la nuit, je sais qu'il s'est levé tôt, qu'il a pris le bus jusqu'à New Heaven puis le train jusqu'à New York. Je sais qu'il me cherche et qu'il se sent coupable.

Comme un oiseau, je volette et tournoie, flirtant avec le plafond du hall principal orné d'un ciel où brillent des milliers d'étoiles. Je me pose sur la pendule à quatre faces qui étincelle au cœur de l'édifice.

— Papa, papa !

Je crie, mais il ne m'entend pas.

Je voudrais lui dire que je regrette, que je l'aime et que...

Mais soudain tout se brouille. Un souffle m'aspire et m'emporte ailleurs.

Manhattan
Hôpital St. Jude
21 h 50

Les traits tirés, le visage encore marqué par l'opération à laquelle elle avait participé, Claire Giuliani, une jeune interne en chirurgie, lançait des regards embarrassés aux deux hommes qui lui faisaient face. Le visage tuméfié, ils semblaient avoir été tabassés et elle n'avait pas très bien compris qui était le père de la jeune fille. Dans le doute, elle les regarda alternativement tout en leur délivrant son éprouvant discours :

— Votre fille nous a été amenée dans un état très critique. Le traumatisme crânien consécutif à l'accident l'a plongée dans un coma dont elle n'est jamais ressortie. Nous avons fait un premier scanner, car nous craignions une décérébration, avant de l'admettre au bloc pour stopper une hémorragie…

Elle s'arrêta un instant, comme dans l'attente d'une force qui lui manquait. Sur ce coup-là, Mitsuki lui laissait faire le sale boulot. Elle avait beau avoir l'expérience de ce genre d'annonce, ça ne deviendrait jamais la routine. Au contraire, il lui semblait que c'était chaque jour de plus en plus difficile.

— Par la suite, son état s'est stabilisé, mais nous avons repéré une lésion profonde au-dessus de la première vertèbre cervicale…

Claire retira son bonnet de chirurgien d'où émergèrent des mèches de cheveux mouillés par la transpiration. Elle en avait marre de se battre contre la fatalité, marre de ce boulot où l'on côtoyait la mort tous les jours. La mort, elle ne voulait plus y penser. Et ce soir, elle se sentait le courage de tout plaquer et de prendre un avion. Une seconde, elle pensa au Brésil, à la plage d'Ipanema, aux torses bronzés des Cariocas qui jouaient au volley sur la plage, à la bossa-nova de Caetano Veloso, aux pina colada qu'on buvait dans des ananas.

— Sur un deuxième scan, nous avons identifié un trait de fracture osseux ainsi qu'un hématome extradural. C'est un épanchement de sang entre l'os et…

— Nous savons ce qu'est un hématome, la coupa Ethan.

— Il était profond et mal localisé, compliqué par la présence d'une plaie d'un sinus veineux.

— Jessie est morte, c'est ça ? demanda Jimmy.

Claire ne répondit pas directement. Elle devait débiter jusqu'au bout son discours pour tenir l'émotion à distance.

— Le docteur Mitsuki l'a opérée d'urgence pour tenter d'évacuer l'hématome. Nous avons fait tout ce qui était en notre pouvoir, mais… elle n'a pas survécu. Je suis désolée.

Jimmy poussa un cri de douleur qu'il étouffa en un sanglot rauque.

— TOUT ÇA, C'EST DE TA FAUTE ! hurla-t-il en assenant à Ethan un coup de poing magistral qui le projeta sur l'un des chariots métalliques où étaient empilés les plateaux du repas du soir.

Dans la tête de Jessie
Entre la vie…
… et la mort

Je flotte, légère comme l'air, au-dessus des nuages. De là-haut, je ne vois plus la terre, les arbres, les gens. Je flotte, mais je ne contrôle plus rien. Je me laisse porter par une force, comme s'il y avait un aimant dans le ciel qui m'attirait irrésistiblement vers les hauteurs. Mais plus je monte, plus les nuages deviennent sombres, épais et menaçants. Et bientôt, j'ai l'impression de me perdre dans la fumée noire d'un incendie qui m'étouffe et me brûle. Il y a bien un tunnel, mais pas celui baigné de lumière vive qu'on nous promet dans les livres. C'est plutôt un passage souterrain, huileux et visqueux, qui sent le goudron fondu. Dans ce passage, une lucarne en saillie qu'on aurait oublié de refermer : une fenêtre restée ouverte sur mon avenir. Je me penche pour observer et ce que je vois me remplit d'effroi. Je suis couchée sur un lit, mes quatre membres paralysés, mon visage déformé. J'essaye de bouger la tête, mais je n'y arrive pas. Je tente de me relever, mais je suis prisonnière d'une armure invisible, j'ouvre la bouche pour appeler maman, mais je reste muette. Un bref instant, je comprends que j'aurais la possibilité de rester vivante, mais pour rien au monde, je ne voudrais continuer à vivre ce calvaire. Alors, je me laisse dériver et je comprends que je vais mourir. Le souterrain débouche sur un immense vortex en forme d'ellipse, un tourbillon gigantesque de plusieurs centaines de kilomètres où les vents se déchaînent. Je m'enfonce dans cette région chaotique et me noie dans ce cyclone plus haut que la plus haute des montagnes.

À présent, j'ai vraiment peur. Nulle part, la moindre trace d'amour ou de bienveillance. Dans ma chute je croise brièvement quelques personnes : Tommy, le fils de nos voisins, renversé à l'âge de quatre ans par un camion alors qu'il faisait du vélo, Frida, la mère de ma mère, morte d'un cancer du poumon, M. Rogers, un de mes anciens professeurs qui s'était jeté sous un train après que sa femme l'avait quitté. Tommy passe devant moi avec son tricycle rouge et me fait un petit signe avant de disparaître. Frida – qui m'a toujours détestée – me recrache la fumée de sa cigarette au visage et M. Rogers, habillé en cheminot, chevauche une locomotive à vapeur qui ressemble à un jouet d'enfant.

Plus je tombe, plus il fait sombre et moins j'arrive à respirer. Je suis happée par une couche de nuages solides, gris et bleuâtres, qui m'enveloppent jusqu'à m'étouffer. Je sais qu'au bout de la chute, une bouche va m'avaler et que ce sera la fin. J'ai tellement peur que je pleure et que je crie comme un bébé. Je crie, je crie, mais personne ne répond.

Et puis soudain, je l'aperçois au détour d'une nappe de brume : Ethan, mon père, tel que je l'ai vu ce matin. Même pull noir, même veste en cuir, même air de héros fatigué. Je ne comprends pas ce qu'il fait là, mais lui n'a pas l'air surpris de me voir. Ce que je comprends, par contre, c'est qu'il se tient juste à la limite du point de non-retour.

— Jessie, Jessie.

Je passe devant lui très vite.

— Papa, j'ai peur ! J'ai peur !

Je lui tends ma main, mais il ne la saisit pas.

— Viens avec moi, papa ! J'ai peur !

— Je... je ne peux pas, Jessie.

— Pourquoi ?

— Si je viens avec toi, c'est fini.

— Accompagne-moi, je t'en supplie !

À présent, lui aussi il pleure.

— Si j'y retourne, Jessie, tu auras peut-être une chance.

Mais je ne comprends pas ce que ça signifie. Une chance de quoi ?

— J'ai tellement peur, papa !

Je sens qu'il hésite et qu'il perçoit mon désarroi.

— Si on me laisse y retourner, j'ai encore une chance de te sauver, sinon, on mourra tous les deux.

Je ne comprends rien. De toute façon, nous n'avons plus le temps de parler. Je m'enfonce dans cette brume épaisse qui me brûle et me meurtrit. À présent, j'ai tellement peur et tellement mal que je regrette presque de ne pas avoir choisi de revenir, lorsqu'on m'en a donné le choix, tout à l'heure. Même avec quatre membres en moins. Même à l'état de légume.

— Je te promets que tu vivras, Jessie ! hurle-t-il dans ma direction.

Ce sont les dernières paroles de mon père et je ne comprends pas pourquoi il me dit ça.

Parce que je le sais bien, moi,
que tout est fini.

Manhattan
Hôpital St. Jude
21 h 55

Jimmy poussa la porte de la chambre.

Jessie reposait, les yeux clos, dans la pénombre d'une pièce aux couleurs glaciales. D'un drap rose pâle n'émergeaient qu'un visage marbré aux lèvres cyanosées et la lisière d'une poitrine blanche. À côté du lit, un enchevêtrement de perfusions désormais inutiles, un électrocardiographe muet, un respirateur artificiel qui ne respirait plus. Sur le sol carrelé, des traces de sang qui n'avaient pas été nettoyées, une blouse et des gants de chirurgien balancés avec rage, vestiges d'une bataille menée et perdue.

Jimmy approcha une chaise du lit de son enfant. Il resta assis à son chevet en essayant de contenir sa peine. Puis, il posa sa tête sur le ventre de sa fille et la pleura en silence.

Ce soir, le fil s'était rompu. Dans le combat qui l'opposait au Karma, le Destin venait de gagner une manche.

Manhattan
Hôpital St. Jude
22 h 05

Ethan poussa la porte métallique qui donnait sur la terrasse du toit de l'hôpital, là où se posaient les hélicoptères lors des transferts d'urgence et des livraisons d'organes. L'endroit était balayé par le vent et dominait l'East River. Le docteur Shino Mitsuki se tenait près d'une bouche d'aération, le regard perdu très loin, au-delà des lumières de la ville.

— Alors, on n'a même pas le courage d'avouer qu'on a foiré ? lui lança Ethan en s'avançant vers lui.

Le médecin demeura impassible. Ethan le défia :

— C'est pas très bon pour votre petit karma tout ça : avoir sur sa conscience la mort d'une jeune fille, ça doit vous ramener quelques vies en arrière, non ?

— J'ai fait tout ce que j'ai pu, répondit l'Asiatique.

— C'est toujours ce qu'on dit.

Ethan sortit une cigarette et chercha son briquet. Il retourna ses poches, mais elles étaient vides. Il avait dû le perdre pendant la bagarre sur le parking.

Il interrogea Mitsuki du regard, mais celui-ci secoua la tête.

— Je ne fume pas.

— Non bien sûr, vous, vous êtes un saint. Enfin, un moine bouddhiste.

L'Asiatique conserva son regard impénétrable. Ethan continua donc à le provoquer :

— Pas de cigarette, pas d'alcool, pas de cholestérol, pas de baise…

Accablé par la douleur et la culpabilité de n'avoir pas réussi à sauver Jessie, il avait besoin de déverser sa colère sur quelqu'un. Il poursuivit :

— Pas de risques, pas de tristesse, pas d'emballement, pas de passion, pas de vie ! Juste votre petite existence étriquée, votre zen à la con et vos préceptes piochés dans des *fortune cookies*[1].

— Toujours cette colère… regretta Mitsuki.

— Je vais t'apprendre un truc, Siddharta : contrairement à ce que tu crois, la colère c'est la vie.

— J'espère pourtant qu'un jour, vous trouverez la paix.

— Mais je n'en veux pas de ta paix, mon p'tit vieux. Moi, je serai tout le temps en guerre, parce que la guerre, c'est le combat, et lorsqu'on s'arrête de combattre, c'est qu'on est mort.

1. Biscuit servi dans les restaurants chinois en Amérique du Nord, dans lequel est inséré un petit morceau de papier où l'on peut lire une prédiction ou un aphorisme.

Un moment, les deux hommes donnèrent l'impression de se jauger puis Ethan détourna la tête et regarda tristement le ciel. On ne voyait ni les étoiles ni la lune, mais on les devinait, là, juste derrière les nuages. Il se demanda où était Jessie à présent. Existait-il un au-delà, une réalité incommensurable et mystérieuse derrière le mur glacé de la mort ?

Tu parles, il n'y a rien. Que la nuit, le froid et le néant.

Comme s'il pouvait lire dans ses pensées, Shino Mitsuki remarqua :

— Qui peut être assez présomptueux pour prétendre savoir réellement ce qui se passe après la mort ?

Ethan le prit au mot :

— Et pour vous, il… il y aurait quoi ?

— Même pour un scientifique attaché aux explications rationnelles, il est impensable que la réalité du monde s'arrête à ce que nous pouvons en comprendre.

— Ouais, au fond vous n'en savez rien.

— Ce que je sais, c'est qu'en l'absence de preuves ou de certitudes, il nous reste la liberté de choisir ce en quoi nous voulons croire. Et qu'entre la lumière et le néant, j'ai déjà fait mon choix.

Le vent souffla plus fort. Une bourrasque soudaine souleva un tourbillon de poussière et força les deux hommes à se protéger le visage. Ethan écrasa la cigarette qu'il n'avait même pas allumée et quitta le toit en terrasse, abandonnant le médecin à ses réflexions.

Dans l'ascenseur qui le ramenait au rez-de-chaussée, il tomba nez à nez avec Claire Giuliani, la jeune interne qui lui avait annoncé la mort de Jessie. Dans la cabine, ils n'échangèrent pas le moindre mot. Juste un regard qui en disait davantage que tous les discours. Elle comprenait sa tristesse, il acceptait sa lassitude.

Lorsque la porte s'ouvrit, Claire le couva des yeux jusqu'à la sortie. Un instant, elle hésita à le suivre et à l'interpeller. Même s'il n'était pas au mieux de sa forme, ce type avait quelque chose d'indéfinissable dans le regard – quelque chose qui vous faisait penser que votre faiblesse pouvait être une force. Finalement, elle n'osa pas l'aborder. S'accrocher aux mecs nuisibles et passer à côté des types bien : c'était l'histoire de sa vie.

Les portes automatiques libérèrent Ethan au moment où une ambulance s'arrêtait devant l'entrée. La soirée était déjà bien avancée et les premières victimes d'Halloween commençaient à converger vers l’hôpital. La porte du véhicule s’ouvrit pour débarquer deux civières : sur l’une, une princesse gothique portait un masque de réanimation, sur l’autre, un Freddy Krueger avait l’abdomen couvert de sang.

Ethan regarda les ambulanciers passer devant lui. En enfonçant les mains dans ses poches, il retrouva son briquet, mais cette fois, c’est son paquet de cigarettes qui était vide.

— Il y a des jours comme ça, hein ? fit une voix derrière son dos.

Il se retourna et…

24

Je voulais seulement te dire…

Ce qui peut me briser, ce n'est pas que tu t'appuies trop sur moi, c'est que tu m'abandonnes.

Gustave THIBON

Manhattan
Parking de l'hôpital St. Jude
22 h 20

— Il y a des jours comme ça, hein ? fit une voix derrière son dos.

Ethan se retourna. Curtis Neville déployait sa silhouette, immense et menaçante, sous la lumière d'un lampadaire. Il avait laissé tourner le moteur de son taxi. Garée en double file, la voiture brillait par intervalles, au rythme de ses feux clignotants.

— Vous venez ? proposa-t-il en ouvrant la portière du côté passager.

Ethan secoua la tête, et pour toute réponse, lui adressa un doigt d'honneur.

Il s'installa au volant de la Maserati et sortit en trombe du parking. Il n'avait pas parcouru cent mètres qu'un cliquetis douteux envahit l'habitacle, bientôt suivi d'un bruit de vinyle rayé.

Et merde ! pensa Ethan en retrouvant brusquement la mémoire, tandis que le coupé s'immobilisait d'un côté de la rue. Dans le rétroviseur, il aperçut le faisceau des phares du taxi qui se rapprochait. Le vieux Checker le contourna par la gauche pour s'arrêter à son niveau. Curtis baissa sa vitre et poussa Ethan à faire de même.

— Allez, venez ! insista-t-il.

— J'ai eu une journée terrible, figurez-vous, alors si vous pouviez me lâcher un peu les baskets…

— Montez !

Curtis n'avait pas élevé la voix, mais sa requête sonnait comme un ordre plus que comme une proposition.

— Et puis, ajouta-t-il, nous savons vous et moi que vous n'avez pas vraiment le choix…

Ethan soupira. Les choses se compliquaient. Finalement, il déboucla sa ceinture et rejoignit Curtis à l'avant du taxi.

— Je suis désolé pour votre fille, dit-il en démarrant, mais je vous avais prévenu que vous ne pouviez pas la sauver.

— Je vous emmerde, répondit Ethan en claquant la portière.

Toutes lumières éteintes, le vieux Checker roulait à vive allure, grillant allégrement les feux et se moquant des appels de phare courroucés que lui adressaient les véhicules venant en sens inverse. L'autoradio à cassettes diffusait à plein volume un enregistrement grésillant de Maria Callas. Près du tableau de bord, un bâton d'encens tibétain se consumait dans une coupelle en pierre et dégageait une odeur incommodante de cuir, d'anis et de bois de santal.

— Vous pouvez me dire où on va ?

Curtis répondit avec douceur :

— Je crois que vous le savez très bien.

Non, il ne le savait pas, ou plutôt il ne voulait pas le savoir.

— Mais que me voulez-vous au juste ? Vous êtes qui ? Une sorte de bras armé du destin ?

Le grand Black hésita avant de répondre :

— Je suis peut-être là pour porter des messages.

— Et vous délivrez quel genre de nouvelles ?

— Pas que des bonnes, admit Curtis.

Poussé à son maximum, le chauffage répandait une chaleur insupportable qui donnait l'impression d'être dans une étuve. Ethan essaya de baisser sa vitre, mais elle était bloquée. Il éprouva soudain un sentiment de claustrophobie. De plus en plus, ce taxi lui évoquait un corbillard et son chauffeur le batelier des Enfers qui, dans la mythologie, faisait traverser les morts sur sa barque pour les conduire de l'autre côté du fleuve. Selon la légende, il recevait en paiement une pièce de monnaie que la famille du défunt plaçait dans la bouche du cadavre. Et malheur à ceux qui ne pouvaient verser leur obole : ils étaient condamnés à errer sans fin dans les limbes d'un monde qui n'était ni celui des vivants, ni celui des morts.

Non, arrête tes délires, si tu dois mourir, ce ne sera pas ici.

Ethan ferma les yeux et essaya de respirer à pleins poumons. Il fallait qu'il reprenne le contrôle de la situation. Ce type n'était qu'un fan illuminé, un homme que la mort de son fils avait déboussolé et qui avait fait une fixation sur lui, probablement après l'avoir aperçu à la télévision. Curtis avait dû acheter ses livres puis il avait commencé à le suivre et à le traquer avant de s'inventer cette parabole autour du destin. C'était banal : New York regorgeait de *stalkers* et de détraqués en tout genre.

Au feu de Gramercy Park, le taxi fut forcé de s'arrêter derrière une file de voitures. Curtis Neville regarda dehors. Sur le trottoir, près d'un arrêt de bus, George Clooney soulevait sa tasse de café derrière la vitre d'un panneau d'affichage. *What else ?* Lorsque Curtis tourna la tête, il avait le canon d'une arme pointé dans sa direction.

— Descendez de cette voiture ! ordonna Ethan.

Curtis posa ses deux mains sur le volant et dit en soupirant :

— Si j'étais vous, je ne ferais pas ça.

— Peut-être, admit Ethan, mais en attendant, c'est vous qui avez un flingue sur la tempe et c'est moi qui prends les décisions.

Curtis eut une moue dubitative.

— Je pense que votre arme n'est pas chargée et que vous n'êtes pas un assassin.

— Et moi je pense que vous n'allez pas prendre le risque de mourir. Et je vous jure que si vous êtes encore dans cette voiture lorsque le feu passe au vert, j'appuie sur la détente.

Le grand Black eut un sourire crispé.

— Les trucs dans ce genre, ça ne marche que dans les films.

— C'est ce qu'on va voir.

Le feu de signalisation était toujours au rouge, mais plus pour longtemps. Curtis ne semblait pas avoir peur, malgré les fines gouttes de sueur qui s'accumulaient discrètement sur son front.

Ethan se fit plus menaçant :

— Vous qui croyez à l'ordre des choses et à l'inéluctabilité des événements, c'est le moment ou jamais de vous poser la question : et si votre destin, c'était de mourir ce soir ?

— Je ne vais pas mourir ce soir, répondit Curtis d'une voix ferme.

Dans le même temps, il ne quittait pas des yeux les feux de circulation.

— Je vous trouve très sûr de vous, rétorqua Ethan en accentuant encore la pression de son arme.

Il y eut encore une demi-seconde de silence avant que…

— C'est bon ! cria Curtis en ouvrant la portière au moment précis où le feu passait au vert.

Il sortit de la voiture au milieu de la rue tandis qu'Ethan prenait sa place et appuyait sur l'accélérateur.

22 h 35

Au volant du taxi, Ethan remontait Park Avenue.

Que faire à présent ?

Cette deuxième journée avait été éprouvante. On lui avait donné une seconde chance, mais il n'avait pas été capable de la saisir. Il avait eu beau connaître les plans du destin, il n'avait pas su les déjouer. Incapable de sauver Jessie, incapable de retrouver Céline ou de faire la paix avec Jimmy et Marisa, incapable de retrouver son assassin, il n'était qu'une vulgaire marionnette qu'une force supérieure manipulait à sa guise. Pour quelqu'un comme lui, dont la vie entière n'était qu'une tentative pour échapper à une existence écrite d'avance, c'était frustrant et intolérable. À la fac, plus intéressé par la philo et les sciences humaines que par la médecine, il avait passé des heures dans les bibliothèques à lire les grands auteurs. Il se souvenait de la phrase de Camus qui considérait que *la seule dignité de l'homme* tenait dans *la révolte tenace contre sa condition*. Un principe dont il avait fait le moteur de sa vie, mais qu'il n'avait pas pu appliquer aujourd'hui.

Il balança un coup de poing rageur sur le volant. La colère, toujours… La voiture tanguait, sa direction était instable et ses freins en fin de vie. Désirant aérer, Ethan baissa la vitre côté conducteur, jeta le bâton d'encens par la fenêtre et fit coulisser le toit ouvrant. Un brusque courant d'air fit s'envoler les fleurs séchées et les cartes du tarot de Marseille.

Il remonta la vitre en maugréant. Pourtant, tout n'avait pas été si négatif dans cette journée hors normes. Elle avait été pleine d'enseignement et lui avait apporté des éclairages nouveaux sur certains épisodes de sa vie. Elle lui avait surtout révélé l'existence de sa fille Jessie. Une enfant qu'il avait connue et perdue aussitôt. Désespéré, il tenta de se raccrocher à quelque chose de positif. Alors, il pensa de nouveau à Céline. Cet après-midi, il avait été bouleversé lorsque Marisa lui avait appris sa visite. Ainsi, Céline était partie sur ses traces, cherchant dans son passé des indices pour le comprendre. Céline qui, à cette heure-ci, devait être mariée depuis longtemps…

La revoir, ne serait-ce qu'un instant.

Il arrivait au rond-point de Columbus Circle. Central Park était tout proche. Il s'engagea dans Fifth Ave. et tourna à gauche juste avant le consulat de France. Avec sa suspension fatiguée, le taxi se balançait d'avant en arrière en remontant l'East Drive à l'allure d'un dromadaire. Il stoppa sa course sur le parking du Loeb Boathouse, le restaurant où Céline avait célébré son mariage.

Ethan claqua la portière et sortit dans la nuit. D'ici, on entendait une musique entraînante et on devinait qu'à l'intérieur, la fête devait battre son plein.

— Belle caisse ! le complimenta un jeune voiturier.

— Fous-toi de moi ! lui répondit Ethan en lui balançant les clés.

Ethan pénétra dans la salle principale au moment où un orchestre de jazz jouait les premières notes d'un nouveau morceau. À la manière de Sinatra, un jeune crooner se lança dans une reprise plutôt convaincante de *Fly Me To The Moon*.

Toutes les tables de l'immense pièce au parquet ciré étaient loin d'être occupées. Les couleurs « bleu, blanc, rouge » qui ornaient le restaurant la première fois où il était venu avaient été retirées au profit d'une décoration plus traditionnelle et aucune des conversations n'était menée en français.

Étrange.

Il parcourut la salle du regard, mais ne reconnut aucune des personnes qu'il avait déjà croisées. Il sortit sur la terrasse couverte qui surplombait le lac. Malgré le vent, quelques barques illuminées à la bougie et arborant des citrouilles-lanternes voguaient encore sur les eaux noires.

Derrière son comptoir, Keyra, une jeune barmaid, rangeait des bouteilles. Ethan s'assit sur l'un des tabourets et commanda un Martini Key Lime.

— Tout de suite, monsieur.

La serveuse avait l'accent de Manchester, une teinture blonde un peu *cheap* et avait laissé un bouton de trop ouvert à son chemisier. Néanmoins, ses grands yeux rattrapaient tout le reste : des yeux noirs fascinants dont le regard voilé trahissait la fatigue et l'usure de ceux à qui la chance n'a pas souvent souri. Avant même qu'elle lui ait servi son cocktail, Ethan éprouva pour elle une empathie immédiate.

— Il ne devait pas y avoir un repas de mariage ? demanda-t-il en prenant une gorgée de vodka. Une cérémonie avec des Français ?

— Le mariage ? Il a été annulé.

Ethan posa son verre et la regarda, incrédule.

— Comment ça ?

— On nous a prévenus en fin de matinée, expliqua Keyra. Une dispute de dernière minute entre les mariés. Comme dans les films.

— Ah…

— Vous les connaissiez ?

— Je la connais *elle*, la mariée… Céline.

Sous le coup de l'émotion, Ethan se leva de son siège et s'accouda à la rambarde. De l'autre côté du plan d'eau, la parade d'Halloween se poursuivait dans Central Park. Emmenés par un Satan déchaîné, des squelettes et des sorcières venaient d'entamer une danse de sabbat autour de Bethesa Fountain.

Bravant les convenances, Keyra vint le rejoindre sur la terrasse.

— C'est vous, *l'homme du Concorde*, n'est-ce pas ?

Ethan fronça les sourcils et mit plusieurs secondes à comprendre à quoi la barmaid faisait allusion.

— Oui, finit-il par répondre, c'est moi, mais comment savez-vous que…

— Une femme est venue en début d'après-midi, expliqua-t-elle. Elle m'a dit qu'un homme cher-cherait peut-être à la retrouver aujourd'hui. Elle a bu un verre et j'ai senti qu'elle avait besoin de se confier. Elle m'a raconté son histoire, enfin *votre* histoire. Finalement, elle m'a donné cent dollars pour que je vous remette quelque chose.

Elle lui tendit une enveloppe chiffonnée sur laquelle on avait simplement inscrit :

Message in a bottle[1].

Ethan s'en empara d'une main tremblante et reconnut immédiatement l'écriture.

---

1. Une bouteille à la mer.

Ethan,

Sans doute n'y a-t-il qu'une chance sur un million que tu lises cette lettre, mais ça ne m'empêche pas de l'écrire avec le fol espoir que tu finisses par la recevoir au gré des courants de cette journée. Pourquoi pas, après tout : j'ai bien lu quelque part que la NASA avait envoyé dans l'espace des messages à destination des extraterrestres, alors...
Alors, voilà : je voulais seulement te dire...
Te dire que ma vie est toujours pleine de toi et que mille fois par jour, je t'envoie mes pensées dans l'espoir qu'elles t'atteignent.
Te dire que sans toi, je meurs à petit feu, parce que tu es mon véritable point d'ancrage.
Te dire que j'ai tout gardé de nous : nos chassés-croisés, nos souffles qui s'emmêlent, nos abandons, notre lumière, et que tout reste en moi et me contamine comme une infection dont je refuse de guérir.
Te dire que j'ai essayé de te fuir, mais que tout me ramène à toi et que depuis que je suis à New York, je te sens plus présent que jamais. Contre toute logique, je m'accroche à cette conviction que tu m'aimes encore, même si j'ignore toujours pourquoi tu m'as quittée et si notre histoire avait un sens pour toi.
Si je devais ne jamais te revoir, j'aimerais que tu saches que je ne regrette rien. Que les morsures cruelles de la douleur pèsent de peu de poids face à la parenthèse de notre amour.

Peut-être te souviens-tu de cette soirée dans ton petit appartement de Greenwich, lorsque cette tempête avait enseveli Manhattan sous la neige. Nous étions restés une semaine sans sortir. C'était le premier jour où il ne neigeait pas. Emmitouflés dans des couvertures, on regardait la ville à travers la vitre. Le soir venait de tomber, mais il n'y avait encore qu'une seule étoile dans le ciel. Je me sentais triste et seule, car le lendemain je devais repartir en France. J'ai désigné l'étoile et je t'ai confié : « Tu vois cette étoile solitaire perdue dans l'immensité du ciel ? Eh bien, cette étoile, c'est moi. » Tu m'as regardée puis tu as pointé le firmament et, comme par magie, une autre étoile s'y est allumée. Alors, tu m'as dit : « Celle-là, c'est moi. » Pendant quelques secondes, nous avons été les deux seules étoiles dans le ciel de Manhattan. Et au fond, je n'ai jamais rien désiré d'autre : savoir qu'il y aurait toujours quelqu'un avec moi.
Alors voilà, si les miracles existent, si tu as reçu mon faire-part de mariage, si tu es venu ici et si tu as encore des sentiments pour moi, sache qu'il y a une femme qui t'attendra jusqu'à minuit à l'endroit où elle est tombée amoureuse de toi la première fois.

Céline

25

Le destin gagne à la fin

Ce que les mouches sont pour des enfants espiègles, nous le sommes pour les dieux : ils nous tuent pour leur plaisir.

William SHAKESPEARE

Manhattan
Samedi 31 octobre

Un orage violent venait d'éclater sur Manhattan. Entremêlée d'éclairs et de coups de tonnerre, une pluie battante inondait méthodiquement les rues et bloquait les stations de métro. Pour ne pas être en reste, un vent dévastateur secouait les arbres, arrachait les tuiles et projetait des branches et des débris partout sur la chaussée.

En cette soirée très animée, la défaillance du métro

conjuguée à l'absence des taxis désorganisait les transports et paralysait complètement la ville. Une conduite de vapeur explosa soudain sur Madison. Dans l'Upper East Side, la pluie dérégla les feux de circulation, provoquant un accident qui tua deux personnes. À Soho, le black-out s'abattit sur quelques blocks et, dans une rue de Brooklyn, des rafales de vent déracinèrent un platane qui tomba sur une camionnette de livraison, tuant son conducteur sur le coup.

À la pointe sud de la ville, le vent se déchaînait, démontant la mer et empêchant le départ des ferries. Noyée sous l'averse et le brouillard, la promenade de Battery Park était déserte à l'exception d'une jeune Française qui attendait quelqu'un.

Tremblante et ruisselante de pluie, elle espérait l'amour.

Ethan avait récupéré l'antique taxi et fonçait à travers la pluie.

Sache qu'il y a une femme qui t'attendra jusqu'à minuit à l'endroit où elle est tombée amoureuse de toi la première fois.

Bon, il ne fallait pas qu'il se trompe de lieu. L'endroit où Céline était tombée amoureuse de lui, c'était le Zavarsky, le café viennois du West Side où elle avait retrouvé sa trace pour lui offrir, comme un clin d'œil, le fameux bouquet de roses en chocolat.

Le vieux tacot déboula sur la 72e et tourna à gauche pour remonter Amsterdam Avenue, mais lorsqu'il s'arrêta devant le café, le rideau de fer était tombé depuis longtemps. Ethan gara toutefois la guimbarde et sortit dans la rue. Il chercha Céline des yeux. Sur les trottoirs, la tempête ne laissait aucune chance aux parapluies et faisait chanceler les passants. Visiblement, personne ne l'attendait.

... à l'endroit où elle est tombée amoureuse de toi la première fois.

Non, il s'était précipité et il avait fait fausse route. Il reprit la voiture, direction Battery Park. C'est là qu'elle l'attendait : près de *Ground Zero*, dans l'ombre du 11 Septembre, là où planait encore le fantôme des tours mortes.

Ethan descendait à toute allure, le long de la 7e Avenue. Il pleuvait de plus en plus fort. Le toit ouvrant s'était bloqué, de l'eau s'infiltrait dans l'habitacle et les freins ne répondaient plus que par à-coups, comme si la voiture, en l'absence de son propriétaire légitime, était entrée en résistance.

Les essuie-glaces rendirent l'âme au niveau de Varick Street. Ethan abandonna le tas de ferraille au croisement de Broadway West et se mit à courir vers Battery Park.

Il regarda sa montre : 23 h 11. Même si la mort devait le rattraper à la fin de cette journée, ça ne serait pas avant minuit.

Dans sa course, quelque chose s'échappa de sa poche : une carte à jouer qu'il rattrapa au vol. Sans doute l'une des cartes du tarot de Marseille qui obsédait Curtis.

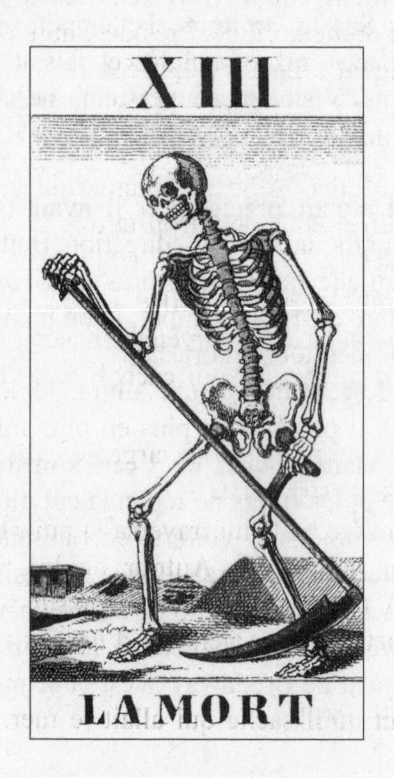

Mauvaise pioche...

Mauvais présage...

Sans stopper sa course, il regarda à nouveau sa montre pour se rassurer. C'est alors qu'il prit conscience que le cadran était brisé et que le chronomètre s'était arrêté.

Vaguement inquiet, il tourna la tête à la recherche d'une horloge. Près de Church Street, un cadran digital affichait : 23 h 59.

Lorsque Ethan repéra l'homme qui avançait en face de lui, il était déjà trop tard.

Qui ?

L'homme était de taille et de corpulence moyennes, vêtu d'un survêtement sombre et d'un sweat-shirt à capuche qui cachait son visage.

Qui ?

Dans la nuit, la crosse argentée d'un pistolet brilla de tout son éclat.

La première balle lui traversa la poitrine, le projetant sur le trottoir. Autour de lui, le monde vacilla. À terre, il crispa sa main sur son ventre. La silhouette avança vers lui d'un pas résolu.

Qui ?

Il fallait qu'il sache qui allait le tuer.

Ethan essaya de distinguer les traits de son assassin, mais il y eut un deuxième coup de feu et tout se brouilla.

Une dernière détonation se mêla au goût du sang et au bruit du tonnerre.

Curtis avait raison.

Le Destin gagne toujours à la fin.

TROISIÈME PARTIE

COMPRENDRE

26

Le temps d'un regard

La vie est un rêve dont la mort nous réveille.

Proverbe persan

Il est 5 heures, New York s'éveille.

Dans la nuit claire, les lampes des appartements s'allument une à une comme autant de veilleuses d'une gigantesque guirlande lumineuse qui court de Brooklyn jusqu'au Bronx.

Au sortir d'une courte trêve, les compteurs d'eau et d'électricité s'emballent à nouveau tandis que des milliers de silhouettes endormies déambulent de la chambre à la cuisine avant de passer en vitesse sous une douche toujours trop froide.

Un bâillement, une tasse de café, un bol de céréales avalé en vitesse, une pression sur le bouton pour allumer la radio :

... bienvenue sur Manhattan 101.4. Il est bientôt 6 heures. Y a-t-il encore des paresseux au lit à cette heure ? Je ne veux pas le croire ! Dépêchez-vous : le soleil ne va pas tarder à se lever. Au programme aujourd'hui : parade d'Halloween, dégustation de gaufres et balade dans Central Park paré aux couleurs de l'automne. Beau temps toute la journée, mais méfiez-vous des orages et du vent dans la soirée. Après les infos, retour de la musique avec Otis Redding et Try a Little Tenderness. *Vous êtes sur Manhattan 101.4, la radio des lève-tôt. Manhattan 101.4. Vous nous donnez dix minutes, nous vous donnons le monde...*

Downtown, 6 h 30. Les salles de gym sont déjà bondées. En débardeurs griffés et leggins dernier cri, des *working girls* chic et choc transpirent avec grâce sur des vélos et des tapis roulants.

7 heures.

Déjà, c'est le mouvement, les premières bousculades sur le trottoir, les pulsations de la ville, sa respiration.

Pour une partie des 11 000 pompiers et des 37 000 agents de police, la permanence de nuit touche à sa fin et une nouvelle journée commence. Une journée au cours de laquelle il y aura trois meurtres, cinq viols, deux cent quatre-vingt-quinze cambriolages et cent quarante-trois incendies.

En moins de vingt-quatre heures, plus de mille quatre cents appels parviendront aux urgences.

Le métro transportera plus de trois millions de voyageurs.

Trente-six personnes resteront bloquées dans un ascenseur.

Un certain nombre d'amoureux s'embrasseront, mais pour eux, on manque de statistiques.

Des copines parleront des mecs en jouant les fashionistas dans les cabines d'essayage de Macy's, de Bloomingdales et de Canal Jean.

Des copains referont le monde en vidant quelques bières et en se plaignant des filles auxquelles ils ne comprennent décidément jamais rien.

Enfin, quatre mille vendeurs ambulants prépareront des milliers de hot dogs, de bretzels et de kebabs.

La vie quoi…

Il est bientôt 8 heures. Dans le petit port de Battery Park, face à l'immense verrière qui borde l'Hudson, un luxueux bateau attend le réveil de son propriétaire.

Manhattan Aujourd'hui
7 h 59 mn 58 s
7 h 59 mn 59 s
8 h 00

Ethan envoya une main hasardeuse qui tâtonna plusieurs secondes avant de stopper la montée en puissance de la sonnerie du réveil…

La tête lourde, les paupières collées, le souffle court, il se redressa péniblement. Le yacht était baigné d'une lumière douce.

Il vérifia la date sur sa montre : samedi 31 octobre.

Il tourna la tête : entortillée dans les draps, la jeune femme rousse était toujours allongée à ses côtés.

Il était revenu. Tout recommençait. Mais cette fois-ci, Ethan n'en fut même pas surpris. Il éprouva juste un soulagement intense, immédiatement suivi d'une brûlure fulgurante à la poitrine.

Il se fit violence pour sortir du lit. Bouillant de fièvre, torturé par une migraine atroce et perclus de douleurs musculaires, il se traîna d'un pas chancelant jusqu'à la salle de bains. Son thorax semblait s'être déchiré, son cœur cognait douloureusement dans sa poitrine et une violente nausée monta soudain dans sa gorge, le forçant à s'accroupir devant la cuvette des toilettes pour y rendre un mélange incertain de bile épaisse et de vomi sanguinolent.

Il se remit debout et essuya la transpiration sur son visage. Comme il l'avait déjà noté lors de son premier retour en arrière, ce nouveau come-back se payait par un affaiblissement supplémentaire de son état de santé.

Je crois qu'il n'y aura pas de quatrième journée, pensa-t-il en ouvrant l'armoire à pharmacie. Il avala trois comprimés d'ibuprofène et s'écroula sous le jet de la douche. Appuyé contre la paroi de la cabine, il se massa la nuque avec les pouces. Un liquide jaunâtre purulent suintait de ses paupières enflées et douloureuses, et il dut se frotter les yeux pour retirer ces filets gluants. À nouveau, un haut-le-cœur souleva son estomac. Malgré la vapeur étouffante, il grelottait et claquait des dents. Au sortir de la douche, il s'emmitoufla dans un peignoir et, les mains tremblantes, instilla quelques gouttes de collyre pour décoller ses paupières.

De retour dans la chambre, il jeta un coup d'œil inquiet au radio-réveil. Surtout, ne pas perdre de temps. Trouver la force de vivre cette journée comme si c'était la dernière. Partir à la guerre.

Il s'habilla chaudement : pantalon gris en tweed épais, pull à col montant en mailles côtelées, veste de motard Belstaff.

Malgré les tremblements et les frissons qui l'agitaient, il avait besoin d'air frais. Il attrapa son portefeuille, sortit les 2 000 dollars destinés à la call-girl et se dépêcha de rejoindre le pont supérieur.

Là, il respira à pleins poumons pendant plusieurs minutes, se plaisant à croire aux vertus régénératrices du soleil et du vent salé. Sa migraine baissa un peu d'intensité et sa fièvre diminua progressivement. Lorsqu'il se sentit enfin d'attaque, il rejoignit le petit parking.

— Bonjour, monsieur Whitaker, le salua le gardien du port.

— Salut, Felipe.

— Que s'est-il passé avec votre voiture ? Elle…

— Oui, je sais, elle est dans un sale état.

La vision du coupé Maserati et de ses ecchymoses désormais familières – même portière éraflée, même calandre enfoncée, même jante abîmée – plongea Ethan dans un profond abattement : ce perpétuel recommencement, absurde et déconcertant, était également terrifiant.

— Je vous l'ai un peu abîmée. J'espère que vous ne m'en voudrez pas…

Il se retourna vers la voix caressante pour

constater que la mystérieuse femme rousse l'avait suivi depuis le bateau. Belle et longiligne, elle s'était entortillée dans le dessus de lit aux motifs de mosaïques byzantines qui l'habillait de la poitrine aux genoux. Ses cheveux couleur de rouille ondoyaient comme des flammes et donnaient l'impression fascinante qu'elle venait tout juste de s'échapper d'une peinture de Klimt.

Ethan la regarda d'un air hésitant.

— Vous ne me reconnaissez pas ? lui demanda-t-elle, presque amusée.

— Non, avoua-t-il.

Elle avait chaussé des lunettes de soleil, ce qui empêchait de distinguer ses yeux.

— Deux mille dollars la nuit ! constata-t-elle en lui rendant ses billets. J'en connais qui s'offusqueraient. Moi, je vais le prendre comme un compliment…

Ethan remballa ses dollars, un peu embarrassé, tout en continuant à se demander qui était son étrange interlocutrice.

Enfin, elle retira ses lunettes et il accrocha son regard. S'il n'avait qu'un seul talent, c'était celui de « voir derrière », de savoir décrypter le vrai caractère de ceux qui croisaient sa route.

Elle avait des yeux bruns très sombres, mais pétillants d'intelligence. Un sourire engageant, une vraie confiance en elle, mais aussi, quelque part, une faille que l'on avait colmatée, une légère fêlure qui donnait à sa beauté dénuée d'artifices une réelle authenticité.

— Imaginez-moi avec trente kilos en plus, lança-t-elle comme une provocation.

Déconcerté, Ethan fit des efforts pour se souvenir, mais son cerveau tournait à vide. S'il avait déjà rencontré cette femme, il était certain qu'il ne l'aurait pas oubliée.

Après s'être amusée de son trouble, la mystérieuse inconnue se décida à lui fournir un indice :

— Vous m'avez rendue à moi-même, docteur, vous m'avez aidée à recouvrer ma liberté.

Ethan plissa les yeux. Elle l'avait appelé *docteur*, c'était donc une ancienne patiente.

— Maureen !

Maureen O'Neill : l'une des premières clientes de son cabinet à Harlem. Il se souvenait d'une Irlandaise mal dans sa peau, obèse et solitaire, qui travaillait comme manucure dans l'un des innombrables *nails salons* du quartier. Une fille attachante, mais bourrée de complexes. Elle était devenue accro à l'oxycodone[1] et se réfugiait de plus en

1. Analgésique très puissant dérivé d'un alcaloïde de l'opium aux propriétés euphorisantes et relaxantes présentant un potentiel de dépendance élevé.

plus souvent dans une vie intérieure sombre et tourmentée. Il l'avait aidée à lutter contre sa dépendance et l'avait soutenue dans ses démarches pour trouver une formation. Mais un jour, sans prévenir, elle ne s'était plus rendue à leur rendez-vous et il était resté sur un constat d'échec.

— J'ai voyagé, expliqua-t-elle. En Asie puis en Amérique du Sud. C'est vous qui aviez raison : on peut recommencer sa vie, on peut trouver des forces insoupçonnées en soi.

— Je me souviens que vous dessiniez à l'époque.

— Oui, j'ai continué dans cette voie, et à mon retour du Pérou, Tiffany & Co s'est montré intéressé par mes créations : une ligne de bijoux inspirés de l'art inca.

Il la regardait avec une vraie tendresse, stupéfait par cette métamorphose. Il était difficile de croire que la fille dépressive et négligée qu'il avait connue était devenue la jeune femme épanouie qui se trouvait à présent devant lui.

— Tout ça, c'est à vous que je le dois. Vous avez été patient, vous ne m'avez pas jugée, vous m'avez donné votre force lorsque j'étais faible.

— Je n'ai pas fait grand-chose, se défendit-il.

— Vous avez fait l'essentiel : vous êtes la première personne à avoir vu quelque chose de positif en moi. Chaque fois que je vous quittais, j'emportais quelques bribes de votre amitié que je semais comme des graines dans mon cœur. Vous m'avez convaincue d'être indifférente aux cons, convaincue que je portais une force qui ne demandait qu'à éclore.

— Pourtant, un jour, vous n'êtes plus venue.

Elle le regarda avec affection.

— Je crois que vous savez très bien pourquoi je ne suis plus venue. On appelle ça comment, en psychanalyse ? Le transfert amoureux ?

Il laissa flotter la question jusqu'à ce que le vent l'emporte.

— Vous m'avez appris à me respecter, Ethan…

Elle marqua une légère hésitation avant de continuer :

— … mais dans l'état où vous étiez hier soir, je crois que vous ne vous respectiez pas vous-même. Et ça m'a fait de la peine.

Un peu surpris, Ethan fut obligé d'avouer :

— Je ne me souviens plus de ce qui s'est passé hier soir.

— Pas étonnant : je vous ai ramassé ivre mort dans les toilettes du Club 13.

Le Club 13 était un des night-clubs les plus sélects du Meatpacking District. Ethan le fréquentait souvent, mais il ne se rappelait pas y être allé ce fameux vendredi soir.

— Je suis sortie avec vous dans la rue, expliqua

Maureen. J'ai essayé de vous appeler un taxi, mais vous teniez absolument à prendre votre voiture. Comme je ne pouvais pas vous laisser faire, je me suis mise au volant pour vous raccompagner chez vous.

— Nous avons eu un accident ?

— Dans la voiture, vous étiez intenable. Vous avez défait votre ceinture et crié que vous vouliez sauter en marche. En cherchant à vous en empêcher, j'ai perdu le contrôle du véhicule qui a mordu sur le trottoir avant de percuter un panneau indicateur. Heureusement, je roulais à faible allure et personne n'a été blessé.

Ethan hocha la tête. Enfin, les pièces du puzzle commençaient à se mettre en place, même s'il en manquait encore beaucoup.

— Je vous ai déshabillé et je vous ai mis au lit, précisa Maureen, mais comme je craignais de vous laisser seul, j'ai choisi de passer la nuit avec vous.

Passer la nuit...

Poussé par le doute, il demanda :

— Vous et moi, nous n'avons pas... ?

— Dans l'état où vous étiez, vous en auriez été bien incapable ! plaisanta Maureen.

Ethan ne put réprimer un sourire et, le temps d'un regard, ils partagèrent un bref moment de complicité.

— Est-ce que je peux vous aider en quoi que ce soit ? proposa la jeune femme.

Visiblement, elle s'inquiétait pour lui.

Et peut-être ne lui avait-elle pas tout raconté.

— Ça ira, assura-t-il. Vous en avez déjà fait beaucoup et je vous en remercie.

Mais Maureen ne se contenta pas de cette réponse.

— Je vois bien, pourtant, que quelque chose ne va pas.

Un éclat cristallin brilla au fond de son œil. Ethan écarta les bras et lui fit un sourire qui se voulait rassurant.

— Je vous ramène ?

— Je vais prendre un taxi, préféra Maureen.

— Ils sont tous en grève aujourd'hui !

— J'en trouverai un ! promit-elle en retournant s'habiller.

Ethan fit comme s'il n'avait pas entendu :

— Je vous attends ici, assura-t-il en la regardant s'éloigner vers le bateau.

Resté seul, Ethan constata qu'il avait repris des forces. Sa migraine s'était miraculeusement calmée et sa fièvre avait dû chuter de plusieurs degrés.

Parfois, la chaleur d'une présence féminine était le meilleur médicament du monde.

Il s'accorda le temps de la réflexion. S'il ne voulait pas que cette journée soit la dernière, il ne devait pas commettre d'erreur. Cette fois, il allait déjouer un à un tous les pièges que le destin mettait systématiquement sur sa route.

Pour commencer, il n'utiliserait pas sa voiture qui semblait programmée pour tomber en panne chaque jour dans les circonstances les plus mal choisies. Il allait prendre sa moto, comme il l'aurait déjà fait s'il n'avait pas été distrait par l'attaque du clan Giardino. Il fouilla dans la poche de sa veste pour mettre la main sur la télécommande qui ouvrait la porte d'un des petits garages alignés au fond du parking. À l'intérieur se trouvait la réplique d'une antique BMW R51/3, le célèbre modèle des années 50, à la selle basse et au phare rond qui rutilait dans son armure noire aux chromes argentés.

Ethan enfourcha la moto, mit les gaz et quitta le box au moment où le taxi de Curtis pénétrait sur l'aire de stationnement. Au même instant, Maureen claquait la porte d'entrée du bateau.

— J'arrive ! cria-t-elle au chauffeur en s'élançant vers le véhicule.

Le grand Black sortit de son Checker et s'appuya sur le capot en attendant sa cliente.

— Bel engin, dit-il en désignant la moto.

Ethan préféra l'ignorer. Il coiffa son casque et chaussa ses lunettes.

Avant de monter dans la voiture, Maureen s'approcha de lui et l'embrassa sur la joue.

— Merci de m'avoir trouvé un taxi.

— C'est lui qui est venu à moi.

— N'hésitez pas à m'appeler si vous avez besoin de moi, dit-elle en sortant un stylo de son sac.

Et, dans un geste adolescent, elle lui écrivit son numéro dans la paume de la main avant de disparaître à l'arrière de la voiture.

Curtis regarda Ethan avec un sourire triste.

— Vous savez quoi : je vous aime bien, Whitaker, lui confia-t-il en montant dans son taxi. Mais vous devez comprendre une chose : le combat que vous menez, personne ne l'a jamais gagné.

27

L'homme qui ne devait pas être là

Pour l'instant, vivez les questions. Peut-être, un jour lointain, entrerez-vous ainsi, peu à peu, sans l'avoir remarqué, à l'intérieur de la réponse.

Rainer Maria RILKE

Manhattan, aujourd'hui
Samedi 31 octobre 2007
8 h 25

Visage balayé par le vent, Ethan traversait TriBeCa à toute allure.

Dans sa tête, les questions se bousculaient comme par effraction. Finirait-il par comprendre le sens de ce qui lui arrivait ? Pourquoi lui offrait-on une nouvelle chance si tous les événements se répétaient de façon immuable et qu'il n'y pouvait rien changer ?

Il ne fallait pas qu'il cède au découragement. Il devait mettre toute son énergie à essayer de changer les choses, même si le combat qu'il livrait semblait perdu d'avance.

Toujours plus rapide, la moto se faufilait dans la circulation. Un coup d'œil dans le rétro et Ethan déboîta pour dépasser une file de voitures.

Qui était son assassin ?

Si, comme il le pressentait depuis son réveil, il n'y aurait pas de quatrième journée, c'était aujourd'hui qu'il devait découvrir qui, à minuit précis, lui logeait systématiquement trois balles dans la carcasse.

Aujourd'hui ou jamais.

Trois balles, presque tirées à bout portant, qui suivaient toujours la même trajectoire : la première l'atteignait à la poitrine, les deux suivantes à la tête.

Cet assassinat lui semblait à ce point incompréhensible qu'il était persuadé de ne pas avoir tous les éléments pour l'expliquer. Peut-être s'était-il passé quelque chose dans sa vie dont il n'avait pas saisi la portée. Peut-être y avait-il dans cette ville quelqu'un qu'il avait blessé, humilié ou trahi sans que lui-même en ait eu conscience, et dont la soif de vengeance pouvait aller jusqu'au meurtre.

Mais qui ?

Quel homme – ou quelle femme – se cachait derrière cette capuche ?

Et cela avait-il un lien quelconque avec ce qu'il avait fait la veille, ce vendredi soir dont il ne gardait que de vagues souvenirs ? À nouveau, il essaya de reconstituer le fil de la soirée en s'aidant à la fois de sa mémoire et de ce que lui avait confié Maureen quelques minutes auparavant.

Il avait travaillé tard à son bureau et quitté l'immeuble alors que la soirée était déjà bien entamée. Comme il n'avait pas le moral, il était allé prendre un verre au Socialista, le bar cubain de West Street qui donnait sur l'Hudson. Jusque-là, ses souvenirs étaient clairs. Il se souvenait du carrelage à damier blanc et noir, des murs vert absinthe, des bougies sur les tables et du ventilo au plafond. Il était venu seul, s'était assis au bar et avait descendu des mojitos au rythme de la timba et de la mambo dance. Ensuite, c'était beaucoup moins net. Il ne se rappelait pas avoir quitté l'endroit, mais il avait d'autres images en tête : l'ambiance gentiment décadente de Hogs & Heifers, un autre bar fréquenté par des motards, qui surfait sur la vague Coyotte Ugly avec ses *bad girls* en micro-short, ses serveuses au pantalon de cuir et son mur de trophées orné de dizaines de soutiens-gorge abandonnés par les clientes au fil des années. Là, il avait dû noyer son chagrin au whisky et à la bière avant de terminer son triste périple au Club 13 où Maureen avait fini par le « récupérer ». De cet épisode, il ne gardait malheureusement aucun souvenir, même en faisant les plus grands efforts de concentration.

D'où pouvait bien venir cette perte partielle de mémoire ? Amnésie sélective ? Refoulement ? Effet de l'alcool et de la drogue ?

Et surtout, quel épisode de sa vie cherchait-il ainsi à masquer ?

Il gara sa moto sur Jane Street et parcourut à pied la distance jusqu'au Club 13. Coincé entre Chelsea et West Village, le Meatpacking District s'étendait sur quelques blocs aux larges artères pavées. Le secteur était en pleine expansion. Depuis quelques années, l'ancien « quartier des bouchers » était devenu le nouvel endroit à la mode. Les lofts, les boutiques branchées et les brasseries chic avaient remplacé les abattoirs pour créer une atmosphère très *Sex in the City*. Pourtant, ce matin, une épouvantable odeur de viande flottait encore dans les rues, créant un drôle de contraste avec le charme supposé des lieux.

Tout en marchant, Ethan avait sorti son téléphone portable et laissé un message sur le répondeur de Loretta Crown. La célèbre productrice afro-américaine possédait en effet des parts dans le night-club et c'est grâce à sa protection qu'Ethan, malgré le filtrage draconien des videurs, y était toujours bien accueilli. Il n'aimait pas particulièrement cet endroit, mais il y venait souvent : c'est là qu'il fallait être vu, là que se trouvaient les célébrités qui comptaient et, pendant la *fashion week*[1], les plus belles femmes de la terre y étaient réunies sur quelques dizaines de mètres carrés.

Il arriva devant un bel immeuble en briques, sonna à l'interphone et attendit qu'on vienne lui ouvrir.

— Monsieur Whitaker ? s'étonna le videur, un géant haïtien au visage poupin.

— Salut, Romuld, j'ai besoin de voir Gunter. Il est encore là ?

— Venez, je vous accompagne.

Il suivit l'employé dans l'ascenseur privé à destination du dernier étage. Les portes s'ouvrirent sur une coursive dominant la vaste salle du night-club. En forme de fer à cheval, le *dance floor* était sur-

1. La semaine de la mode pendant laquelle les maisons de couture présentent leurs dernières créations.

plombé par l'estrade du DJ et entouré de tables et de canapés en léopard mauve. Toute la décoration tirait sur le pourpre et le violet, avec des colonnes de marbre rose qui jaillissaient du sol dans un désordre très étudié. À cette heure de la matinée, la place était prise d'assaut par un bataillon de femmes de ménage qui s'affairaient pour nettoyer les débordements de la veille.

Quelques instants plus tard, il fut introduit dans le bureau de Gunter Karr.

— Ethan ! Soit tu es matinal, soit tu n'es pas encore allé te coucher.

Assis à une table devant un ordinateur portable, le manager de l'établissement se leva pour l'accueillir. Costume sombre, cheveux courts argentés et lunettes D & G, il cherchait à mettre du raffinement dans chacun de ses gestes.

— Suis-moi, dehors nous serons plus tranquilles.

Gunter entraîna Ethan vers un escalier en colimaçon qui donnait accès à une terrasse sur le toit aménagée en bar lounge. Spacieuse et agrémentée de palmiers, elle offrait une vue plongeante à 360 degrés qui portait jusqu'à l'Hudson, ainsi qu'une immense piscine chauffée qui diffusait de la musique sous l'eau. Surnommé le *VIP bathroom*, l'endroit était quasiment inaccessible lorsque la fête battait son plein. À cette heure de la matinée, il était désert et on avait du mal à croire que, quelques heures plus tôt, des dizaines de gens s'y bousculaient pour avoir le droit d'y déguster des cocktails à 50 dollars.

— Qu'est-ce que je peux faire pour toi ?

— Pour commencer, un petit café.

D'un claquement de doigts, Gunter fit passer le message à Romuld.

— Quoi d'autre ?

— Tu te rappelles si je suis venu ici hier soir ?

— À quoi tu joues, là ?

— Est-ce que tu te souviens de m'avoir vu ?

— Oui, Ethan, tu étais là.

— Seul ?

— Je ne sais plus. Il y avait beaucoup de monde, c'était l'anniversaire de…

— Fais un effort, le coupa-t-il.

— On s'est croisés, se rappela Gunter, mais nous ne nous sommes pas parlé. Je ne sais même pas si tu m'as vu d'ailleurs. Tu semblais un peu dans les vapes.

Le Haïtien posa une petite tasse à expresso devant lui.

Ethan le remercia d'un signe de tête. Il fouilla dans ses poches pour en tirer son téléphone portable et lut la réponse au message qu'il venait d'envoyer.

— J'ai besoin de visionner les bandes des caméras de surveillance, annonça-t-il à Gunter.

— Qu'est-ce que tu cherches ?

— Je veux voir ce que j'ai fait hier soir et à qui j'ai parlé.

— Je ne peux pas te les montrer, Ethan, c'est confidentiel.

Ethan avala son café d'une seule gorgée avant de prévenir :

— Loretta va t'appeler dans quelques secondes. Tu t'expliqueras avec elle.

Gunter fronça les sourcils et sortit à son tour son portable : un iPhone incrusté de diamants qu'il posa devant lui sur la table.

En cherchant dans sa veste, Ethan constata que son paquet de cigarettes n'était plus vide : le « retour en arrière » avait bien fait les choses. Il était sur le point d'en allumer une lorsqu'il se souvint de sa promesse.

Demain, j'arrête. Si je suis encore vivant, cette fois, j'arrête, je le jure.

Sauf que l'on n'était pas réellement *demain*.

Malgré tout, il décida de « faire comme si » et résista à la tentation d'en griller une, se contentant de fixer Gunter d'un regard neutre en attendant l'appel de Loretta. Celui-ci ne fut pas long à venir puisque, moins de deux minutes plus tard, le portable diamanté vibra mélodieusement.

— Bonjour, madame, fit Gunter en décrochant.

La conversation se réduisit à un monologue de la reine du talk-show et ne dura que quelques secondes.

— Très bien, madame, assura le manager avant de raccrocher.

Une heure plus tôt

À quelques kilomètres de là, une jeune femme ouvrit les yeux dans la suite d'un grand hôtel. Céline se leva sans bruit pour ne pas réveiller l'homme qui dormait à ses côtés et écarta légèrement les rideaux pour entrevoir la ville qui s'étendait à ses pieds. Manhattan était encore baignée d'une lumière bleue métallique qui ne tarderait pas à être chassée par une poussière d'or. Le bruit de la circulation, la lumière, le mouvement : tout, dans cette ville, lui rappelait Ethan. Tout, dans cette ville, lui faisait mal.

Une ombre traversa fugitivement la vitre, troublant la surface miroitante comme de l'eau frémissante. Elle se retourna brusquement, mais dans la pièce, rien n'avait bougé. En même temps, elle fut prise d'une brève mais violente nausée. Autour d'elle, tout se mit à tourner et elle eut cette impression déconcertante de déjà-vu. Pour dissiper ce malaise, elle passa dans la salle de bains et resta longtemps sous la douche jusqu'à se sentir mieux. Lorsqu'elle sortit de la cabine, son trouble s'était atténué.

Sans disparaître vraiment.

— C'est très simple, expliqua Gunter en ouvrant son ordinateur portable. Tout ce qu'on a filmé hier soir a été transféré sur disque dur. Je te laisse t'amuser. Appelle-moi si tu as un problème.

Ethan regarda l'écran : il était divisé en quatre, chaque partie représentant un endroit de la pièce, filmé sous différents angles. Avec le pavé tactile, il pouvait passer d'une caméra à l'autre et même faire des gros plans. Capté essentiellement dans l'obscurité, le film débordait de teintes rouge sombre. Le son, saturé de mauvaise musique, était inexploitable. Ethan fit défiler les images à grande vitesse jusqu'à repérer pour la première fois sa présence sur la caméra de surveillance. D'après les indications portées en bas de l'écran, il était arrivé au club, seul, à 23 h 46. Le videur l'avait laissé entrer sans problème bien qu'il s'agît d'une soirée privée. Une jeune actrice de série télé ParisHiltonisée – dont on n'entendrait plus parler dans deux ans – y fêtait son anniversaire en grande pompe.

Ethan poursuivit son exploration et grâce aux vidéos parvint progressivement à reconstituer le déroulement de la soirée. Plusieurs fois, il distingua sa silhouette à différents endroits. D'abord au bar, à enchaîner les consommations en solitaire sans prendre part à la fête puis assis à une table isolée. Alors que les images défilaient rapidement, il appuya soudain sur « PAUSE » pour figer une scène : un homme s'était assis à la même table que lui. Un homme de stature moyenne en jean et sweater noir dont il avait remonté la capuche sur la tête.

Son assassin !

Ethan sentit son cœur s'emballer. Quelques gouttes de transpiration perlèrent sur son front tandis qu'une sueur glacée coulait au creux de ses reins. Les mains tremblantes, il continua à visionner la séquence. Assis de dos, son interlocuteur tournait quelquefois la tête, mais pas suffisamment pour qu'on puisse distinguer ses traits. Leur conversation avait duré une dizaine de minutes. En apparence, un échange posé que la caméra n'avait filmé que par intermittence. Après cette discussion dont la teneur était impossible à saisir, l'homme avait définitivement disparu de l'image tandis que d'autres plans montraient qu'Ethan avait prolongé sa présence dans le night-club pendant plus d'une demi-heure. La dernière séquence le filmait au bras de Maureen, en train de quitter le Club 13 dans un état d'ébriété incontestable.

Et c'était tout.

Partagé entre la peur et la nervosité, Ethan relança l'intégralité du film. Les yeux collés à l'écran, il essaya une nouvelle fois de découvrir l'identité de son assassin, à coups d'arrêt sur image et de zoom. Était-ce un homme ou une femme ? Un homme sans doute, mais ce n'était pas certain. L'avait-il déjà croisé auparavant ? Impossible à affirmer tant le grain de l'image était épais, déformant un visage en partie masqué par la capuche.

— Ce type, tu le connais ? demanda-t-il en montrant l'écran à Gunter.

— Jamais vu. Et toi, Romuld ?

L'Haïtien hocha la tête.

— Il était là hier soir, monsieur Whitaker. C'est vous qui aviez insisté pour que je le fasse entrer.

Complètement perdu, Ethan se frotta les paupières. Encore une fois, la situation lui échappait. Dès qu'une zone d'ombre semblait s'éclaircir, une autre apparaissait, plus sombre que la précédente.

Il quitta le night-club et remonta Jane Street, l'esprit entièrement absorbé par ce qu'il venait d'apprendre.

Et maintenant, tu fais quoi ?

Sur quel front livrer bataille et avec quelle stratégie ? Il se massa les tempes, constatant avec dépit que sa migraine s'était réveillée et que la fièvre le reprenait. Il fouilla dans ses poches à la recherche de n'importe quoi : un médicament, un chewing-gum à la nicotine. Mais il n'avait aucune de ses béquilles.

En enfourchant sa moto, il se rendit compte qu'il avait laissé son casque et ses lunettes sur la terrasse du Club 13, mais il ne prit pas la peine de revenir sur ses pas.

À quoi bon se protéger si notre destin était scellé ?

À quoi bon chercher à éviter le pire si le pire ne pouvait être évité ?

La sonnerie de son portable le tira de ses pensées funestes. C'était la productrice de NBC qui s'inquiétait de son retard. Un moment, il caressa l'idée de participer à l'émission, cette fois avec ses propres règles, pour s'adresser directement à Céline et à Jessie, mais il s'aperçut qu'il n'aurait pas su quoi leur dire. Alors il renonça et ne prit même pas l'appel.

Il embraya, appuya sur le démarreur et écouta le vrombissement du moteur avant de partir en trombe vers le sud.

Fragile et vulnérable, il roulait à toute allure, provoquant le destin, narguant la fatalité. La journée ne faisait que commencer. S'il ne pouvait pas aller vers la vérité, il attendrait que la vérité vienne à lui. À présent, il était prêt à l'affronter.

Mais pouvait-on, en une journée, racheter les erreurs de toute une vie ?

28

Pour elle

Seul, on marche plus vite ; à deux, on marche plus loin.

Proverbe africain

Manhattan, aujourd'hui
Samedi 31 octobre

Je m'appelle Jimmy Cavaletti, j'ai 38 ans. Je suis assis dans un train qui me conduit à Manhattan.

Hier soir, ma fille n'est pas rentrée à la maison. Je l'ai attendue jusqu'à 2 heures du matin avant de prendre ma voiture et de sillonner les rues de Boston pendant le reste de la nuit. Je ne l'ai pas retrouvée. Elle est partie et c'est de ma faute. Je l'ai blessée et je lui ai menti.

J'appuie ma tête contre la vitre que fait miroiter

le soleil matinal. J'ai froid. Une larme brûlante roule sur ma joue et tombe sur ma main calleuse. Pour ne pas montrer que mes paupières débordent, je ferme les yeux et laisse les souvenirs affluer et tourbillonner dans ma tête.

Avril 1993

Je me penche sur son berceau pour regarder cet être humain qui n'a que quelques heures et je suis stupéfait par sa petite taille. Des bébés, j'en ai déjà vu des tas, mais celui-là, je vais devoir en prendre soin.

En serai-je capable ?

Mai 1993

Marisa a emprunté plusieurs livres à la bibliothèque : *Guide des parents débutants*, *Comment élever son enfant ?*, *Que faire lorsque bébé pleure ?* Entre l'allaitement, les paquets de couches et les visites chez le pédiatre, elle dit qu'elle ne s'en sort pas et qu'elle en a « marre de ce mioche ». Moi, au contraire, tout me semble instinctif, naturel, harmonieux.

Et je cache mon bonheur.

Noël 1994

La neige bloque Boston. Dans la maison, il fait un froid polaire. La chaudière a rendu l'âme depuis plusieurs jours, mais nous n'avons pas d'argent pour la remplacer. Avec Marisa et le bébé, nous nous entortillons dans les couvertures. J'ai honte et je tremble de rage.

Juin 1995

Je brûle toutes les photos d'Ethan. Je jette ses papiers, je donne ses habits à une association et ses livres à la bibliothèque. Je veux éliminer toute trace de sa présence. Je veux l'effacer de nos vies.

Presque toutes les nuits, je fais le même cauchemar : Ethan revient à Boston et m'enlève ma fille.

Novembre 1996

Sur le chantier, je me dispute avec le contremaître. Je ne supporte plus d'être critiqué à longueur de journée alors que j'effectue un travail harassant pour une paye dérisoire. Ce n'est pas notre première altercation, mais cette fois le ton est monté très vite. À bout d'arguments, il me jette son casque de chantier au visage. Le nez en sang, je m'avance et lui décoche un coup de poing qui le projette au sol. Les hommes nous séparent et je suis renvoyé sur-le-champ.

Pour en parler à Marisa, j'attends d'avoir trouvé un autre poste : manutentionnaire dans un entrepôt de surgelés.

Mars 1997

Désormais, je suis à mon compte. J'ai acheté une vieille camionnette d'occasion et quelques outils. Au début, j'accepte n'importe quoi : tondre les pelouses, réparer les clôtures, faire des travaux de peinture. Je travaille quatorze heures par jour. C'est dur, mais je veux que plus tard Jessie puisse être fière de moi.

Février 1998

J'engage mon premier employé. Le second suivra avant l'été. Les fins de mois difficiles sont derrière nous, mais lorsque j'aborde avec Marisa la possibilité d'avoir un deuxième enfant, elle se contente de hausser les épaules.

Avril 1999

Jessie a six ans. Elle a appris à lire avec une facilité déconcertante. Elle pose des questions sur tout, fait preuve d'un bon sens extraordinaire. Souvent, je me demande comment j'ai pu concevoir une fille si intelligente.

Puis je me souviens.

Et ça me fait mal.

Puis elle me sourit.

Elle m'appelle papa.

Et j'oublie tout.

Janvier 2000

Pour elle, j'ai arrêté de fumer et de boire un pack de bières par jour.

Pour elle, je suis devenu quelqu'un de meilleur.

Pour elle, je serais capable de tout.

Printemps 2001

Le samedi après-midi, pendant que Marisa va faire les courses, je vais me promener avec Jessie. Avec elle, je redécouvre Boston : le musée des Beaux-Arts, le gigantesque aquarium, les « bateaux cygnes » du Frog Pont, la bibliothèque Kennedy, le Freedom Trail[1], les espaces verts de Cambridge…

---

1. Sur six kilomètres, le chemin de la Liberté *(Freedom Trail)* est un parcours touristique permettant de découvrir les principaux sites et monuments de Boston.

Souvent, nous allons ensemble à Fenway Park pour voir jouer les Red Sox, même si Marisa trouve que c'est de l'argent gaspillé.

Pendant les vacances, je l'emmène faire des balades en forêt sur la piste des Appalaches pour lui apprendre ce que mon père m'avait lui-même appris : la pêche à la mouche, le nom des arbres, les techniques pour retrouver son chemin lorsqu'on est perdu, la construction d'une cabane ou d'un moulin à eau, le maniement d'un couteau suisse.

Décembre 2002

Le directeur de l'école me convoque avec Marisa pour nous parler de notre fille. Jessie vient de réussir brillamment toute une batterie de tests que passent chaque année les écoliers du Rhode Island et du Massachusetts. Ses résultats exceptionnels pourraient lui permettre d'intégrer, dès le mois prochain, une classe pilote dans une prestigieuse institution de Providence dépendant de la Brown University. Pendant quelques secondes, je crois que c'est une plaisanterie, puis je comprends que ce n'est pas le cas et qu'il pense vraiment que je vais accepter d'envoyer ma fille dans un internat, à une heure et demie de route de la maison.

— Tous les frais seraient pris en charge par une bourse, assure-t-il.

— Mais Jessie a seulement dix ans !

— Bien sûr, vous avez la possibilité de refuser, mais c'est une occasion qui ne se représentera pas. Et si tout se passe bien, dans quelques années, votre fille intégrera l'Ivy League[1] !

— Il est hors de question que Jessie nous quitte si jeune. Je n'en vois pas l'intérêt pour le moment. C'est encore une enfant, vous comprenez ! Une enfant !

Le directeur hésite un moment, puis, après un long silence, finit par me dire :

— Si vous me permettez d'être franc, monsieur Cavaletti, je pense que pour des gens de votre condition, cette chance représente un cadeau du ciel, et si vous la laissez passer, votre fille vous en voudra pendant toute sa vie.

— Bien sûr que nous allons accepter ! tranche Marisa.

Je me lève et quitte le bureau en claquant la porte.

2 janvier 2003

— N'oublie pas ton écharpe, sinon tu vas encore attraper froid.

---

1. Groupe de huit universités du nord-est des États-Unis : Harvard, Yale, Princeton, Columbia, Cornell, Upenn, Dartmouth et Brown. Elles sont parmi les plus anciennes et les plus prestigieuses du pays.

Je me penche vers Jessie et lui noue son cache-nez autour du cou.

— Bon, c'est l'heure de se quitter, mais on viendra te voir la semaine prochaine avec maman, OK ?

Avant de partir, j'observe une dernière fois le campus aménagé comme un collège anglais avec ses longs bâtiments de briques rouges entourés d'espaces gazonnés impeccablement entretenus. Au sommet de l'University Hall flotte fièrement le fanion de Brown. On y voit quatre livres ouverts, surmontés d'un soleil dominateur et de la devise : *In deo speramus – En Dieu, nous espérons*.

— Je ne veux pas y aller, papa !

— Écoute, nous en avons discuté mille fois, dis-je en récitant mon texte. Cette bourse, c'est une chance extraordinaire pour toi. Une chance dont rêvent toutes les familles. Nous, on ne sera jamais capables de te payer de telles études.

— Je sais.

Le soleil d'hiver est à son zénith, mais il peine à contenir le froid cinglant qui cristallise la Nouvelle Angleterre depuis plusieurs jours. Je regarde Jessie. De la buée s'échappe de sa bouche. Emmitouflée dans sa parka, je la trouve toute petite, minuscule, fragile.

— Je suis certain que tout va bien se passer et que tu vas te faire plein de copines.

— Tu sais très bien que ce n'est pas vrai.

Je lui fais le sourire rassurant du père tranquille, mais il ne va pas falloir qu'elle tarde à s'en aller parce qu'à l'intérieur toutes les digues qui retiennent ma peine et mon chagrin sont en train de lâcher.

— Bon, j'y vais, se décide-t-elle en hissant sur son dos un sac presque aussi lourd qu'elle.

— À bientôt, dis-je en ébouriffant ses beaux cheveux blonds.

Juste avant qu'elle ne me tourne le dos, je vois que ses yeux brillent et je devine que ses digues à elle ne sont pas loin de céder non plus.

Je ressors du campus à pied et regagne ma vieille camionnette que j'ai garée le plus loin possible pour ne pas que Jessie ait honte devant les autres élèves. Le vent cinglant paralyse mes membres. Pour me réchauffer, je décide de courir. L'air que j'aspire est glacé et me givre le cœur.

7 janvier 2003

Je me lève sans avoir dormi de la nuit. Lumière blafarde de la salle de bains. Deux comprimés de Valium dans l'armoire à pharmacie. Café lavasse pris sur le pouce, debout dans la cuisine. Première cigarette. Dans la rue, un redoux poisseux : la neige s'est transformée en pluie et sur les trottoirs on patauge dans la boue. À nouveau, les morsures des petits matins, à nouveau les canettes de bière ouvertes dès 10 heures, à nouveau cette vie en noir et blanc qui a perdu tout son éclat.

La camionnette est recouverte d'humidité. J'ouvre le coffre pour charger la caisse à outils. Jessie est là, couchée dans une vieille couverture pleine de taches de peinture.

Soudain, j'ai très peur.

— Jessie ! Ça va, ma chérie ?

Elle émerge difficilement, marmonne, encore à moitié endormie.

— Je me suis enfuie, papa. Je veux pas y retourner.

Je la serre dans mes bras, la réchauffe, l'embrasse. Son visage est blanc et froid comme le marbre.

— C'est fini, chérie. Tu restes avec nous. Tu restes avec nous.

Printemps 2004

Dans mon petit atelier de menuiserie, j'assemble une étagère en pin pour la chambre de Jessie. Un vieux téléviseur, recouvert de sciure, diffuse en bruit de fond un talk-show de l'après-midi. Je suis en train de passer la première couche de vernis lorsque je reconnais une voix que je n'ai plus entendue depuis onze ans. Saisi par la chair de poule, je me retourne vers le poste.

Ethan est l'invité de Loretta Crown pour présenter son livre. Médusé, je me rapproche de l'écran. Il a la maladresse attachante de ceux qui passent pour la première fois à la télé, cette fraîcheur et cette sincérité qui s'émousseront par la suite pour laisser place au professionnalisme. Dès que je le vois, je comprends qu'il va devenir une star dans son domaine et que les années qui viennent seront « ses » années. Cette célébrité annoncée me tranquillise : désormais, il fait partie d'un autre monde et il n'y a aucun risque de le voir débarquer chez nous. Si nous ne commettons pas l'erreur d'aller le chercher, il ne reviendra jamais.

Presque rassuré, je m'abandonne à l'émotion de le revoir. Ça me fait quelque chose de retrouver les intonations de sa voix, les expressions de son visage, la lumière de son regard.

— On mange ! Ça fait trois fois que je t'appelle ! T'as pas entendu ?

Marisa vient de faire irruption dans l'atelier. Elle tourne sa tête vers l'écran. Son trouble ne dure même pas deux secondes.

Elle comprend tout de suite et débranche l'appareil.

— À table !

Automne 2005

Depuis quelque temps, Jessie a changé. Son échec à l'institution Brown a laissé des traces. Elle est démotivée, sans énergie, passe des heures devant la télé à écouter des programmes idiots et ne fait plus rien à l'école.

En grandissant, sa ressemblance physique avec Ethan devient troublante et me rappelle tous les jours que je suis en danger.

Mai 2006

Ce qui devait arriver arriva. À force de voir Ethan à la télé, les gens du quartier ont fini par se rappeler qu'il avait vécu ici. Chacun évoque à présent ses souvenirs et s'invente une amitié avec notre nouvelle « gloire locale ». La bibliothèque municipale déterre de ses archives les vieux livres lui ayant appartenu et qui portent son nom calligraphié sur la page de garde. J'aurais dû les brûler au lieu de leur en faire don.

Parfois, Jessie nous pose des questions auxquelles nous répondons en restant dans le vague. Tant bien que mal, nous arrivons à garder les choses sous contrôle jusqu'à ce jour où tout dérape. La veille, elle a entendu Ethan dans une émission de radio, et revient à la maison en ayant acheté son livre en édition de poche. C'est l'heure du goûter. Tout en gardant les yeux fixés sur les pages, Jessie ouvre le frigo, se sert un verre de lait et va s'asseoir à la petite table. Marisa revient de son travail et entre dans la pièce. Passionnée par sa lecture, Jessie s'empare distraitement d'un cookie, le trempe dans le lait et le porte à sa bouche lorsque…

Une gifle magistrale, soudaine et inattendue, lui cingle le visage, faisant valser le biscuit et renversant le verre de lait qui se brise sur le sol.

Hébétée, elle regarde sa mère sans comprendre et découvre un mélange de haine et de douleur sur son visage. Elle ouvre la bouche pour demander des explications, mais le choc a été si rude qu'elle y renonce et part se réfugier dans sa chambre.

Hier soir
Vendredi 30 octobre 2007

Désormais, avec Jessie, nous nous disputons tout le temps pour un rien. Le temps de nos balades complices dans les forêts du Maine semble bien loin. J'ai peur qu'elle ne soupçonne quelque chose. Elle ne pose plus de questions à propos d'Ethan, mais c'est encore pire que si elle le faisait, tant sa présence plane sur nous comme une menace invisible. Entre Marisa qui ressasse sans arrêt nos problèmes d'argent et Jessie qui m'ignore et me méprise, je suis de moins en moins souvent à la maison. Il est 9 heures du soir lorsque je reviens du pub. J'ai beaucoup bu. Trop en tout cas pour pouvoir le cacher. Je claque la portière de ma camionnette, prends une gorgée de solution mentholée et remonte la rue en essayant de ne pas tituber. Des éclats de voix me parviennent de la maison. Lorsque j'entre dans le salon, Marisa et Jessie sont en pleine dispute. Pour la deuxième fois depuis le début de l'année scolaire, Jessie vient de se faire renvoyer du lycée. Cette fois, l'exclusion est motivée par un acte grave : un joint qu'elle fumait dans les toilettes et dont elle s'est débarrassée en tirant la chasse d'eau. L'école a prévenu la police et les flics sont venus nous rendre visite en début de soirée.

Marisa est dans une colère noire.

— On se saigne aux quatre veines pour te payer une école convenable et c'est comme ça que tu nous remercies !

Jessie hausse les épaules et ne se donne même pas la peine de lui répondre. Alors Marisa remet sur le tapis son échec à l'institution Brown :

— Il y a quatre ans, tu as eu une chance inespérée et tu l'as laissée passer ! Tu avais des capacités extraordinaires et tu les as gâchées. Continue comme ça et tu te retrouveras à emballer des provisions chez Wal Mart ou à faire griller des steaks dans un Burger King !

À mon tour, je me crois obligé d'intervenir dans la conversation et je sors une litanie de reproches, lui rabâchant sans arrêt combien elle m'a déçu en prenant de la drogue.

— C'est pas chez Burger King que tu vas finir, mais en prison ou à l'hôpital !

Contrairement aux réprimandes de sa mère, celles-ci la font réagir :

— Ça te va bien de me dire ça, toi ! T'es qu'un alcoolique et un incapable ! Tout ce que tu entreprends, tu le loupes. T'es même pas capable de nous faire bouffer correctement et de payer les traites de cette maison pourrie.

Soudain, je sens que je disjoncte et, l'alcool aidant, je me laisse emporter dans des propos irréfléchis, lourds de conséquences :

— Heureusement que j'étais là, lorsque ton salaud de père t'a abandonnée ! Heureusement que j'étais là pour t'élever pendant quinze ans !

Marisa me hurle d'arrêter, mais il est trop tard.

Le mal est fait.

Manhattan, aujourd'hui
Samedi 31 octobre

Je m'appelle Jimmy Cavaletti, j'ai 38 ans. Je suis assis dans un train qui me conduit à Manhattan. Hier soir, ma fille n'est pas rentrée à la maison. Elle est partie et c'est de ma faute. Je l'ai blessée et je lui ai menti.

Grand Central Station. Le train entre en gare. Comme un touriste désorienté, je suis bousculé sur le quai où mes pas sont trop hésitants. Je n'ai plus remis les pieds à Manhattan depuis l'année où Ethan est sorti de nos vies. Je sais que la ville a changé et que le New York d'aujourd'hui n'a plus rien à voir avec celui de ma jeunesse. Mais je suis déterminé à retrouver Jessie. Et il faut que je fasse vite. Même si je ne l'ai pas dit à Marisa, j'ai vu ce matin que le vieux pistolet que je garde dans mon atelier n'était plus à sa place.

Je t'en prie, Jessie.
Ne fais pas de bêtises.
Je viens te chercher.

29

Il était une fois à New York City

L'avenir n'est jamais que du présent à mettre en ordre. Tu n'as pas à le prévoir, mais à le permettre.

Antoine de SAINT-EXUPÉRY

Downtown Manhattan,
Devant le supermarché Woalfood
10 h 04

— Regarde, maman, je fais l'Indien : Whou Whou Whou Whou Whou Whouuuuu !

— Arrête de faire l'imbécile, Robbie, et rentre dans la voiture.

Un bébé braillard dans les bras, Meredith Johnston chargeait des sacs remplis de nourriture dans le coffre d'un monospace Toyota couleur abricot. Un petit garçon déguisé en Indien l'encerclait de sa danse guerrière :

— WhouWhouWhouWhouWhouWhouuuuu !

Visage balayé par le vent, Ethan traversait Dowtown à toute allure. Grant Street, Lafayette, Broadway… La moto tenait bien la route et se faufilait dans les gorges profondes aux parois verticales et vitrées.

Tout en conduisant, il regarda sa montre et eut un mauvais pressentiment en pensant à Jessie. Lors de cette troisième journée, il n'était pas allé à l'émission. Donc, si tout se déroulait à l'identique, Jessie devait encore être au coffee shop, à traîner son mal de vivre.

Avec un flingue à portée de main.

Et le destin à ses trousses.

Au Storm Café, une jeune fille blonde et frêle était assise à une table près de la fenêtre. Elle lisait et relisait un article découpé dans le *New York Times*, qu'un voyageur avait abandonné sur l'un des sièges de la gare où elle avait passé la nuit. L'article parlait d'un psy qui séduisait l'Amérique.

Un homme encore jeune qu'elle avait vu plusieurs fois à la télévision et dont elle avait lu tous les livres.

Pour l'heure, Jessie était incapable de détacher son regard de la photo en grand format qui s'étalait à la une du quotidien. Quel être se cachait derrière ce sourire charmeur mais un peu forcé ? Qu'y avait-il au fond de ce regard lumineux où perçait néanmoins un voile de tristesse et de lassitude ?

Hier soir, la dispute avec ses parents avait au moins eu le mérite de crever l'abcès qui les empoisonnait peu à peu et de révéler au grand jour ce qu'elle sentait confusément depuis des années. Après les terribles paroles de Jimmy, elle s'était enfuie de la maison avec la ferme intention d'aller trouver ce père fantôme qui ne cessait de la hanter et de lui poser la question : pourquoi m'as-tu abandonnée ?

Mais ce matin, alors qu'elle se trouvait au pied de son bureau, sa détermination était moins affirmée. Elle avait froid, se sentait épuisée, fragile comme une brindille de bois mort, friable comme de la craie. À dix ans, une batterie de tests scolaires l'avait repérée comme une enfant exceptionnellement douée. Pourtant, elle n'avait rien su faire de cette prétendue intelligence. Surtout, elle était envahie par la peur. La peur de se retrouver sans protection et sans amour. La peur de ne pas être armée pour affronter une réalité cruelle. La peur d'être en rupture et de ne plus rien maîtriser. La peur et le dégoût de vivre dans un monde sans pitié qui ne faisait que broyer les plus faibles.

À travers la vitre, elle regarda un sans-abri qui dormait d'un sommeil agité dans le renfoncement d'un immeuble. Elle avait toujours eu de la compassion pour les plus pauvres, mais était-ce une bonne chose ? La psychologue de son lycée l'avait fait douter en lui tenant un discours étrange : la compassion te rend sensible, donc faible ; pour réussir, il faut d'abord penser à toi.

Elle enfila son blouson, attrapa son sac Eastpak posé sur la banquette et se leva pour quitter le café. Une fois debout, elle fut prise d'un léger vertige. Ses maigres économies étaient passées dans son billet de train et, à part quelques biscuits, elle n'avait rien avalé depuis la veille. Dans sa poche, elle sentait le pistolet qu'elle avait volé dans l'atelier de son père. La douceur de sa crosse avait quelque chose de rassurant. À nouveau, elle claqua des dents et regretta de ne pas avoir emporté un vêtement plus chaud que son blouson. À cet instant, elle aurait voulu s'allonger sur le sol, se recroqueviller dans une couverture et s'endormir pour ne jamais se réveiller.

En prenant un virage sur Fulton Street, Ethan fut ébloui par les variations de lumière et leva la main pour se protéger du soleil. La moto tangua, mais il parvint à la maîtriser. Il roulait encore très vite en s'engageant dans Front Street. Il dépassa le croisement et aperçut de loin l'enseigne du Storm Café.

Jessie !

Il la reconnut, à vingt mètres de lui, alors qu'elle traversait la rue en dehors du passage piétons. Il eut un moment de soulagement, jusqu'à ce qu'il se rende compte que, dans le sens opposé, un monospace Toyota couleur abricot fonçait sur elle à pleine vitesse.

— Regarde, maman, j'fais l'Indien : Whou Whou Whou Whou Whouuuuu !

Meredith soupira. Ce gamin la rendait folle.

— Maman !

Elle se retourna excédée et lui cria dessus :

— J'ai compris, Robbie : tu fais l'Indien, tu fais l'Indien !

— La fille, maman ! Elle traverse ! ATTENTION !...

— ATTENTION !

La voiture est lancée vers sa cible.

Tout se déroule l'espace d'une seconde. Une seconde qui se dilate, craquelle le vernis de la réalité, bouscule l'ordre des choses. Un bref instant pendant lequel la marche du destin va dévier de sa route, comme une ondulation imprévue dans les méandres du temps.

Lorsque Meredith tourne la tête, il est trop tard pour freiner, trop tard pour éviter l'inévitable. Tout se passe très vite, mais déjà elle sait. Elle sait qu'il y aura un *avant* et un *après*. Elle sait que c'est aujourd'hui que sa vie bascule. Elle sait que plus rien ne sera jamais pareil. Elle sait qu'elle ne dormira plus d'un sommeil serein et que le peu d'innocence et de fraîcheur qui vivent encore en elle vont s'envoler pour toujours. Elle sait que le visage terrifié de cette jeune fille reviendra la hanter toutes les nuits.

— ATTENTION !

Un cri quelque part, poussé par un passant.

Jessie lève la tête. Elle voit le véhicule qui lui fonce dessus et comprend que bientôt tout sera fini. À vrai dire, à cet instant, elle se sent si vide et si lasse qu'elle a l'impression d'être déjà morte. Dans ses délires morbides, elle s'était parfois demandé ce que ressentaient au beau milieu de leur chute ceux qui sautaient par la fenêtre. La dernière goutte de vie a-t-elle une saveur particulière avant le néant de la mort ?

Arrivant en sens inverse, Ethan se serre le plus possible vers la gauche, tourne le guidon à fond et bloque la roue arrière pour coucher sa moto. C'est la seule chose qu'il ait trouvée pour sauver Jessie. Éjecté de la BMW qui glisse sur l'asphalte au milieu de la chaussée, il roule au sol sur plusieurs mètres. Il sent le goudron qui le râpe et l'écorche. Il sait qu'à moto, la moindre chute se solde par des blessures. Ici, pas de carrosserie, pas de ceinture, pas d'airbag. Pas de casque non plus puisqu'il l'a oublié au Club 13. Cruel rappel d'un impitoyable destin.

Par deux fois, son crâne heurte lourdement le sol. Le choc est si violent qu'il est persuadé qu'il ne se relèvera pas. Il repense à ce que lui a dit

Curtis, ce matin même : *Le combat que vous menez, personne ne l'a jamais gagné*.

Dommage : il aurait bien aimé prolonger la partie et avoir le droit de jouer quelques heures de plus.

La moto continue de glisser et va finir sa course en s'encastrant dans le pare-chocs du monospace, faisant dévier sa trajectoire *in extremis*. Jessie sent la voiture qui la frôle et le souffle de la mort caresser doucement son visage. Le véhicule est déporté sur le trottoir et va s'écraser dans le Storm Café, faisant voler en éclats sa vitrine et valser les tables et les chaises des places jouxtant la fenêtre.

Puis le temps reprit son cours normal. La circulation s'arrêta d'elle-même et une immense clameur d'angoisse s'éleva de la foule. Dans le coffee shop, les employés et les clients étaient tous sains et saufs. Protégés par leur ceinture, Meredith et Robbie étaient sous le choc, mais indemnes.

— T'as vu, maman, l'airbag, il s'est bien gonflé !

Un petit groupe se forma autour d'Ethan et s'étonna de le voir se relever presque aussitôt. La partie droite de son visage était salement écorchée de son menton jusqu'à son oreille. Sa lèvre était fendue et l'une de ses dents ébréchée. Il chercha Jessie du regard, mais elle n'était plus là.

— T'as vu, maman, l'airbag, il s'est bien gonflé ! Hein, il s'est bien gonflé. T'as vu ? Hein ?

— Oui, Robbie, j'ai vu.

Deux voitures du NYPD arrivèrent sur les lieux et, peu à peu, l'émotion fit place au business : chacun échangea les coordonnées de son avocat, les policiers consignèrent les témoignages et tout le monde s'étonna de la disparition de la jeune adolescente qui semblait pourtant au centre de toutes les déclarations. Ethan voulait partir à sa recherche, mais les policiers insistèrent pour consulter son permis et l'assurance de sa moto qu'il n'avait pas sur lui. Malgré ses explications, ils exigèrent de l'accompagner chez lui pour en finir avec les formalités. Alors qu'il prenait place à l'arrière de la voiture, il ressentit une douleur fulgurante à la tête qui disparut presque aussitôt.

— Vous voulez qu'on vous conduise d'abord à l'hôpital ? proposa l'un des *detectives*. Il faut se méfier des risques d'œdème cérébral.

— J'irai plus tard, promit Ethan.

Il claqua la portière. En regardant à travers la vitre, il aperçut le petit garçon de la Toyota qui, pour la dixième fois d'affilée, vantait à sa mère les mérites de l'airbag…

Encore sous le coup de l'émotion, Jessie courait à perdre haleine. Elle avait paniqué devant l'ampleur de l'accident dont elle s'estimait responsable. Elle aurait dû être plus attentive ! Pourquoi avait-elle traversé hors du passage piétons ?

Les images du carambolage défilaient dans sa tête, violentes, saccadées, confuses. Elle n'avait pas tout compris de son déroulement, mais en y repensant, il était évident qu'elle devait la vie à « l'homme à la moto ». En projetant son engin pour détourner la trajectoire du monospace, il lui avait permis d'échapper à une mort programmée. Dès qu'elle s'était sentie hors de danger, sa réaction instinctive avait été de prendre la fuite pour éviter la police, sans même savoir si l'accident avait fait des victimes.

Terrassée par un point de côté, elle s'arrêta pour reprendre son souffle. À bout de forces, écrasée par la culpabilité, elle s'écroula sur le trottoir. Tout en elle était vide. Plus d'énergie, plus d'étincelle, plus de vie. Elle s'assit contre un mur, plongea sa tête dans ses mains, et un brusque flot de larmes inonda son visage. Elle resta ainsi prostrée jusqu'à ce qu'elle sente une ombre froide planer au-dessus d'elle. Elle leva les yeux et découvrit un grand Black au crâne rasé et à la stature imposante. Il se pencha vers elle et approcha de son visage une main immense où les quatre lettres F.A.T.E. se succédaient sur ses phalanges. Dans un premier réflexe, Jessie ouvrit la bouche pour hurler, mais une sorte de sixième sens l'en dissuada. Une bienveillance rassurante se dégageait de la présence de cet homme. Il essuya ses larmes avec son pouce et lui tendit la main pour l'aider à se mettre debout.

— Qui… qui êtes-vous ? demanda-t-elle en reculant d'un pas.

— Un porteur de bonnes nouvelles, répondit Curtis.

Un coup de klaxon impatient leur fit tourner la tête. Le vieux Checker bloquait Cedar Street. En regardant le véhicule, Jessie pensa aux taxis qu'elle avait vus dans un film d'Alfred Hitchcock.

— Monte, proposa le grand Black.

— Pour aller où ? demanda-t-elle méfiante.

— Changer le destin.

30

Quelques jours avec toi

Le verbe aimer est difficile à conjuguer : son passé n'est pas simple, son présent n'est qu'indicatif, et son futur est toujours conditionnel.

Jean COCTEAU

— C'est bon, tous les papiers sont en règle, monsieur.

Ethan récupéra son portefeuille et raccompagna les policiers jusqu'à leur voiture, une Ford Crown Victoria ornée de la devise du NYPD : Courtoisie, Professionnalisme, Respect.

Manhattan
Port de North Cove
11 h 32

— Vous êtes certain de ne pas vouloir aller à l'hôpital ? insista le plus jeune des deux agents.

— Je vais très bien, assura Ethan.

Il les salua puis regagna son bateau pour se débarbouiller et désinfecter ses plaies.

En quittant le parking, les deux *detectives* croisèrent un drôle de taxi Checker qui se gara en double file le temps de débarquer sa passagère, une jeune fille blonde et frêle qui, à la manière d'un oiseau tombé du nid, fit quelques pas vacillants pour rejoindre la piazza.

Un peu désorientée, Jessie découvrait cet endroit magique pour la première fois. Elle leva les yeux en direction des élégantes tours de grès rose qui étincelaient au soleil. Bâtie en bordure du fleuve, Battery Park City était sortie de l'eau au début des années 80, sur un terrain gagné sur l'Hudson grâce à la terre et aux roches extraites lors de la construction des tours jumelles.

Depuis la verrière du Winter Garden, elle regarda les luxueux bateaux amarrés dans le petit port de plaisance qui s'ouvrait comme une échancrure le long de l'esplanade. Puis elle s'avança vers la promenade ombragée, complantée de grands arbres et ornée de bacs à fleurs, qui descendait jusqu'à la marina.

Elle arriva à l'embarcadère au moment précis où Ethan sortait sur le pont du cabin-cruiser. En se retrouvant brusquement nez à nez, ils furent aussi déconcertés l'un que l'autre. Prise au dépourvu, Jessie se retourna pour s'enfuir.

— Attends ! cria Ethan en lui courant après. Attends !

Mais la jeune fille ne ralentit pas sa course pour autant.

— Jessie !

Lancé comme un cri du cœur, l'appel de son prénom la stoppa net dans son élan. Foudroyée, elle lâcha son sac et se retourna.

Comment savait-il qui elle était ?

Séparés d'à peine deux mètres, le père et la fille se faisaient face le long de la promenade battue par le vent.

En voyant ses blessures et ses habits lacérés, elle reconnut « l'homme à la moto » et comprit d'un seul coup que c'était *lui* qui l'avait sauvée.

— Ça fait trois jours que je te cherche, dit-il en s'avançant.

Jessie ne comprit pas à quoi il faisait allusion, mais ce n'était pas grave : son père la connaissait, son père la cherchait, son père l'avait sauvée.

Comme s'il lui avait donné la vie une seconde fois.

Le bateau venait de quitter le port et voguait à bonne allure sur les eaux ondoyantes de l'Hudson. Avec ses lignes épurées et tendues, le petit yacht fendait les embruns dans le sillon des ferries qui desservaient Ellis Island et la statue de la Liberté.

Les fines bandes de nuages qui défilaient devant le soleil créaient une lumière un peu irréelle. Appuyée contre le garde-corps en inox qui ceinturait le pont, Jessie regardait, hypnotisée, la ligne de gratte-ciel et le Brooklyn Bridge. D'ici, elle pouvait presque croire que la ville lui appartenait.

Protégé derrière le pare-brise teinté du poste de pilotage, Ethan immobilisa le bateau au large de Governor's Island avant de s'éclipser dans la cabine. Il en ressortit les bras chargés d'un plateau de petit déjeuner et invita Jessie à le rejoindre sur le *flybridge*.

Le vent s'était calmé et le soleil inondait la table en teck autour de laquelle ils avaient pris place.

Il lui servit un verre de jus de fruit et entreprit de lui préparer la seule douceur qu'il connaissait. Dans une coupelle, il versa un pot de yaourt nature, une demi-banane écrasée, une poignée d'amandes effilées et une cuillerée de sirop d'érable.

— On dirait le dessert que faisait ma grand-mère ! s'exclama Jessie.

Ethan approuva de la tête.

— C'est elle qui me l'a fait découvrir. Elle nous en préparait au goûter quand on rentrait de l'école avec Jimmy.

Elle le regarda, tout étonnée de constater qu'ils avaient des souvenirs en partage, et cela la mettait en confiance. Pour Ethan, c'était plus complexe. Maintenant qu'il savait qu'ils étaient unis par les liens du sang, une pudeur nouvelle le retenait dans ses échanges, qu'il n'avait pas ressentie lors des rencontres précédentes.

Après un long silence, Ethan se décida à franchir le pas. Là, au confluent des deux fleuves, entre le ciel et la mer, face à la *skyline* la plus célèbre du monde, il lui raconta tout : son enfance et son adolescence avec Jimmy, sa rencontre avec Marisa au lycée, les études trop vite expédiées, les humiliations sur les chantiers, sa soif de connaissances et son désir de faire quelque chose de sa vie qui l'avait conduit à prendre brutalement la fuite, quinze ans plus tôt, un soir d'automne à Manhattan.

— Je ne sais pas exactement ce que t'ont raconté Jimmy et Marisa, mais il faut que tu saches que, lorsque je suis parti, je ne me doutais pas que ta mère était enceinte et jamais elle ne m'a prévenu de ton existence.

— Mais vous avez disparu comme ça ! Du jour au lendemain ?

— Oui, reconnut-il. C'était une urgence. J'avais vingt-trois ans et, déjà, l'impression que ma vie était toute tracée. Je voulais connaître d'autres horizons, rencontrer d'autres gens, me prouver que j'étais capable de gagner ma liberté…

— Et plus tard, vous n'avez jamais cherché à les revoir ?

— Tu sais, vu les circonstances dans lesquelles je suis parti, je pense que tes parents n'avaient pas très envie que je revienne.

Puis Ethan finit par avouer :

— Je n'étais pas très fier de moi non plus.

— Et ma mère, vous ne l'aimiez pas ?

— On était jeunes à l'époque, dit-il en secouant la tête.

— Vous ne répondez pas à ma question, constata-t-elle.

Ethan plissa les yeux et regarda vers le large.

— Ce n'est pas que je ne l'aimais pas, c'est que je ne l'aimais pas assez pour rester. Elle n'était peut-être pas la vraie femme de ma vie. Et puis l'amour ne résout pas tous les problèmes.

— Dans ce cas, ce n'est pas du vrai amour, trancha-t-elle.

— Ça, c'est ce que tu crois parce que tu es encore une enfant. En vérité, c'est beaucoup plus compliqué.

— Je ne suis plus une enfant ! s'insurgea-t-elle. Vous parlez exactement comme mon…

Elle s'arrêta net, prenant soudain conscience de ce qu'elle allait dire.

— Si je parle comme ton père, fit-il avec un léger sourire, c'est que moi aussi, je dois être en train de le devenir.

Puis, pendant un moment, personne n'osa rien ajouter. Ils se contentèrent de regarder le manège des mouettes qui tournoyaient au-dessus de l'embarcation, lorgnant avec avidité sur le plateau de viennoiseries.

Enfin, Ethan avoua ce qu'il avait sur le cœur :

— En tout cas, je suis très fier d'avoir une fille comme toi.

— C'est parce que vous ne me connaissez pas.

— Ça va te sembler bizarre, mais je sais déjà pas mal de choses. Je sais que tu t'es enfuie de la maison avec l'intention de venir me voir. Je sais que tu as découpé un portrait de moi dans le journal. Je sais que tu as un pistolet dans la poche de ton blouson et que tu aurais le cran et l'inconscience de t'en servir contre toi.

Les yeux brillants, elle soutenait son regard, stupéfaite par ce qu'il lui disait.

— Je sais qu'en ce moment la vie te semble douloureuse et sans issue et que tu penses souvent à la mort. Je sais que le monde autour de toi te semble injuste et révoltant, et que la souffrance des autres te fait toi-même souffrir parce que tu es généreuse et sensible. Mais je sais aussi qu'à ton âge, les réactions extrêmes sont amplifiées et qu'on passe très vite du chagrin le plus profond à l'épanouissement.

Le vent avait repris. Jessie frissonna et boutonna son blouson. La lumière automnale, douce et orangée, colorait les immeubles du front de mer et atténuait l'éclat métallique qui aveuglait la ville par beau temps.

— Jimmy et Marisa sont les seuls vrais parents que tu auras jamais, reprit Ethan. Je suis certain que Jimmy a été un père excellent, qu'il t'aime et qu'il sera toujours là pour toi.

Jessie acquiesça d'un signe de tête presque imperceptible. Ethan posa la main sur son épaule. Il aurait bien aimé lui dire que, lui aussi, serait toujours là pour elle et que désormais, ils allaient rattraper le temps perdu. Mais ne sachant pas ce qu'il adviendrait de lui à la fin de la journée, il préféra ne pas lui faire de fausses promesses.

— Tu sais, peu importe ce que tu feras de ta vie. L'important, c'est de ne pas tricher avec toi-même. Tu as forcément des rêves et des ambitions…

Elle prit le temps de réfléchir, hésita à trop se dévoiler et donna l'impression de contourner la question :

— Parfois, quand je vous regardais à la télévision ou lorsque je lisais l'un de vos livres, j'avais cette impression que tout était possible.

Elle chercha ses mots avant de préciser sa pensée :

— C'est ce que j'ai aimé en vous : votre capacité à convaincre les gens que leur vie n'est pas figée et que rien n'est jamais définitivement joué.

Ethan fut troublé par ces paroles. Jessie continua sur sa lancée pour finir par avouer :

— C'est ça que je voudrais faire moi aussi : rendre leur confiance aux gens qui l'ont perdue.

Touché par cette confession, il lui posa quantité de questions sur ses études, ses parents, ses lectures et ses centres d'intérêt. Au fur et à mesure qu'elle se détendait, elle se faisait plus bavarde. Il découvrit alors une jeune fille cultivée, à la fois curieuse et méfiante par rapport à son époque. Une jeune fille pessimiste et fataliste qui se croyait incapable d'être maître de sa vie. Une jeune fille qui manquait de confiance en elle, mais qui se souciait des autres. Alors, il utilisa ce don qu'elle lui prêtait, ce magnétisme qui confinait à l'hypnose, pour la persuader du contraire : que la vie valait la peine d'être vécue, que l'on pouvait renaître de sa souffrance, rebondir plus haut après les épreuves. Peu à peu, les défenses de Jessie s'émoussèrent. Pour la première fois, il la vit sourire et plaisanter puis, à son tour, elle l'interrogea sur sa vie et son métier.

Comme elle était intuitive, elle devina que derrière la façade du succès se cachait un homme désabusé qui avait connu lui aussi son lot de déboires.

— Et la vraie femme de votre vie, vous avez fini par la rencontrer ?

Ethan hocha la tête, tout en observant au large les bateaux taxis qui croisaient les vedettes rapides de la police.

— Je l'ai rencontrée, mais je n'ai pas su la garder.

— Peut-être qu'il n'est pas trop tard, hasarda-t-elle.

Comme il ne répondait pas, Jessie insista en le renvoyant à ses contradictions :

— Je croyais que dans la vie, rien n'était jamais joué.

— Parfois, il faut savoir admettre que l'on a laissé passer sa chance et qu'il est trop tard pour revenir en arrière.

— Mais cette femme, vous êtes certain qu'elle ne vous aime plus ?

— Elle se marie aujourd'hui !

— Ah ? C'est vrai que c'est mal barré, admit-elle avec franchise.

Curieuse, elle continua à lui poser des questions et il lui raconta son histoire avec Céline depuis leur rencontre à Paris jusqu'au faire-part de mariage qu'elle lui avait envoyé. Ethan écouta avec intérêt un point de vue neuf et féminin sur son histoire et la conversation se poursuivit ainsi pendant près d'une demi-heure.

Le soleil brillait au zénith, répandant une lumière dorée qui pailletait les flots de l'Hudson. Alors qu'ils rentraient au port, Ethan pensa à Jimmy, seul dans la ville et fou d'inquiétude, qui s'acharnait à chercher sa fille. Il allait proposer son téléphone portable à Jessie pour qu'elle puisse le joindre, lorsque celle-ci le devança. Il lui tendit le BlackBerry et elle s'isola sur le pont pour passer son appel. Le bruit du moteur qui se mêlait aux cris des mouettes empêcha Ethan d'entendre la conversation, mais il devina, d'après les quelques mots saisis, qu'elle était en train de le rassurer. Lorsqu'ils arrivèrent au débarcadère, Jessie sauta sur le pont. Elle avait retrouvé son énergie, sa bonne humeur et sa spontanéité.

— Je reviens dans une heure, promit-elle d'un ton enjoué.

Il voulut protester, mais elle ne lui en laissa pas le temps.

Avec l'agilité et la fougue de sa jeunesse, elle détalait à toutes jambes, remontant deux par deux les marches en pierre de la promenade. Arrivée devant la serre en miroirs bleutés du Winter Garden, elle se retourna et lui fit un petit signe de la main. Ethan lui rendit son salut en souriant, rassuré de voir qu'elle avait refait le plein de vie. Il avait pris soin de ne rien lui promettre, mais il espérait qu'il vivrait assez longtemps pour la voir devenir adulte. Ces retrouvailles lui avaient rendu espoir et détermination : il était résolu à vivre, résolu à croire que le destin n'était pas infaillible.

Car la vie ressemblait parfois à une partie de poker : on pouvait gagner à la fin, même en ayant reçu de mauvaises cartes.

31

Quand reviendras-tu ?

Je dois partir à présent, mais cela n'effacera jamais ce qu'il y a entre nous[1].

Dernières paroles – inaudibles – murmurées par Bill Murray à Scarlett Johansson dans *Lost in Translation* de Sofia Coppola

Manhattan
Port de North Cove
13 h 21

Seul sur son bateau, Ethan accomplissait les tâches rituelles qui succédaient à chaque sortie en mer : vérification des amarres et des défenses, nettoyage du pont et des murailles, lavage des

1. I have to be leaving but I won't let that come between us.

fenêtres et des écoutilles. Le vent s'était renforcé et lui compliquait la tâche alors qu'il cherchait à installer une toile de protection sur le poste de pilotage.

— Un coup de main ?

Il leva la tête : chemise à carreaux en toile épaisse, casquette des Red Sox sur le crâne, Jimmy venait d'arriver sur l'embarcadère.

Jessie traversa le dédale des rues de Wall Street jusqu'à la station de métro de Broad Street. Elle sauta par-dessus le tourniquet et descendit les escaliers qui conduisaient aux quais. Une rame qui n'était plus de la première jeunesse sortit du tunnel avec un feulement et déversa dans la gare ses wagons bondés. En grimpant dans la voiture, la jeune fille adressa une prière pour ne pas croiser de contrôleur.

Pendant le trajet, elle se hissa sur le bout de ses Converses et essaya de se repérer sur le plan du métro. En quelques minutes, le convoi arriva à Midtown et elle choisit de descendre à la station Times Square. À l'heure du déjeuner, l'endroit grouillait de touristes. La foule piétinait, les enfants criaient, les voitures klaxonnaient, les filles se bousculaient pour se prendre en photo avec le *Naked Cowboy*[1]. Au milieu de ce tourbillon, Jessie demanda son chemin à une patrouille de police qui lui indiqua comment rejoindre sa destination.

— Et tu l'as laissée partir comme ça ?

— Oui.

— Sans même lui demander où elle allait ?

Comme deux boxeurs avant un combat, Ethan et Jimmy se faisaient face sur l'embarcadère.

— Arrête de t'inquiéter ! Elle m'a dit qu'elle revenait bientôt.

— Tu as au moins une idée de l'endroit où elle se trouve ?

— Non, mais je lui fais confiance, c'est tout.

— Tu fais confiance à une gamine de quatorze ans qui ne connaît pas New York et qui se balade seule dans Manhattan ?

— C'est la ville la plus sûre du monde, Jimmy ! On n'est plus dans les années 80 !

— Et le flingue ?

— Tu me prends pour qui ? répondit Ethan en

1. Célèbre figure de Manhattan, le *Naked Cowboy* est un musicien ambulant qui joue de la guitare à Times Square, vêtu seulement d'une paire de santiags, d'un chapeau et d'un slip.

lui tendant le pistolet à la crosse de nacre. Je le lui ai piqué sans même qu'elle s'en aperçoive.

— Et t'es fier de toi ?

— Je te signale que si tu n'avais pas gardé cette arme chez toi, le problème ne se poserait pas. Mais ça ne fait que vingt ans que je te répète de t'en débarrasser…

— Quel culot !

Malgré son emportement, Jimmy s'était un peu détendu. À moitié rassuré, il demanda :

— Et sinon, tu l'as trouvée comment ?

— C'est une fille géniale : intelligente, vive et sensible.

— Tu sais qu'en ce moment ça ne va pas fort.

— C'est ce que j'ai cru comprendre.

— Elle s'est fait renvoyer du lycée.

— Ouais, elle m'a raconté : une histoire de joint.

— Tu te rends compte !

— Bof, on en a fumé nous aussi, l'excusa Ethan en haussant les épaules.

— Ce n'est pas ce qu'on a fait de mieux, rétorqua Jimmy.

Debout devant un long miroir mural, Céline ajustait sa robe de mariée dans l'un des petits salons privés de l'hôtel Sofitel. Resplendissante, la robe en organza et dentelle contrastait avec le visage éteint de la jeune femme. Elle essaya de sourire, mais son visage se crispa et elle eut envie de pleurer. Elle se sentait lasse, abattue, privée de toute sève et de toute volonté. Dans le miroir, elle distingua des petites rides qui couraient autour de ses yeux et de ses lèvres. Elle venait d'avoir trente ans, et trente ans n'étaient pas vingt ans. Bien sûr, elle avait encore l'allure de la jeunesse, mais elle savait que son visage avait perdu son éclat et sa fraîcheur, que son grain de peau était plus irrégulier et que cela n'irait pas en s'arrangeant. Un gros nuage éclipsa le soleil, plongeant la pièce dans l'ombre et, fugacement, Céline entrevit un futur douloureux : la vieillesse qui s'installe, le corps qui nous lâche, la mémoire qui s'efface. Décidément, cette journée censée être l'une des plus heureuses de sa vie sonnait comme le deuil de sa jeunesse. Le deuil aussi d'une certaine idée de l'amour. Elle avait cru pouvoir jouer avec les sentiments, mais elle constatait, résignée, qu'il était trop tard pour faire demi-tour.

Quelqu'un frappa à la porte. Comme prise sur le fait, Céline s'essuya les yeux.

— Entrez.

— Et toi, tu as des enfants ? demanda Jimmy.

— Oui, répondit Ethan, une fille.

— C'est vrai ? Quel âge a-t-elle ?

— Quatorze ans et demi.

Jimmy le regarda d'un œil mauvais et pointa un doigt accusateur.

— Jessie est ma fille et jamais tu ne me l'enlèveras !

— Peut-être, mais tu n'avais pas le droit de lui raconter que je l'avais abandonnée !

— Et toi, tu n'avais pas le droit de t'en aller comme ça !

Le ton était monté très vite. Sous le poids de la rancœur accumulée, Jimmy semblait même prêt à en venir aux mains, mais Ethan se fit conciliant :

— Je sais que ça n'a pas été facile pour toi et pour Marisa, reconnut-il, mais tout ça c'est du passé. À présent, il faut tourner la page.

Jimmy le regardait toujours d'un air soupçonneux.

— Ne me considère pas comme une menace, Jimmy. C'est toi qui as élevé Jessie, toi qui as pris les bonnes décisions. Tu es le seul vrai père qu'elle aura jamais.

Un peu tranquillisé par ce discours, Jimmy consentit à se calmer. Ethan continua :

— Reconnais quand même que dans ce monde inquiétant, on ne sera pas trop de trois pour prendre soin d'elle.

— Je ne sais pas, répondit son ami en haussant les épaules.

— Mais arrête de regarder en arrière ! Facilite-toi la vie : et surtout, utilise cet argent que Marisa accumule bêtement depuis des années.

— Comment es-tu au courant ?

— C'est une longue histoire, éluda-t-il.

— Écoute, on n'a pas besoin de ton argent.

— Je n'en suis pas si sûr, mais considère que cet argent n'est pas pour vous, il est pour elle ! Pour son bien-être, pour ses études, son avenir. Et je ne vous demande même pas de lui dire qu'il vient de moi !

Céline s'essuya les yeux.

— Entrez.

Alors qu'elle s'attendait à voir Sébastien ou Zoé, c'est une jeune fille blonde d'une quinzaine d'années qui poussa la porte du salon.

— Bonjour, dit l'adolescente.

— Euh… bonjour.

Jessie s'avança d'un pas timide. Céline ne la quittait pas du regard. Ce visage, ces yeux, c'étaient…

— Je crois qu'on s'est déjà rencontrées, dit Jessie. Lorsque vous êtes venue nous voir à Boston…

— C'est vrai, se rappela Céline, tu étais petite.

— J'avais dix ans. On m'avait demandé de filer dans ma chambre.

La jeune femme la regarda en silence, saisie par la ressemblance frappante avec Ethan, qu'elle n'avait pas remarquée à l'époque. C'était si extraordinaire et incompréhensible de la voir ici qu'elle ne savait pas quoi lui dire.

— C'est aujourd'hui le grand jour, constata Jessie.

Céline acquiesça.

— Votre robe est vraiment belle.

— Merci.

Jessie hésita puis se lança :

— Ce que je vais vous dire va vous paraître étrange. Sans doute est-ce d'ailleurs trop tard et sans doute la vie des adultes est-elle plus compliquée que ce que j'imagine…

Ethan et Jimmy s'étaient installés autour de la table du *flybridge*, face au soleil et au vent qui balayait l'Hudson. Comme au bon vieux temps, ils avaient décapsulé deux bouteilles de Corona. La conversation avait pris un tour plus paisible et roulait sur le championnat de base-ball que les Red Sox, l'équipe de leur enfance, venaient de remporter quelques jours plus tôt. La vie semblait avoir retrouvé son cours normal et l'avenir semblait plein de promesses, comme si ces quinze dernières années n'avaient été qu'une parenthèse.

Soudain, Jimmy se leva de sa chaise.

— C'est Jessie ! dit-il en plissant les yeux pour se protéger du soleil.

— Je t'avais bien dit qu'on pouvait lui faire confiance.

— C'est bizarre, elle n'est pas seule. Viens voir. Tu la connais, cette femme en robe de mariée ?

À son tour, Ethan se leva de son siège pour venir s'accouder contre la rambarde.

De loin, il reconnut Céline et comprit le geste de Jessie.

— Alors ? demanda Jimmy.

En se tournant vers Ethan, il remarqua que ses yeux brillaient.

— Alors ? Je pense qu'à quatorze ans ta fille est déjà capable de faire ce qu'il y a de plus difficile au monde.

— Et c'est quoi ?

— Rendre leur confiance aux gens qui l'ont perdue.

32

The End

Ce que nous appelons commencement est souvent la fin. La fin, c'est l'endroit d'où nous partons.

T.S. ELIOT

État de New York
Samedi 31 octobre 2007
16 h 02

Le ruban goudronné filait sous la gomme. Larges pneus, selle basse, moteur ronflant, fourche massive et inclinée : la moto fonçait en direction des Hamptons. Le ciel pur se reflétait dans les chromes que faisait miroiter un soleil aveuglant. Sur le réservoir rouge rubis, le logo Harley Davidson brillait de mille feux.

Derrière le guidon, Ethan.

Derrière Ethan, Céline.

Depuis New York, dans une grisante chevauchée, ils avalaient les kilomètres à un train d'enfer. L'instant était féerique. Elle avait passé ses mains autour de sa poitrine et s'accrochait à lui avec ivresse. Leurs retrouvailles avaient l'intensité des histoires d'amour naissantes et l'apaisement de ceux qui savent qu'ils ne se quitteront plus jamais. Ils avaient laissé le passé derrière eux, bien décidés à ne pas torpiller ce présent magique par des excuses ou des justifications sans fin. Seuls comptaient désormais la force de l'évidence et le bonheur d'être ensemble.

Entre Southampton et Montauk, ils traversèrent un chapelet de villages huppés et d'anciens petits ports de pêche à la baleine qui bordaient l'Atlantique et formaient le cœur des Hamptons. Très touristique en été, le « Deauville américain » était plus paisible en automne. Malgré l'embourgeoisement et les maisons de millionnaires, cette bande de terre au milieu de l'océan avait gardé le charme intemporel qui avait séduit les artistes : Dali et Duchamp s'y étaient ressourcés, Jackson Pollock y avait peint une grande partie de son œuvre. Pendant l'été

1956, le petit village d'Amagansett avait même abrité la lune de miel de Marilyn Monroe et d'Arthur Miller, et, d'après la légende, cette escapade estivale était restée pour l'actrice la période la plus heureuse de sa vie.

Après trois heures de cavalcade, Céline et Ethan arrivèrent au village de Montauk, à l'extrémité de la rive sud de Long Island. L'endroit était surnommé *The end* par les gens du coin : le dernier arrêt de la ligne de chemin de fer, la fin du voyage, la fin de l'histoire.

La moto s'arrêta devant une ancienne maison de pêcheur à demi cachée par les dunes. Ils se dégourdirent les jambes sur la longue plage de sable fin où déferlaient des rouleaux vigoureux. Le vent était puissant et revigorant. Le ciel, balayé de fines bandes de nuages aux teintes pastel, avait la couleur des rêves.

— Donc, c'est ici que tu emmènes tes conquêtes ? plaisanta Céline en entrant dans la maison.

La pièce principale avait gardé son ancienne décoration avec ses poutres apparentes, ses meubles en bois cérusé et ses bibelots qui encombraient chaque recoin : lampe-tempête, voilier miniature, boussole, longue-vue, collection d'étoiles de mer et d'hippocampes. Sur les murs, à côté d'une série de bouées de sauvetage, des filets de pêche s'emmêlaient à des cordages et des flotteurs de liège.

Malgré le beau temps, la maison était glaciale. Alors qu'Ethan rassemblait du bois pour allumer le feu, Céline le prit par la main et l'entraîna vers l'escalier.

— Je croyais que tu serais pressé de me montrer la chambre.

Deux mains qui se joignent.

Deux bouches qui se prennent.

Deux corps qui se cherchent.

Liberté volée, bribes de bonheur arrachées, voyage en apesanteur.

Brève trajectoire hors du temps.

Lèvres mordues, corps qui s'unissent, cœurs inflammables.

Incendie qui ravage et dévore.

Grenade dégoupillée jetée au milieu du lit.

Étourdissement, besoin d'oxygène, vide au creux du ventre.

Bouches qui murmurent, corps qui s'agrippent, respirations qui s'accélèrent.

Cheveux qui s'emmêlent, cils qui papillonnent, souffles qui s'échangent.

C'est comme le baiser d'un ange.

Comme la musique des sphères.

Comme le vertige du funambule en équilibre sur un fil.

Tatouée sur l'épaule, une inscription en arabesque ondoie entre les draps de lin : le signe indien d'une ancienne tribu, désignant la nature du sentiment amoureux. *Un peu de toi est entré en moi pour toujours et m'a contaminé comme un poison.*

Dehors, le vent grondait et faisait vibrer les carreaux des fenêtres.

Entortillée dans une couverture, Céline sortit sur la véranda. Le ciel était dégagé et brillait d'une pureté parfaite. Elle regarda la ligne d'horizon, essayant de suivre des yeux le soleil flamboyant qui entamait sa descente. Lentement, l'astre aveuglant s'éclipsa derrière la ligne d'eau. Juste avant de disparaître complètement, la partie supérieure de son disque sembla effleurer l'horizon et c'est alors que Céline le vit : le fameux rayon vert, le *green flash*, le dernier rayon du soleil.

Il ne dura qu'un instant, furtif et saisissant, pendant lequel une flamme couleur émeraude se détacha du soleil avant de disparaître aussi soudainement qu'elle était apparue. Céline resta un moment immobile, hypnotisée par ce vert dont on disait qu'aucun peintre n'était jamais arrivé à le reproduire sur sa palette, un vert dont on disait qu'il était peut-être la couleur du paradis.

Elle se rappela alors cette vieille légende écossaise qui prétendait que le dernier rayon du soleil conférait à celui qui l'avait aperçu le pouvoir de dissiper les illusions et de lire dans les sentiments et les cœurs.

Ethan la rejoignit avec dans les mains deux tasses fumantes.

— Goûte-moi ça et tu m'en diras des nouvelles ! annonça-t-il en lui tendant l'un des breuvages.

Elle le taquina :

— Je savais que les histoires d'amour commençaient dans le champagne et finissaient dans la camomille, mais je ne pensais pas que nous en étions déjà là…

— Ce n'est pas de la tisane, c'est un bon grog bien chaud ! Du rhum ambré, du citron, du miel et de la cannelle.

Elle le regarda en souriant et en prit une gorgée.

— C'est chaud !

Avec sa cuillère, elle retira l'étoile de badiane qui flottait à la surface et s'amusa à la mordiller.

— Tu veux que je te prépare des pâtes ? proposa-t-il en la prenant par la taille.

— Tentant…

— Ma fameuse recette de tagliatelles à l'encre de seiche…

— Je me demande comment j'ai pu survivre cinq ans sans y goûter.

— Ou alors, on peut aller au restaurant. Il y a une brasserie pas loin, tenue par un Français. Il te préparera son homard poêlé à la fleur de sel et son risotto à l'ananas.

— C'est alléchant c'est vrai, mais je dois rentrer à Manhattan.

— Quoi ?

— J'ai demandé à toute ma famille de faire six mille kilomètres pour assister à un mariage annulé à la dernière minute. Je leur dois bien une explication.

— Laisse-moi venir avec toi.

— Non, Ethan, c'est un problème que je dois résoudre seule. Je vais prendre le train ce soir et je te rejoindrai demain.

Pendant quelques secondes, la déception se peignit sur le visage d'Ethan, suivie presque immédiatement par un soulagement. Comment avait-il pu être aussi inconscient ? Aujourd'hui, il avait réussi à sauver sa fille, à se réconcilier avec son ami Jimmy et à retrouver l'amour de sa vie. Mais l'ombre de la mort planait toujours sur eux. La journée n'était pas finie et il redoutait, comme les fois précédentes, qu'elle se termine dans les coups de feu et le sang. Pour rien au monde il ne voulait prendre le risque d'exposer au danger la femme qu'il aimait. Alors, il consulta les horaires sur son terminal mobile et ils se rhabillèrent à la hâte pour ne pas louper le train.

En ce début de samedi soir, la gare de Montauk résonnait des bavardages et des cris de groupes d'adolescents costumés et maquillés qui s'apprêtaient à fêter Halloween. Sur les quais, on pouvait croiser Spiderman, Chewbacca, Hulk et la princesse Leila qui attendaient le train pour les communes voisines.

Le Long Island Express à destination de Penn Station va quitter la voie 2. Veuillez vous éloigner des quais.

— Demain matin, je prendrai le train de 9 h 46 à New York, proposa Céline en consultant le petit dépliant de la MTA[1]. Il arrive ici un peu avant 13 heures. Tu viendras me chercher ?

1. Metropolitan Transportation Authority : l'entreprise chargée de la gestion des transports publics dans l'État de New York.

— Et après ?

— Après ?

Ils ne se quittaient pas des yeux, chacun étant hypnotisé par l'amour qu'il lisait dans le regard de l'autre.

— Après, on fait quoi ? interrogea Ethan en gardant sa main dans la sienne.

— Ce que tu veux.

— On se marie ?

— Oui, approuva-t-elle en souriant, mais je te préviens : après ce qui s'est passé, je vais avoir du mal à faire revenir ma famille aux États-Unis !

— Ce n'est pas grave, on fera ça entre nous. On n'a pas besoin des autres. On n'en a jamais eu besoin.

— Et après ? demanda-t-elle à son tour.

— On va s'installer à San Francisco ? proposa-t-il. C'était ton rêve autrefois…

— D'accord, mais ton boulot ?

— J'ouvrirai un cabinet là-bas. Et tes élèves ?

— J'en trouverai d'autres. Les écoles, ce n'est pas ce qui manque en Californie.

— *The train is leaving ma'am !* avertit le chef de gare.

Céline grimpa sur le marchepied qui menait au wagon.

— Et après ? On fait des enfants ?

— Autant que tu voudras, jura Ethan.
— Au moins deux ?
— Au moins trois.

Le contrôleur referma la porte. Céline trouva une place près de la fenêtre. Alors que le train quittait la gare, elle regarda à travers la vitre Ethan qui était resté sur le quai et réussit à lire sur ses lèvres :

J.e. t'.a.i.m.e.

— Je t'aime, lui répondit-elle.

Et ce fut tout.

Et si le véritable amour commençait avec la fin de la passion ?

Tout à son bonheur, Ethan reprit la Harley qu'il avait louée à New York et, à la fois apaisé et euphorique, roula à tombeau ouvert sur la route déserte qui menait à la petite maison. Sourire aux lèvres, cheveux au vent, il se repassait sans fin le film de son amour retrouvé. Parfois, les miracles sont plus proches qu'on ne croit. Parfois la vie met sa cruauté entre parenthèses pour nous offrir un bonheur neuf. Mais n'était-ce pas trop beau pour être vrai ?

Lorsqu'il arriva chez lui, la nuit était tombée. Il fit quelques pas sur la plage, contemplant longuement les étoiles et la lune qui se reflétaient dans la mer. Depuis combien de temps n'avait-il plus été attentif à la beauté du monde ? Ces dernières années, il était passé à côté de la vie, s'enfonçant dans les déceptions et se noyant dans les désillusions. Il avait fallu qu'il vive cette incroyable aventure pour trouver la force de stopper sa descente aux enfers. Il avait touché le fond, mais il avait refait surface. Il était remonté vers la vie.

Le vent se leva et les vagues se déchaînèrent, effaçant « sur le sable, le pas des amants désunis ».

Les dernières heures de la vie d'un homme peuvent être parfois les plus belles qu'il ait connues.

Après trois quarts d'heure de trajet, le Long Island Express entra en gare de Southampton. New York était encore loin. Le wagon vibrait aux cris joyeux d'une bande de supporters de hockey qui encourageait son équipe : Rangers ! Rangers ! Rangers !

Assis sur le siège en face de Céline, un Superman de sept ans s'était endormi dans les bras de sa mère déguisée en Xena la guerrière. Alors que les portes se refermaient, la jeune Française, mue par une intuition soudaine, descendit sur le quai et regarda le wagon s'éloigner.

Pourquoi avait-elle pris le risque de quitter Ethan quelques heures seulement après l'avoir retrouvé ? Les explications à sa famille ? Elles pouvaient bien attendre. Ce qu'elle voulait vraiment, c'était rejoindre l'homme de sa vie. Pas parce qu'elle doutait de son amour, mais parce qu'elle sentait qu'une menace imminente planait sur son bonheur.

Un danger.

Ethan se servit une tasse de café et passa dans le salon où un feu puissant crépitait dans la cheminée. Il éteignit toutes les lumières électriques, ne gardant allumée qu'une vieille lampe à pétrole. Une horloge murale en pâte de verre indiquait bientôt 10 heures. Il posa sa tasse sur une barque en bois ciré transformée en étagère et s'accroupit pour piocher dans la collection de vinyles qu'il avait dégotés au marché aux puces d'East Hampton. Il attrapa l'un des 33 tours des Stones, sortit le disque avec précaution, l'épousseta et le déposa sur la platine avant de placer le saphir au début de la chanson *Angie*.

Encore deux heures à attendre. Deux heures avant de savoir si son assassin allait à nouveau essayer de le tuer. Cette fois, Ethan était persuadé que les choses seraient différentes. Cette troisième journée était particulière : il avait réussi à mettre le destin en échec et avait repris goût à la vie. Peut-être y avait-il une logique à tout cela. Peut-être que la mort ne l'attendrait pas au bout de la route. Peut-être allait-il sortir de cette boucle temporelle. Peut-être y aurait-il enfin un dimanche, un lundi, un mardi…

Il sortit de sa poche le pistolet à crosse de nacre qu'il avait confisqué à Jessie et le posa sur le guéridon à portée de main. Si son assassin se pointait, il n'hésiterait pas à le tuer avant que celui-ci ne le fasse.

Il prit une gorgée de café et regarda à nouveau la pendule. Puis il s'installa dans le canapé, ferma les yeux et savoura le son rond et chaud du vinyle, enrichi de grains et de craquelures qui en faisaient toute la beauté.

33

Mourir les yeux ouverts

Parfois, ce n'est qu'en quittant la scène que l'on peut savoir quel rôle on a joué.

Stanislaw Jerzy LEC

23 h 59 mn 58 s
23 h 59 mn 59 s

Un craquement.

Le bruit du vent, des vagues et de la pluie.

Une porte qui grince et que l'on referme.

Ethan ouvrit les yeux. La pièce était plongée dans la pénombre. Comment avait-il pu s'endormir alors qu'il était sur ses gardes ? Il se redressa en sursaut et constata avec angoisse que Céline était allongée à côté de lui, la tête posée sur son épaule. Pourquoi était-elle revenue sans le prévenir ? Il n'avait rien entendu ! Paniqué, il tourna la tête vers l'horloge. Minuit ! Il essaya de se dégager sans la réveiller, mais sentit une présence derrière lui.

Trop tard.

La crosse argentée d'une arme à feu brilla dans l'obscurité et la silhouette de l'homme à la capuche vint se dresser devant lui. Affolé, Ethan ouvrit la bouche avec l'intention de lui parler. Peut-être arriverait-il à le raisonner, peut-être…

Trop tard.

La première balle lui traversa la poitrine, l'enfonçant dans le canapé, tandis que Céline était projetée en hurlant sur le sol.

Cloué sur le sofa, Ethan crispa sa main sur son ventre et leva le bras pour se protéger.

Le pistolet sur le guéridon. Il faudrait que je…

Trop tard.

Son tueur ne lui laissa pas le temps de se relever. La deuxième balle atteignit Ethan à la tête. Il roula sur le sol alors que l'assassin s'avançait vers lui, braquant l'arme dans sa direction pour faire feu une troisième fois.

Céline poussa un cri de détresse et, complètement désemparée, se précipita sur Ethan pour le protéger.

La dernière balle frappa la jeune femme en plein cœur, la propulsant sur le parquet. Elle tomba sur le sol violemment, le visage tourné vers celui de son amant.

Avant de perdre totalement conscience, un long filet de sang s'écoulant de sa bouche, Ethan eut une dernière seconde de lucidité. Tandis que tout vacillait autour de lui, il réussit enfin à apercevoir le visage de son assassin.

Alors, tout s'éclaira et il comprit que dans l'étrange enquête qu'il avait menée depuis trois jours,

la victime,

l'enquêteur

et le coupable

étaient une seule et même personne.

Lui-même…

le soir [illegible] de la [illegible]

Avant de [illegible] sur [illegible] de sang s'écoulant de sa bouche. [illegible] ont [illegible] de lucidité [illegible] qu'il [illegible] il a pu apercevoir le visage de son [illegible].

[illegible] qu'elles l'[illegible] trois [illegible]

[illegible]

[illegible]

et le comptable [illegible]

[illegible]

[illegible]

O[illegible]

A[illegible]

[illegible]

les [illegible]

le l[illegible] pour sta-

[illegible]

Ils [illegible] deux rivières

qu'ils [illegible] donner

ordre [illegible]

L'[illegible] le cap

sur [illegible].

34

Je me souviens…

C'est bien peu de chose que la vie, mais c'est une immense chose que le mépris de la vie.

SÉNÈQUE

Gêné par le vent et la pluie, l'hélicoptère de l'Aide médicale d'urgence se posa avec difficulté sur la plage de Montauk. Aidés par l'équipe locale des *paramedics*, Sady et Rico, les deux secouristes de l'hôpital St. Jude, firent leur possible pour stabiliser les blessés.

Ils installèrent Céline et Ethan sur deux civières qu'ils chargèrent dans la soute avant de donner l'ordre au pilote de les évacuer.

L'hélicoptère décolla à la verticale et mit le cap sur Manhattan.

Dans la tête d'Ethan
Entre la mort…
… et la vie

J'entends le bruit des pales de l'hélicoptère qui nous transporte vers l'hôpital. Je sens la vie qui s'en va, la présence de Céline qui lutte contre la mort, l'angoisse du médecin qui nous accompagne.

Cette fois c'est fini. Je sais qu'il n'y aura pas de nouveau réveil, ni de nouvelle journée.

Dans mon esprit, tout est étonnamment clair, comme si un verrou avait sauté. Les images des derniers mois de ma vie défilent dans ma tête sans faux-semblant ni censure. Elles dépeignent un homme désenchanté, plongé dans une profonde dépression. Un homme dévasté lorsqu'il regarde sa vie en face. Un homme qui ne dort plus qu'à coups de somnifères et qui, pour sortir de chez lui, a besoin de son cocktail empoisonné : antidépresseurs, analgésiques et anxiolytiques. Un homme qui, en voulant tout gagner, a réussi à tout perdre : l'amour, l'amitié, la famille, le respect de soi, le goût de la vie et le goût des autres.

Tout est clair et tout me ramène à ce fameux

vendredi soir sur lequel ma mémoire avait fait le black-out. À présent, je me souviens parfaitement de ce qui s'est passé à la fin de cette journée. Je me souviens de ce sentiment de lassitude extrême, de ce constat d'échec que je n'ai plus la force de surmonter, de cette impression lancinante qui se fait certitude : celle d'avoir désormais moins peur de la mort que de la vie. Je me souviens d'avoir décroché mon téléphone pour composer un numéro privé, obtenu grâce à la confidence d'un de mes patients huppés. Je me souviens d'une voix neutre au bout du fil avec qui je conviens d'un rendez-vous. Je me souviens d'un numéro de compte envoyé par une connexion cryptée et sur lequel j'ordonne à mon banquier de verser un acompte de 300 000 dollars après avoir liquidé mon portefeuille d'actions. Je me souviens d'être sorti de mon bureau et d'avoir constaté que l'heure du rendez-vous était encore éloignée. Je me souviens d'avoir entamé la tournée des bars pour tenter d'oublier. Je me souviens d'être arrivé au Club 13 un peu avant minuit et d'avoir encore attendu une demi-heure avant que l'homme me rejoigne à ma table.

L'homme à la capuche.

Le tueur à gages le plus efficace de New York.

Je me souviens de son regard éteint et de son visage minéral. Je me souviens de sa voix monocorde lorsqu'il me demande sur qui porte le contrat que je veux lui confier. Je me souviens de lui avoir tendu une enveloppe brune dont il a sorti une photo : la mienne. Je me souviens qu'il n'a pas manifesté la moindre surprise : sans doute mon geste n'était-il pas aussi original que je l'avais pensé.

Je me souviens de sa dernière question à laquelle je ne m'attendais pas :

— Combien de balles ?

Je me souviens d'avoir pris mon temps avant de répondre :

— Trois balles : une dans la poitrine, deux dans la tête.

Je me souviens qu'il s'est levé et que je suis resté assis à ma table. J'ai terminé mon verre en me disant que cette fois je venais de franchir le point de non-retour.

Et que c'était mieux comme ça.

Une petite équipe d'internes et d'infirmières s'était réunie sur le toit de l'hôpital pour réceptionner les blessés. À cause des rafales de vent, l'hélicoptère tourna plusieurs minutes au-dessus du bâtiment avant de parvenir à se poser. Par radio, les membres de l'équipe soignante avaient été tenus informés de l'état de santé des patients. D'après ce qu'ils avaient cru comprendre, il y avait peu d'espoir.

35

Sur la terre comme au ciel

Donnez-moi la sérénité d'accepter les choses que je ne puis changer, le courage de changer les choses que je peux et la sagesse d'en connaître la différence.

Prière de la sérénité

Hôpital St. Jude
Dimanche 1er novembre 2007
1 h 15

Le docteur Shino Mitsuki poussa la porte de l'Elvis Diner, le fast-food rétro qui faisait face à l'entrée des Urgences. Il s'assit au comptoir et commanda un thé au jasmin qu'on lui servit avec un *fortune cookie*. L'orage grondait. Sous le feu des éclairs, le wagon métallique était secoué par la pluie et le vent comme un bateau dans la tempête. Mitsuki desserra sa cravate et écrasa un bâillement. Il prit une gorgée de thé, sortit le biscuit de son emballage et le partagea en deux pour lire le proverbe inscrit sur la petite bande de papier :

Celui qui vit sans folie n'est pas si sage qu'il le croit.

Le médecin se frotta les paupières et réfléchit un instant à cette maxime comme si elle lui était personnellement destinée. Sa méditation fut interrompue par la sonnerie de son bip. Il posa un billet sur le comptoir et sortit du café en bravant le déluge.

Dans la tête d'Ethan
Entre la vie…
… et la mort

Je flotte dans l'air au-dessus des couloirs de l'hôpital, sans effort, comme un oiseau qui plane dans le ciel. J'entends des voix éraillées, des cris déformés. Je vois les médecins et les infirmières qui s'affairent autour de moi, mais je sens la vie qui s'en va. Je cherche Céline dans toutes les pièces. Il faut que je fasse vite. J'ai encore envie de me battre pour elle, mais je n'en ai plus la force. Je me dilue, je me disperse, comme des cendres que l'on éparpille et que le vent emporte.

Deux battants qui s'entrouvrent. J'aperçois le corps de Céline entourée par l'équipe d'urgence qui tente de la ranimer. J'essaie de m'approcher, mais une force m'en empêche. Avant que la porte ne se referme, j'entends quelques éclats de voix, des bribes d'une intervention qui s'étire dans le temps : « on la perd, les mecs ! », « elle est en arrêt », « insuffisance cardiaque irréversible ». Alors, pour la première fois, je prends conscience qu'elle va mourir par ma faute. Ce dernier jour, tout à mon bonheur retrouvé, je n'ai pas tenu compte de ce pressentiment terrifiant qui revenait sans cesse à la charge pour me mettre en garde : « Si tu l'aimes, il faut la protéger et pour la protéger, tu dois t'éloigner. »

Je l'ai tuée.

Je l'ai tuée.

Je l'ai tuée.

4 heures du matin

Deux corps.

Dans deux salles différentes.

Deux corps qui, quelques heures plus tôt, s'étaient aimés.

Deux mains qui s'étaient serrées.

Deux bouches qui s'étaient cherchées.

Plongée dans un coma artificiel, Céline ne survivait que grâce à l'appareil d'assistance respiratoire qui ventilait ses poumons en attendant une hypothétique transplantation cardiaque.

Dans un état de mort encéphalique, Ethan reposait, les yeux clos. Le sang n'irriguait plus son cerveau et ses fonctions neuronales étaient irréversiblement détruites. Les battements de son cœur ainsi que la chaleur de sa peau pouvaient laisser croire que tout n'était peut-être pas définitivement perdu.

Mais ce n'était qu'une illusion.

À ses côtés, Claire Giuliani, l'une des jeunes internes de l'hôpital, le regardait avec tristesse.

La porte à battants de la salle de réanimation s'ouvrit brusquement pour faire place à Shino Mitsuki.

— On a retrouvé son permis de conduire ! lança-t-il à son interne.

Claire regarda le document et constata qu'Ethan avait coché la case autorisant le prélèvement de ses organes[1].

— Il faut lancer la procédure, annonça Mitsuki. Prévenez Dietrich et les centres de greffe.

— Attendez ! fit Claire. Vous avez vu son groupe sanguin ?

— AB. Et alors ?

— C'est le même que celui de la jeune femme qui attend un cœur !

Shino Mitsuki secoua la tête et sortit dans le couloir avec Claire dans son sillage.

— Docteur, on pourrait peut-être tenter le coup…

— C'est hors de question, vous le savez très bien !

— Et pourquoi pas : on prélève le cœur et on le transplante dans la foulée. Comme ça, pas de problème de conservation ni de délais pour transporter les organes.

Mitsuki s'arrêta net et regarda son interne avec sévérité. Elle terminait son année de stage sous son

1. Aux États-Unis, la règle est celle du *consentement explicite* : on doit demander une carte de donneur si on veut faire don de ses organes à sa mort. En France, c'est plutôt le *consentement présumé* qui domine : on est automatiquement considéré comme consentant au don de ses organes, à moins d'en avoir manifesté le refus de son vivant.

autorité et il s'apprêtait à lui rendre son évaluation. Elle était peu flatteuse. Malgré des qualités certaines, la jeune femme se laissait trop facilement submerger par ses émotions. Elle arrivait en retard, contestait les décisions de ses supérieurs et donnait toujours l'impression d'être dépassée par les événements.

— Jamais nous n'obtiendrons les autorisations, expliqua-t-il inflexible.

— Mais cette femme appartient à un groupe sanguin rare. Elle va rester des mois sur liste d'attente avec tous les risques que cela comporte. Et qui vous dit qu'elle vivra jusque-là ?

— Personne, concéda le médecin.

— Nous, on peut la sauver dès ce soir.

— Il y a des procédures, Claire.

— Les procédures, on s'en tamponne ! clama-t-elle avec défi.

Je flotte au-dessus de mon corps et je les entends discuter de nous deux comme si j'étais déjà mort. Mais aux paroles vibrantes de cette jeune interne, Claire, je comprends qu'il reste encore un espoir de sauver Céline en greffant mon cœur à la place du sien. Que pourrais-je faire pour convaincre Shino Mitsuki et son foutu karma ? Je me sens déjà tellement loin. Accepte sa proposition, bon sang, accepte !

Mais, fidèle à son caractère, le chirurgien toisa son assistante et assena d'un ton glaçant :

— Si vous voulez un jour devenir un bon médecin, vous devez comprendre quelque chose : les règles, c'est ce qui nous protège.

Elle lui répondit du tac au tac :

— Les règles, c'est ce qui nous étouffe.

— Cette discussion est terminée, Claire.

Au cœur de la nuit,
à quelques kilomètres de là

Accoudé à la rambarde qui dominait le fleuve, les habits trempés et le visage ruisselant de pluie, un homme désespéré avait baissé la capuche qu'il gardait généralement rabattue sur sa tête et laissait la pluie s'infiltrer en lui, comme si elle avait le pouvoir de le laver de ses crimes. Quelques heures plus tôt, il s'enorgueillissait d'être le tueur à gages le plus efficace de New York. Depuis quatre ans, il avait exécuté plus de cinquante contrats sans aucune anicroche. Des dizaines de victimes abattues de sang-froid sans que sa main tremble. Ce soir pourtant, tout avait dérapé et sa troisième balle avait frappé une femme qui n'aurait pas dû être là. Pour la première fois de sa vie, il avait paniqué et, au risque de se faire prendre, avait lui-même appelé les secours sur son portable. Pourquoi ce soir ? Pourquoi dans ces circonstances ? Il ne se l'expliquait pas. Comme une révélation, quelque chose l'avait brutalement plongé dans le dégoût, la peur et la répulsion. Il prit son élan et projeta de toutes ses forces son revolver dans les eaux noires de l'East River. Mais comme cela ne suffisait pas, il grimpa sur la rambarde et resta en équilibre, debout au-dessus du vide, la tête levée vers le ciel. Alors que la pluie redoublait, il ferma les yeux et chercha en lui le courage de sauter.

Hôpital St. Jude
4 h 30

Shino Mitsuki claqua la porte de son bureau. Il regarda par la fenêtre, mais l'horizon était bouché par les traînées de pluie qui lacéraient les vitres. Même s'il avait de la difficulté à l'admettre, il avait été sensible aux arguments de Claire. Il décrocha son téléphone et demanda à être mis en relation avec le centre de greffes. Peut-être parviendrait-il à faire cette opération en ayant les autorisations. Quelques coups de tonnerre menaçants grondèrent dans le ciel et pendant un moment les ampoules grésillèrent. Alors qu'on le mettait en attente, Mitsuki raccrocha brutalement le combiné. Non, c'était perdu d'avance : jamais il n'obtiendrait les accords nécessaires. En matière de transplantation cardiaque, le nombre de greffons disponibles était limité, les besoins énormes et les règles très strictes.

Il ressortit de son bureau aussi rapidement qu'il y était entré et rejoignit son interne :

— Claire, vérifiez les anticorps, les sérologies virales et les appariements morphologiques. On met en route cette transplantation.

— Mais les procédures ? objecta la jeune femme.

— Ce soir, les procédures on s'en tamponne.

Il a fini par accepter. Entre ses mains, j'en suis sûr, Céline vivra. À présent, je peux disparaître. Autour de moi, des reflets brillants étincellent comme des cristaux. Je ne pèse plus rien, je m'évapore, je m'efface, happé par un brouillard laiteux.

Avant de m'éclipser définitivement, je sens comme une gangue phosphorescente qui m'enveloppe de sa chaleur et de son éclat. Et dans un dernier souffle, je comprends tout :

que le temps n'existe pas,
que la vie est notre seul bien,
qu'il ne faut pas la mépriser,
que nous sommes tous liés,
et que l'essentiel nous échappera toujours.

5 heures du matin

Shino Mitsuki ouvrit lui-même le thorax d'Ethan en découpant le sternum. Le muscle cardiaque battait normalement et ne comportait pas de signe de contusion. Dehors l'orage redoublait, tapissant les vitres de la salle d'opération d'un épais rideau de pluie.

Dans la pièce voisine, un autre chirurgien, assisté de Claire, ouvrit le thorax de Céline et entreprit de mettre en place une circulation sanguine extracorporelle.

Mitsuki disséqua l'aorte et les veines caves puis arrêta le cœur d'Ethan à l'aide d'un liquide de cardioplégie. Pourquoi s'était-il laissé embarquer dans cette histoire ? Lorsqu'on découvrirait qu'il avait opéré sans autorisation, il serait sûrement suspendu. Peut-être même perdrait-il son poste et ses diplômes.

> Le chirurgien qui opérait Céline le faisait en musique. Il avait poussé le raffinement – ou le mauvais goût selon Mitsuki qui n'appréciait pas la désinvolture de son collègue – jusqu'à se constituer une bande-son enchaînant les standards qui comportaient tous le mot « cœur » dans leur titre : *Open Your Heart*, *You Stole My Heart*, *A Heart in New York*[1].

Mitsuki retira le cœur en sectionnant les veines, l'aorte et l'artère pulmonaire, prenant garde à bien conserver le nœud sinusal qui assurerait le rythme cardiaque après l'implantation. En un clin d'œil, il avait ruiné son karma et perdu une position qu'il avait mis des années à acquérir. Comment avait-il pu se laisser entraîner dans cette opération ? Il avait cru sa vie solidement ancrée dans ses principes et ses certitudes, mais sa vie était semblable à celle des autres : fragile.

---

1. *Ouvre ton cœur*, *Tu as volé mon cœur*, *Un cœur à New York*.

Alors que Joe Cocker attaquait *Unchain My Heart*[1], le chirurgien clampa l'aorte et les veines caves, dérivant la circulation du sang de Céline de part et d'autre de son cœur. Une machine prit le relais du cœur et des poumons tandis que la température du sang était portée de 37 °C à 26 °C pour diminuer les besoins en oxygène de son organisme.

Mitsuki immergea le cœur d'Ethan dans une solution saline glacée pour le placer en hypothermie. Il le transporta lui-même jusqu'à la pièce attenante où il prêta main-forte à ses collègues dans la poursuite de l'opération.

Une pluie diluvienne s'abattait en cataractes, donnant à l'hôpital des allures de sous-marin. Claire enleva le cœur de Céline, laissant toutefois en place une partie de l'oreillette. Mitsuki déposa avec soin le cœur d'Ethan dans l'organisme de la jeune femme. Commença alors la délicate opération consistant à relier et à suturer les quatre points d'ancrage que représentaient les deux oreillettes, l'aorte et l'artère pulmonaire. Alors qu'il regardait

1. *Libère mon cœur.*

Claire, concentrée sur sa tâche, Shino prit soudain conscience que c'était pour elle qu'il avait accepté cette opération. Pour lui plaire et pour exister à ses yeux. Depuis dix mois qu'elle était dans son service, il s'était fait croire que cette femme l'agaçait, qu'elle était instable et vulgaire. La vérité, c'est qu'il n'avait d'yeux que pour elle et qu'il la trouvait vivante, spontanée et sensible. Tout ce qu'il n'était pas. Il avait voulu nier ses émotions, mais ses émotions l'avaient rattrapé et à présent, il avait un gros problème.

Un problème de cœur.

L'opération dura toute la nuit.

Après avoir purgé le greffon de l'air qu'il contenait, l'équipe médicale rétablit la circulation sanguine. Progressivement, le muscle cardiaque se réchauffa et redevint fonctionnel.

Il était 9 h 03 quand un choc électrique permit au cœur d'Ethan de battre dans le corps de Céline.

Lorsque Shino Mitsuki mit le nez dehors, la pluie avait cessé, le ciel était limpide et un soleil splendide faisait miroiter les flaques qui entouraient le wagon métallique de l'*Elvis Diner*.

Shino poussa la porte du fast-food et se fraya un chemin jusqu'au comptoir pour commander deux cafés noirs. En sortant sur le parking de l'hôpital, il aperçut Claire Giuliani qui fumait une cigarette, accoudée au capot de sa guimbarde, une Coccinelle repeinte d'une hideuse couleur mauve. Il s'approcha de la jeune femme. Elle frissonnait et boutonna son manteau au col jalonné d'épingles à nourrice argentées. Elle était son contraire, son exact opposé. Culture, religion, style de vie : qu'avaient-ils en commun ? Rien, sans doute. Et pourtant…

Shino tenta un sourire et lui tendit l'un des gobelets. Claire le regarda en fronçant les sourcils, visiblement surprise par ce geste amical auquel son patron ne l'avait pas habituée. Shino hésita – sans doute allait-il se ridiculiser et perdre son honneur en plus de son emploi – puis il saisit son courage à deux mains et décida de prendre la vie à rebrousse-poil :

— Depuis dix mois que vous êtes arrivée à l'hôpital…

Ce fut un beau dimanche d'automne.

New York vibra, bourdonna, trépida.

À l'hôpital St. Jude, lieu de tous les bonheurs et de toutes les peines, la vie continua avec son lot de naissances et de morts, de guérisons et d'afflictions, d'exultation et d'accablement.

En fin d'après-midi, dans l'unité de soins intensifs, alors que le soleil couchant éclaboussait les vitres, Céline ouvrit les yeux.

36

Vivre dans le feu[1]

Il n'y a pas de hasards, il n'y a que des rendez-vous.

Paul ÉLUARD

Deux mois plus tard
31 décembre au matin

Je m'appelle Céline Paladino, je viens d'avoir 30 ans et je cours autour du lac gelé d'une forêt du Maine. Je traverse ce paysage de neige, m'enivrant de cette étendue glacée et de la chaleur du soleil qui fait scintiller les cristaux de givre accrochés aux branches des sapins. De la buée s'échappe de ma bouche. J'allonge mes foulées, je teste mes

1. Titre d'un ouvrage de Marina Tsvetaeva.

limites. Mon cœur greffé n'est plus innervé, il bat plus vite au repos et réagit plus lentement lors d'un effort.

Je cours.

Après mon opération, je suis restée quatre semaines à l'hôpital, et depuis un mois, j'enchaîne les exercices d'endurance dans un centre de convalescence. Je passe des examens presque quotidiennement : un suivi médical pour traquer la moindre fièvre, détecter toute palpitation, rechercher des signes d'infection et de défaillance du greffon. Je sais que la mortalité est maximale dans l'année qui suit la transplantation.

Alors, je cours.

Toujours plus vite.

Je vis dans le feu, je longe les précipices, je danse au bord du gouffre. Mais pour combien de temps ? Un mois ? Un an ? Dix ans ? Qui le sait vraiment ? Ma vie ne tient peut-être qu'à un fil, mais c'est aussi le cas de la vôtre.

Je remonte le sentier qui mène au parc recouvert de neige poudreuse. Installé en lisière de la forêt, le centre de soins ultramoderne ressemble à un grand parallélépipède en pierres grises et aux parois vitrées. Je monte les escaliers pour rejoindre ma chambre. Je passe sous la douche en vitesse, change de vêtements et me dépêche pour ne pas être en retard à mon rendez-vous avec le cardiologue.

Il me salue poliment, mais je devine une inquiétude sur son visage. Je m'assieds devant lui, prête à tout entendre, même le pire. Depuis quelque temps, je ne réagis plus très bien aux médicaments : je souffre d'insuffisance rénale, d'hypertension et de diabète.

— Je ne vais pas tourner autour du pot, commence-t-il.

Il chausse ses lunettes et vérifie encore une fois les résultats de mes dernières analyses qui s'affichent sur son écran.

Je reste droite. Je garde mon calme. Je n'ai pas peur. Même si j'ai des nausées, les jambes lourdes et un sérieux coup de fatigue.

— Vous êtes enceinte, mademoiselle.

Pendant plusieurs secondes, l'annonce flotte dans la pièce sans que j'en saisisse vraiment le sens.

— Vous êtes enceinte, répète-t-il, mais ce n'est pas une bonne nouvelle.

Soudain, je sens des larmes qui coulent sur mes joues et mon cœur greffé se remplit de gratitude.

— Soyons très clairs : il est tout à fait possible d'envisager une grossesse après une transplantation, mais pas deux mois après l'opération et pas dans votre état. Si vous êtes en vie, c'est parce que vous suivez un traitement immunosuppresseur très puissant. Ces médicaments traverseront votre placenta et accroîtront les risques d'anomalies fœtales et de malformations congénitales. Prendre ce risque serait déraisonnable et pour tout dire dangereux pour vous et pour votre enfant.

Il parle, mais je ne l'écoute plus.
Je suis ailleurs.
Avec Ethan.
Et avec lui,
je suis immortelle.

Épilogue

La vie et rien d'autre

Un an et demi plus tard

En cette journée de printemps, sur l'immense pelouse de Central Park, un enfant faisait ses premiers pas sous le regard attendri de sa mère et de sa grande sœur.

Depuis le drame qui les avait rapprochées, Céline et Jessie se sentaient unies par un lien particulier et s'épaulaient mutuellement pour traverser les vicissitudes de leur vie. À deux, on court peut-être moins vite, mais on va tellement plus loin…

Jessie avait repris ses études et s'était réconciliée avec ses parents. Quant à Céline, elle affrontait avec ténacité les complications de sa transplantation cardiaque.

Même si elles n'en parlaient jamais, les deux femmes aimaient à penser que, quelque part, là-haut, un homme les regardait et veillait sur elles.

Pendant ce temps, de l'autre côté du pont de Brooklyn, le soleil couchant se reflétait sur le rétroviseur d'un vieux taxi aux formes girondes.

Appuyés contre le capot, un grand Black à l'œil amblyope et un drôle de médecin asiatique poursuivaient une conversation animée.

Ce soir, comme tous les soirs, le Destin et le Karma se disputaient l'issue d'une histoire commencée il y a longtemps.

L'histoire de l'amour et de la mort.

L'histoire des ténèbres et de la lumière.

L'histoire des femmes et des hommes.

En un mot, la vie continuait.

Parce qu'elles m'avaient marqué et inspiré, j'ai utilisé dans ce livre quelques phrases piochées au fil de mes lectures.

Ainsi, page 34, « New York est la ville où l'on se sent chez soi quand on est de nulle part » est extrait du livre de Melissa Bank, Manuel de chasse et de pêche à l'usage des filles.

« Le hasard, c'est Dieu qui Se promène incognito », p. 85, est souvent attribué à Albert Einstein.

« Ce matin-là, l'ombre de la mort avait des ailes » (p. 193) est tiré d'un article de Bruno D. Cot et Michèle Leloup dans L'Express *du 20/09/2001.*

« Est-ce l'amour qui rend idiot, ou n'y a-t-il que les crétins pour tomber amoureux ? » (p. 205) est

une citation du roman de Orhan Pamuk, Mon nom est rouge.

Page 206, l'expression que Céline se fait tatouer sur l'épaule vient des Indiens yanomamis, comme on le découvrira dans « La Douleur de l'autre est en nous », un article de David Servan-Schreiber paru dans Psychologies Magazine *en mai 2004.*

Page 375, la repartie de Céline fait allusion à Valéry Larbaud : « Les liaisons commencent dans le champagne et finissent dans la camomille. »

Enfin, ce livre étant une fiction, j'ai pris quelques libertés avec la géographie de New York, ainsi qu'avec le calendrier.

Table

Prologue. Maintenant ou jamais 11
Prologue 2. La fin d'un amour 17

Première partie
Fuir

1. Ce jour-là… 25
2. L'homme pressé 39
3. Le mystère Whitaker 59
4. Jessie 71
5. Tout peut arriver 77
6. La force des choses 85
7. Céline 105
8. Le point de non-retour 115
9. Chinatown 125
10. Instant Karma 147
11. La maladie d'amour 161

Deuxième partie
Combattre

12. Le jour d'après… 177
13. Vivre vite 185
14. Je n'attendais que toi 209
15. Quelques mots d'amour 227
16. Never Let Me Go 245
17. The Girl From New York City 253
18. In my secret life 279
19. Les cicatrices de l'âme 289
20. Jimmy 297
21. Marisa 307
22. Les lumières de la ville 321
23. Le cœur des vivants 331
24. Je voulais seulement te dire… 349
25. Le destin gagne à la fin 363

Troisième partie
Comprendre

26. Le temps d'un regard 371
27. L'homme qui ne devait pas être là 385
28. Pour elle 399
29. Il était une fois à New York City 417
30. Quelques jours avec toi 429
31. Quand reviendras-tu ? 443

32. The End 453
33. Mourir les yeux ouverts 467
34. Je me souviens 471
35. Sur la terre comme au ciel 477
36. Vivre dans le feu 493

Épilogue. La vie et rien d'autre 497

POCKET N° 15531

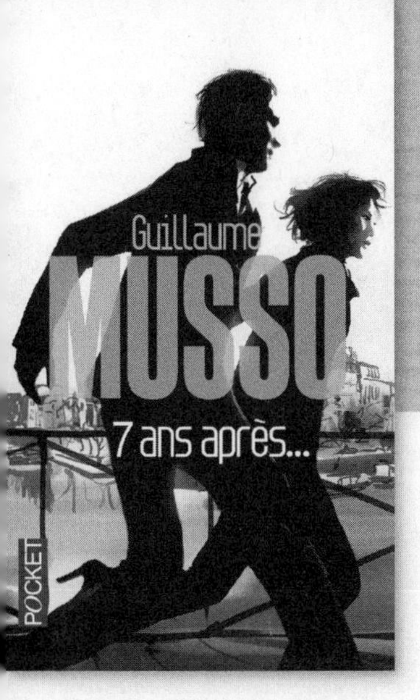

Un divorce
les avait
séparés...
le danger
va les réunir

Guillaume MUSSO

7 ANS APRÈS...

Après un divorce orageux, Nikki et Sebastian ont refait leur vie. Jusqu'au jour où leur fils Jeremy disparaît mystérieusement. Pour le sauver, Nikki n'a d'autre choix que de se tourner vers son ex-mari, qu'elle n'a pas revu depuis sept ans. Contraints d'unir leurs forces, ils s'engagent alors dans une course-poursuite, retrouvant une intimité qu'ils croyaient perdue à jamais...

« Un thriller psychologique riche en rebondissements. »
Tatiana de Rosnay – *Le Journal du Dimanche*

Retrouvez toute l'actualité de Pocket sur :
www.pocket.fr

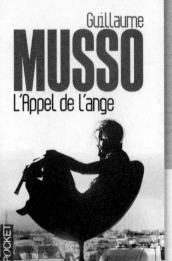

Composé par Nord Compo
à Villeneuve-d'Ascq (Nord)

Imprimé en Espagne par
Black Print CPI Ibérica
en février 2014

POCKET – 12, avenue d'Italie – 75627 Paris cedex 13

Dépôt légal : octobre 2013
S24576/02